文字烛照未来

TopBook

图书在版编目（CIP）数据

全手绘《异苑》 / 王丹注译. --西安：陕西人民出版社，2022.8
（幻想中国 / 曹胜高主编）
ISBN 978-7-224-14424-6

Ⅰ. ①全… Ⅱ. ①期… ②王… Ⅲ. ①志怪小说－中国－南朝时代 Ⅳ. ①I242.1

中国版本图书馆CIP数据核字(2022)第040016号

出 品 人：赵小峰
总 策 划：刘景巍
出版统筹：关　宁
策划编辑：韩　琳
责任编辑：王　凌
书籍设计：忒色西安·朱天瑞
插　　画：忒色西安·李双辰

微信扫一扫
关注饕书客

新浪微博 @ 饕书客topbook

全手绘《异苑》

作　　者　（南朝·宋）刘敬叔
注　　译　王　丹
出版发行　陕西新华出版传媒集团　陕西人民出版社
　　　　　　（西安市北大街147号　邮编：710003）
印　　刷　陕西金和印务有限公司
开　　本　787mm×1092mm　1/16
印　　张　22.75
字　　数　421千字
版　　次　2022年8月　第1版
印　　次　2022年8月　第1次印刷
书　　号　ISBN 978-7-224-14424-6
定　　价　89.90元

如有印装质量问题，请与本社联系调换。电话：029-87205094

人类的发展由两个动力推动：一是面对现实生活的能力，通过改造自然、征服自然以及调整社会关系来实现自身的生存与发展；二是面对未来的能力，其中既包括在时间流程上对尚未到来时代的想象，也包括在空间方位对未知世界的理解。面对现实的能力让人类一步一个脚印地前行，而面向未来的能力则启发着人类的想象，让我们能够摆脱现实的拘束，去尽情地畅想遥远时空里的种种奇妙。

想象是人类发展的翅膀，没有想象，我们就缺少对未来的憧憬，也缺失了面对困境的信心。中华民族五千年历史中，并不缺少对未来进行想象的桃花源，更不缺失对未知世界的探索。在观看日落月出时形成的羲和、嫦娥的神话，在仰望星空时形成的四象二十八星宿的幻想，在远眺高山俯瞰江河时生发的山妖河怪的想象，追溯历史故事时联想到神仙神人的故事，都流淌着中华民族浪漫不羁的灵性与超凡脱俗的感知。

幻想，没有起点也不需要终点，可以凭空而来，也可以无根据而去，不能用常理去推测它们为何形成，因为到现在也搞不清为什么会有那样看似不靠谱，也不着调，更无法理喻的幻想。就像《博物志》《搜神记》《拾遗记》《神仙传》《异苑》中的远方与异物、诗情与画意、神奇与变化，为文学提供了浪漫恣肆的素材，为艺术滋养着无数的灵感，为精神寻找到一个徜徉的空间，成为中华民族超越现实、面向未知未来的精神生活方式。

科学技术的快速发展，使得我们更乐意去幻想更为遥远的时空里有着怎样的人和事，基于科技认知而形成的科幻文学，寄托着我们对未来的期待；基于神话传说而形成的玄幻文学，同样承载着我们对超现实能力的幻想；特别是在虚拟的游戏世界里，我们找到了复制远方异物、诗情画意、神奇变化的能力，使得中华民族曾经有过的幻想时空得以立体地呈现在可感知的空间里，成为我们释放想象、渴望穿越、寻求实现的一种途径。我们曾经有过的那些神话传说、地理图式、时空建构、神异变化，有着怎样的细节，有着如何的记录，有着何等的神奇，有着多少的玄幻，让我们一同打开“幻想中国丛书”，进入一个个既有玄幻，又有科幻，还有神异的幻想世界，脑补一下什么是想象的疯狂和穿越的快感。

曹胜高

2022年4月15日

《异苑》是南朝刘宋时期刘敬叔撰写的志怪小说。此书历史上曾一度散佚。今天所看到的版本，最早是明代人胡震亨同友人姚叔祥、吕锡侯，在临安的废书堆里发现的宋抄本，胡震亨又将其收入丛书《秘册汇函》中，使其重新流传于世。

关于刘敬叔生平，并无多少记载。胡震亨搜集散落于史书中的材料，为刘敬叔做了一个小传，说他“起家中兵参军，司徒掌记”，东晋义熙年间做过南平国郎中令，后被免官。刘宋初年，被召为征西长史。元嘉三年，为给事黄门侍郎，几年后因病被免官。太始年间去世。胡震亨还称刘敬叔为彭城人士，但北宋地理志《太平寰宇记》说他是广陵人，明清时期扬州地区的方志也基本沿袭了这个说法。根据《异苑》卷三中刘敬叔的自述，还可知他于义熙年间做过长沙景王骠骑将军。

今本《异苑》共有三百八十三则神怪之事，分为十卷，每卷均有大致的主题，但不是很严格。其中卷一主要是对自然现象的探索，例如虹的稀奇传说，山川风景中暗藏着的玄机。卷二是生活及植物异闻，如共鸣现象所引起的疑惑，晋惠帝武库大火中被烧的三件宝贝，石头的几种神奇变化，乃至枣树、白桑葚、瓜、山药、人参等的记录。卷三包含了许多关于动物的怪事，天上飞的、地上跑的、水里游的，轮番上阵。卷四主要是关于朝代更替、国运祚福、个人命运等预言以及吉凶征兆。卷五多为民间信仰等神灵之事，梅姑、宫亭湖神、项羽、泰山府君等等，都在其中。卷七以墓葬题材和梦题材的小说为主。卷八搜罗大量精怪故事，还有一些人变动物的怪事。卷九讲述的是古代占卜与幻术。卷十收录了许多历史人物的故事。

从以上简介可知，《异苑》的内容包罗万象，天上地下，现实和非现实，各路题材不说是包圆，也基本差不了太多。但其实，从文采上看，《异苑》并不是一部精彩之作。

是的，你没看错，《异苑》读起来可能不那么令人愉快。

《四库总目提要》对这部书的评价是："词旨简澹，无小说家猥琐之习，断非六朝以后所能作。"意思是说，《异苑》是典型的六朝小说，语言非常简练平实，和六朝以后的那种跌宕起伏、描写细致的小说路数完全不同。翻开《异苑》原文就可以看到，除少数篇目外，大部分的内容只交代了几句话，前不着村后不着店，很多甚至是碎片化的惊鸿一瞥。除非是对历史背景相当了解，对文化常识有足够的把握，否则这部书读起来，那可真是要了老命！

好在凡事都有解决的办法。

《异苑》有一个突出的特点，它的很多内容被直接收入《晋书》《宋书》《魏书》《南史》《北史》等史书之中，或者在其中有相关线索及背景资料。《幽明录》《宣验记》《述异记》等笔记小说也有相同或类似的故事。这些外部文献为《异苑》的解读提供了广阔的历史背景，很多看起来"无厘头"的碎片记载，在丰富材料的加持下，更体现出它别具一格的内涵。

例如卷一《白虹入室》：

"长沙王道怜子义庆在广陵卧疾。食次，忽有白虹入室，就饮其粥。义庆掷器于阶，遂作风雨，声振于庭户，良久不见。"

这一则直译过来就是：刘义庆在广陵生病卧床。吃饭时有白虹进入室内喝粥。刘义庆往台阶上扔了一个东西，白虹便兴风作雨，在庭院发出很大的声音，很久之后才消失。

这一则着重描写了白虹如何作怪，似乎就是在展现这一自然现象的奇异性。但如果结合刘义庆当时的处境，就可以知道，这几十字记载的事件，实则是对刘义庆心理防线的终极冲击。因为当时的宋文帝刘义隆刻薄少恩，杀了不少大臣和宗室，作为临川王的刘义庆，必须时刻小心谨慎，为了避嫌，表明自己并无野心，他甚至连马都不敢骑。

不仅是《异苑》所说的"白虹入室"，另据《宋书·宗室列传》载，刘义庆在广陵生病期间，还发生过“白虹贯城，野麇入府”的怪事。白虹本就是不祥之兆，加之长期的心理压力，身体抱恙的刘义庆终于扛不住了。他向宋文帝请求回到京城，“太祖许解州，以本号还朝。二十一年，薨于京邑，时年四十二”。

《异苑》中还有一些桥段，看起来总觉得哪里怪怪的，有疑问却找不到答案。或者干脆在阅读过程中无意识地滑过去，忽略了许多隐藏的“干货”，这样读起来，岂不是少了很多乐趣？

例如卷七《燃犀照渚》：

“晋温峤至牛渚矶，闻水底有音乐之声，水深不可测，传言下多怪物，乃燃犀角而照之。须臾，见水族覆火，奇形异状，或乘马车，著赤衣帻。其夜，梦人谓曰：‘与君幽明道隔，何意相照耶？’峤甚恶之，未几卒。”

温峤听见牛渚矶的水底有音乐之声，但“水深不可测，传言下多怪物”。在这些不利因素下，好奇心爆棚的温峤依然想办法要看个究竟。他燃烧了一只犀牛角照向水底，看见了不该看的东西，导致最后死亡。这里有一个“燃犀角而照之”的细节，是很值得一说的。在古人看来，犀牛角是一种神通广大的物件。它可以避水，所谓“有犀角通天，向水辄开”；犀牛角还能够夜明，《南州异物志》载：“犀有特神者，角有光曜。白日视之，如角；夜暗之中，理皆灿然。光由中出，望如火炬。欲知此角神异，置之草野，飞鸟走兽过皆惊。”这样的神通，用来照牛渚矶的水底是再好不过了。

本书以上海古籍出版社 2012 年出版的黄益元点校本为底本，解读的部分参考了诸多学者的研究成果，尽可能查阅了有趣、有料的文献材料，尝试从历史以及文化两个方面，为读者还原时代背景，挖掘文化内涵，补充历史常识，以期将这部“不太好读”的志怪小说，能够有血有肉、有声有色地呈现在读者面前，使大家有一个较为愉快的阅读体验。

目录

卷壹

1. 美人虹 古语有之曰：古者有夫妻，荒年菜食而死，俱化成青绛①，故俗呼美人虹。

郭云：虹为雩②，俗呼为美人。

＝注释＝ ①青绛：青色虹霓。②雩：虹的别名。

＜解说＞ 这是一个带有浪漫结尾的凄惨故事：饥荒年份，夫妻食菜而死，化为天边虹霓。

从古至今，人们对于爱情忠贞的美好愿望不仅限于今生今世，往往也要把身后事搭上，不然怎么会说“问世间情为何物，直教人生死相许”呢？梁祝死后化蝶，缠缠绵绵翩翩飞。而死于饥荒年份的夫妻，则以双双化为青绛作为最后归宿。

青绛就是青色的虹霓。虹霓在古代常被视为夫妻的象征。这还要追溯到汉代的阴阳观念。在这种观念中，虹被认为是由阴气构成。又因为它五彩斑斓的样子很好看，就称其为“美人”“美人虹”。有时又觉得它太美了，妖艳得辣眼睛，就斥其为淫邪之气，是阴阳不合、婚姻错乱的象征，甚至是天下大乱的凶兆。当然也有不同的看法，认为虹既不是纯粹的阴气，也不是阴阳不和，而是阴阳二气和谐交接的产物。夫为阳，妻为阴，于是衍生出夫妻化虹的说法。

2. **饮虹吐金** 晋义熙初，晋陵薛愿有虹饮其釜澳[1]，须臾翕响便竭。愿辇[2]酒灌之，随投随涸，便吐金满釜，于是灾弊日祛而丰富岁臻。

═注释═ ①釜澳：釜，锅。澳，水湾。②辇：载。

<解说> 古时还认为，虹能饮水。殷商甲骨卜辞中，就已经有“有出虹自北饮于河”的记载。西汉时，燕王刘旦意图谋反，王宫中发生了“虹下属宫中，饮井水，井水竭”等怪事，直接把刘旦给吓病了。由此看来，虹不仅能饮，而且还是海量。对于这一点，东晋的薛愿非常认可。因为他家就有一个相当能喝的虹，把锅里的水喝光是分分钟的事，甚至还能喝酒，酒量大得吓人，像个无底洞。但是好处有一个——虹喝完酒就吐金子，一吐就是满满一锅，而且还给薛愿带来好运，日子越过越顺溜。

3. 虹化妪

太原温湛婢见一妪[1]向婢流涕，无孔窍，婢骇怖，告湛。湛遂抽刀逐之，化成一物如紫虹形，宛然长舒，上没霄汉。

=注释=　① 妪：年老的女人。

<解说>　这次，虹化身为一个无孔窍的大妈，上演了一出碰瓷儿未遂的故事。

我们知道，正常人的脑袋上都长有七窍——耳、目、口、鼻。这四大器官、七个孔窍，哪一个都是必不可少的。所谓“人皆有七窍，以视听食息”，眼睛用来看，耳朵用来听，嘴巴可以吃东西，鼻子负责呼吸。七窍各有执掌，凑在一个脑袋上，看着就是那么得劲，那么理所应当。

而上面这则故事中，“无孔窍”是什么样子呢？大概就是脑袋上没有这七个窟窿，整个一圆咕隆咚的大球。别先问“这是什么鬼”，《庄子》里的“浑沌”已经提供了一个参考。这浑沌本是中央之帝，却生来没有眼、耳、鼻、嘴七窍。南海之帝倏与北海之帝忽常来做客，受到浑沌的热情款待。时间长了，倏与忽有感于与浑沌地久天长的友谊，决定帮助他日凿一窍，盼望他变成常人的样子。七日后，七窍成，浑沌也因失去了本来面目——死了。

回到上面的故事，无孔窍的形象确实现世罕有，所以肯定是谁见谁害怕。这老妪顶着无孔窍的大球，还非要冲着婢女痛哭流涕，凄凄惨惨。婢女被吓个半死，心想这不是闹鬼就是碰瓷儿呀！主人温湛倒是有英雄气概，拔刀相逐。老妪慌了，现出原形，化为一道紫色彩虹，消失于天际。

4. 白虹入室

长沙王道怜子义庆①在广陵卧疾。食次，忽有白虹入室，就饮其粥。义庆掷器于阶，遂作风雨，声振于庭户，良久不见。

＝注释＝ ①义庆：刘义庆，长沙王道怜之子。

<解说> 刘义庆是刘宋开国皇帝刘裕的侄子，这个大户人家的孩子，十三岁继承东晋南郡公的爵位，十八岁又袭封刘宋王朝的临川王。前半生顺风顺水，驰骋才能，直到刘义隆做了皇帝，他的日子就开始难了。宋文帝刘义隆是个“少恩”的皇帝，这是连他自己都承认的。他不仅杀大臣，还对宗室下手。制造的氛围阴森恐怖，以至于刘义庆“以世路艰难，不复跨马”，如此小心谨慎，就是要跟皇帝表明自己绝无野心。

长期的精神压力，往往会导致内心的不安与惊恐。《宋书》载，刘义庆镇守广陵时生了病，恰巧期间有白虹穿城而过，野鹿也奔入官府中，闹得人心惶惶。《异苑》这一则讲的是刘义庆在广陵卧床生病时，发生的另一件怪事。刘义庆在家里吃饭的时候，忽然白虹入室，大摇大摆地喝粥。刘义庆随手往外扔了个东西，哐啷啷啷，惊得白虹一激灵，在庭院里兴风作雨，折腾了好久，才潇洒地离开。白虹两次作怪，不能不令刘义庆心有忌讳。所谓“凡白虹者，百殃之本，象乱所基”，不祥之兆虽然说不清具体指向，但既然发生了，谁知道接下来会应验什么呢？刘义庆便坚决向宋文帝请求要回到京城，获得同意。没过几年，他就去世了。

5. 九嶷山舜庙

衡阳山①、九嶷山②皆有舜庙，每太守修理祭祀，洁敬③则闻弦歌之声。汉章帝时，零陵文学奚景于泠道县祠下得笙、白玉管④，舜时西王母献。

〓注释〓 ①衡阳山：即指衡山。②九嶷山：又称『苍梧山』，位于今湖南省宁远县城南，传说舜葬于此地。③洁敬：真诚而恭敬。④白玉管：白玉做成的律管，音高标准器。

＜解说＞ 为什么每当太守极其虔诚地修整或者祭祀舜庙时，会听见弦歌之声？为什么西王母要献给舜帝笙和白玉律管？那是因为，我们的舜帝不仅仅是万世推崇的圣贤明君，而且是音乐界响当当的扛把子。

舜帝擅长弹五弦琴，曾自弹自唱《南风》诗：“南风之薰兮，可以解吾民之愠兮。南风之时兮，可以阜吾民之财兮。”南风一起，气候转暖，雨水充足，种地何愁没有好收成？南风啊南风，和暖而又及时的南风，你让我的子民摆脱了忧愁，增加了财富！一曲《南风》唱罢，天下人欢欣鼓舞，干劲十足。

传说舜还曾指导他的乐官夔创作《大韶》，来歌颂尧的功德。《大韶》是上古时期著名的乐舞，乐曲结构相当庞大，共有九段，这九段的内容表演结束，象征吉祥如意的凤凰也纷纷被吸引了过来（**也有可能指扮成凤凰的演员**）。到最后，观看的官员们也被邀请加入表演的队伍，场面越来越热闹。舜帝借着高兴劲，和着乐曲也唱了起来，告诫大家：你们平时做事别打马虎眼，你们官员身处高位也要长点心。

可见，舜帝不仅是玩转音乐的高手，而且将它当成治理国家、安定人民的大招，从而建立和谐有序的社会秩序。所以西王母把乐器当作礼物送给舜帝，是大有深意的；后世的太守虔诚无比地祭祀舜帝时，上古时的弦歌之声便自然犹然在耳。

6. 衡山三峰

衡山①有三峰，极秀。其一名华盖，又名紫盖。天景②明澈，辄有一双白鹤回翔其上。一峰名石囷，下有石室，中常闻讽诵声，清响亮彻。一峰名芙蓉，最为竦桀③，自非清霁素朝④，不可望见。峰上有泉飞派，如一幅绢，分映青林，直注山下。

‖注释‖ ①衡山：即南岳，为五岳之一，位于今湖南省衡阳市。②天景：天气，天色。③竦桀：高耸特立。④清霁素朝：清霁，雨后雾散。素朝，早晨天亮时。

＜解说＞ 衡山有峰七十二，最为秀美出众的是其中三峰。其中一座名叫华盖，也叫紫盖。之所以称“盖”，是因为山上的植物生长茂盛，遮天蔽日，深不可测。天气好的时候，可望见一对白鹤悠哉飞翔。还有一座峰叫石囷，形状像谷仓一样，下面还有一个石室。在石室中常常能听见讽诵之声，应该不是住着隐士就是住着神仙。叫“芙蓉”的山峰，高耸神秘，只有视线好的时候才能一睹其风采。

除景色称奇之外，这三座山峰中的石囷峰还与大禹有一段缘分。

《太平寰宇记》在介绍衡山的石囷时，引用了《湘州记》的材料，说大禹治水时，曾经登上石囷这座山峰祭祀。祭祀之后果然灵验，大禹梦见了玄夷使者。在使者的指引下，他得到了一部神奇的金简玉字之书，写的都是通水之理，这对于为治水操碎心的大禹来说，无异于雪中送炭。

7. 汨潭马迹

长沙罗县[1]有屈原自投之川，山明水净，异于常处。民为立庙在汨潭之西岸侧，盘石马迹尚存，相传云原投川之日，乘白骥而来。

注释 ①长沙罗县：在今湖南汨罗县北。

<解说> 屈原忠君爱国，品性高洁，但是并没有换来楚王的器重与信任，反而是一再遭到疏远，最后眼见楚国走向覆灭，投江自尽。这就是屈原投江的故事。

屈原虽死，但未被群众忘怀，民间或有活动纪念，或有遗迹存世。东汉《风俗通义》说，屈原投江后，当地人非常感伤，划船去救他。汉代的竞渡活动便是遗留下来的习俗。东晋《拾遗记》记载，楚地人民思念屈原，把他视为“水仙”，还为之立祠，汉末仍存。

《异苑》这一则写的也是屈原的遗迹，一个是投江处的山水，异乎寻常地山明水净，好像是受到某种感召。一个是民众在汨潭西岸侧立庙，以示纪念。还有一种传闻，说投江那天，屈原是骑着一匹白马来到岸边的，盘石马就是当年拴马的遗迹。

8. **姑石山**

寻阳姑石山在江之坻①。初，桓玄②至西下③，令人登之，中岭便闻长啸声，甚清澈。及至峰顶，见一人箕踞④石上。

注释

①坻：水中的小洲或小块陆地。②桓玄：东晋权臣，曾篡晋立楚，不久被推翻。③西下：即『西夏』，指东晋时期荆楚一带。④箕踞：随意伸开两腿而坐，形似簸箕。

＜解说＞　寻阳的姑石山位于江中的一块陆地上。桓玄来到西夏，命人登上此山，结果在中岭就听见长啸声。啸在那个时候，是上流社会那些不拘礼法、潇洒自然的名士们的标配绝活。果然，到达峰顶后，看见一人在石头上箕踞而坐。箕踞本来就是一种不合规矩、十分无礼、爱咋咋地的坐姿，这长啸的声音，定是此人发出无疑了。

啸是一种特殊的发音方式，据记载，是“蹙口而出声”，即把嘴撮起来发出声音。也有借助手指发声的，称作“指啸”。南京曾出土一幅南朝的砖画，叫作《竹林七贤与荣启期》，画中的阮籍席地而坐，把手放在嘴边，正是在表演啸。

这样理解的话，无论哪种方式，啸的动作跟吹口哨都很像。啸的声音清澈高远，并且具有极大震撼力。《西京杂记》记载东方朔善啸，“每曼声长啸，尘落瓦飞”。如今我们不管怎么猜想，怎么破解，终究听不到古代的啸音。但据说啸的发声原理与呼麦有相通之处，所以只能听听呼麦来脑补一下了。

于史记载的善啸、喜啸者有很多，桓玄就是其中一位。他还专门给当时的音乐达人袁山松写过一封信，夸赞啸是一种能与情感契合的声音，这就是著名的《与袁宜都论啸书》。看来，桓玄派人去姑石山上，不是没有缘由的，他应该是去专门寻找这位善啸的同道之人。

9. **天台山** 会稽天台山虽非遐远，自非卒生忘形则不能跻也。赤城阻其径，瀑布激其冲，石有莓苔之险，渊有不测之深。

<解说> 天上有三台星，地下便有了天台山。

天台山因秀美壮丽，被描述成神仙洞府。东晋孙绰写过一篇著名的《游天台山赋》，把天台山狠狠地夸赞了一番，他在序里说，天台山是“山岳之神秀”，与方丈、蓬莱、四明三座山一样，是仙人云游、居住的地方。

刘义庆在《幽明录》中，还把天台山演绎成一个与人间迥然有别的极乐世界：东汉永平五年，刘晨、阮肇进天台山取谷皮而迷路，在山中游荡十三天后，遇见两位漂亮女子。二女不仅知晓刘、阮的姓名，还加以殷勤款待，一起饮酒作乐，逍遥了半年。哪知“洞中方数日，世上已千年”，刘晨、阮肇回家后，发现子孙都已经有七世了。

10. 卞山石柜

乌程①卞山，本名土山，有项籍②庙，自号卞王，因改名山。山足有一石柜，高数尺。陈郡殷康③常往开之，风雨晦冥④，乃⑤止。

注释 ①乌程：今浙江湖州。②项籍：即项羽。③殷康：字康子，东晋陈郡（今河南淮阳）人，曾任吴兴（今浙江湖州）太守。④风雨晦冥：风雨交加。晦冥，昏暗、阴沉。⑤乃：才。

<解说> 这一则让我们见识了乌程当地的一种民间风俗——祭祀项羽。

乌程的卞山，原名土山。山上有一个项籍庙，也就是祭祀项羽的庙宇。传说项羽死后，号为卞王，所以土山改名为卞山。卞山脚下有一个数尺高的石柜，当地太守殷康常常去开这个石柜，可能去的次数多了，打扰了项羽大神，导致风雨大作，殷康这才收手。

楚地历史上素来“重鬼神，多淫祀”，有浓重的祭祀风气，他们祭祀的对象，有鬼神，有祖先，还包括自然界的天地山川。在六朝时，这种风气甚至有过分的倾向，只要是他们觉得稍微不同寻常的人和事物，都有可能成为祭祀的对象。

而项羽本就是楚人，又是赫赫有名的武将，被当地民众供奉为神理所当然。成为神之后的项羽，也不减当年西楚霸王的雄风，相当灵验。开一开山下的石柜就招致风雨晦暝之类的事情，简直就是小菜一碟，关键时刻，项羽大神真的能显灵，保一方平安。

南宋的《梁溪漫志》中就有这样的故事。话说绍兴三十一年，金兵南下侵宋，一路攻打到淮南地界，偏偏在和州乌江县的英惠庙旁边驻扎下来。英惠庙，祭祀的不是别的神仙，正是项羽。兵者，国之大事，金兵在庙里占卜，打算预测一下战况，结果几次下来都是不吉。气得金兵要放火烧掉英惠庙。此时，项羽的神座上蹿出一条大蛇，“耸身张目，目光射人”，金兵赶紧退出了庙宇。这还不算完，接着庙里又传来巨大声响，仔细一听，好像是有数百人赶过来的样子。吓得金人“举军震恐”，落荒东逃，不敢在当地过夜。

11. 陶侃钓矶

钓矶山者，陶侃尝钓于此，山下水中得一织梭①，还挂壁上。有顷，雷雨，梭变成赤龙，从空而去。其山石上犹有侃迹存焉。

＝注释＝ ①织梭：织布时牵引纬线（横线）的工具，两头尖，中间粗，形似枣核。

<解说> 陶侃是东晋时期叱咤风云的武将，虽然呼风唤雨，烜赫一时，但其实他的出身在当时非常尴尬。据学者陈寅恪分析，陶侃“本出于业渔之贱户”。一个打鱼的小伙子，出身寒门，历尽艰辛，秒杀一众世家大族，撑起东晋初年政坛的半边天，起码在当时是很少见的。

对于不拼门第而走向人生巅峰的陶侃，大家免不了一番虚妄的揣测。

某一天，小伙子陶侃没有去打鱼，而是到山上钓鱼。钓了几条不知道，只见他从水里捡了一个织梭。那是织布机上的一个零件，虽然不值什么钱，但好歹也是个有用的物什吧。陶侃大概也这样想，于是他把织梭带回家，挂在墙上。谁料转眼间，电闪雷鸣，雨落如注，墙上的织梭变成一条赤龙飞走了。龙可是个好兆头，织梭化龙，正预示着陶侃不平凡的未来。事实也确实如此。

12. 乘矶山

乘矶山，下临清川。昔有渔父宿于川，夜半，闻水中有弦歌之音，宫商和畅，清弄谐密。

<解说> 乘矶山之下，是名为“清川”的一条河流。曾经有渔夫在此过夜，半夜之时，听见水中有弦歌之声。

13. 百丈山石书

百丈山上有石房，内有石案，置石书二卷。

<解说> 百丈山上有一处石房，石房中的石案上，摆放着两卷石书。即使交代得如此简洁明了，还是难免使人心生疑惑：这么偏僻的一处石房，到底是干吗的？

从现场物品分析，案、书，皆是生活用品，石案倒还好用，石书却如何看得？莫非，这其中隐藏着神秘力量——神仙？

不是没有这个可能。

西王母就是一个活生生的例子。《山海经·大荒西经》记载西王母居于昆仑山的洞穴，曰："有人，戴胜，虎齿，豹尾，穴处，名曰西王母。"后来成为西王母配偶的东王公，则居住在东荒山中的石室，据《神异经》载："东荒山中有大石室，东王公居焉。"

东晋以后，托道教发展的福气，有更多的神仙住在了更多的名山石室，统称"洞天"，即"山中有洞，洞中有天"，是可以通达于天的仙境。系统说来，有十大洞天、三十六小洞天，唐代司马承祯的《天地宫府图》对此做了详尽总结。他说"十大洞天者，处大地名山之间，是上天遣群仙统治之所"，三十六小洞天"在诸名山之中，亦上仙所统治之处也"。

后来清代的园林艺术还发展出了"空腹假山"，即营造假山时特意留出一个石洞，既节省石料，又造成"别有洞天"的效果。有雅兴的主人甚至会在石洞中布置石案、石床，喝酒赏景，避暑乘凉，别有趣味。

14. 涛山角声

永宁县涛山有河，水色红赤，有自然石桥，多鱼獭异禽。阴雨时尝闻鞉[1]角声，甚亮。

〓注释〓 ①鞉：乐器，俗称拨浪鼓。

<解说> 永宁县位于今天浙江温州的永嘉县，境内确有一座涛山，竖立在群峰之中。

涛山之奇，一在于景观。因为涛山中的河床多呈赤色，水流其上，便呈现出“水色红赤”的效果。山中还有一座长约二百米的天然石桥，叫作“仙人桥”，至今仍存。涛山的生态环境也是超一流的，鱼、獭等等珍奇异兽到处可见。

涛山之奇，还在于“阴雨时尝闻鞉角声，甚亮”。“鞉角声”是什么声音呢？

“鞉”字现在不常用，但是鞉这个俗称“拨浪鼓”的小东西，每一个熊孩子都值得拥有。最早的时候，鞉是一种打击乐器，用于祭祀活动。《诗经·商颂·那》描述了祭祀商族祖先商汤的乐曲，由鞉、管、磬等各种乐器合奏，那场景真是“鞉鼓渊渊，嘒嘒管声。既和且平，依我磬声”。角也是一种乐器。东汉末年由周边少数民族地区传入中原，本是兽角制成，后来由竹木等其他材料代替，制成长筒的形状。角吹出来的声音悲壮、凄厉、响亮，所以多在军中使用，用来发号施令、壮军威，与今天的军号基本相同。

所以大雨时的鞉角声，就很容易想象了。拨浪鼓连续的碎鼓点，像极了雨点砸在地上噼里啪啦的声音。伴随着电闪雷鸣、狂风怒吼，那架势与战场上震撼人心、凌厉高亢的鼓角，也算是神似了。

15. 沙山鼓角

凉州西有沙山，俗云昔有覆师[1]于此者，积尸数万，从是[2]有大风吹沙覆其上，遂成山阜[3]，因名沙山，时闻有鼓角声。

=注释= ①覆师：覆灭全军。②从是：从此。③山阜：土山。

<解说> 凉州西的这座沙山，就是甘肃敦煌城南鼎鼎有名的鸣沙山。鸣沙山又称神沙山、沙角山，整个山体是由细沙堆积而成的，人顺着山顶往下滑，就会发出轰隆隆的巨响。而古代的城里人也很会玩，他们利用鸣沙山的奇异之处，发明了“滑山”的新颖玩法，唐代的敦煌遗书就有记载：“端午日，城中士女皆跻高峰一齐蹙下，其沙声吼如雷。”意思是，每到端午节，城里的老百姓们会登上山顶，一起从上面滑下来，鸣沙山就发出打雷一样的声音。

一座沙子堆成的山不足为奇，而像鸣沙山这种自带音响效果的确实少见。对于这种现象，科学家自有科学家的分析。但在此之前，民间已有解释，说这沙山之下，其实掩埋着数万战死将士的尸体，而这些战死者阴魂不散，仍然坚持战斗，鸣沙山之所以会“鸣”，其实是将士们战斗的鼓角声。

16. **句容水脉**　吴孙权赤乌八年，遣校尉陈勋漕句容，中道凿破窑，掘得一黑物，无有首尾，形如数百斛①舡②，长数十丈，蠢蠢③而动。有顷，悉融液④成汁，时人莫能识得此。之后，遂获泉源，或谓是水脉。每至大旱，余渎⑤皆竭，惟此巨流焉。

＝注释＝①斛：旧制十斗为一斛，南宋末年改为五斗一斛。数百斛舡，意为能装下数百斛物品的船。②舡：同『船』。③蠢蠢：蠕动的样子。④融液：融化。⑤渎：沟渠，水道。

＜解说＞　动“脉”本指人体之血脉，即血液流通的脉络。后来人们觉得大地和人体一样，也遍布着复杂脉络。如山有山脉，或谓龙脉，水则有水脉。《管子·水地》就有“水者，地之血气，如筋脉之通流也”的说法，认为大地上的水就如同人体流通的气血一样。

把人体的血管戳一个大口子，血液就会从创口汩汩流淌。假如把大地的水脉“刺破”，会出现井喷或者爆浆的后果吗？请看三国时期吴国发来的报道：

赤乌八年（245），吴国皇帝孙权派遣陈勋开挖一条从句容到丹阳的运河，称为破岗渎，不料挖到半道发生一件怪事。据当事人介绍，当时现场挖出一个黑不溜秋的大家伙，无头无尾，体积庞大，有数十丈那么长，像个大黑虫子一样蛄蛄蛹蛹，不一会儿竟化成了汤汤水水。围观群众惊呆了，叽叽喳喳好半天，也没人认识这到底是个啥玩意。不管它，继续挖。不一会就挖到了泉源，突突突往外冒水。有人恍然大悟，声称刚才那个不明物体，就是传说中的水脉。此后，每遇大旱天气，当地其余的江河水渠全部断流，唯有挖到水脉的破岗渎奔流不息，水源不断。

17. **五百陂**

东乡太湖，吴庚申岁，于此有一军士五百人将破堰，先以酒肉祈神，约令水涸。夜梦人云：『塘水速竭，若见巨鳞，慎勿杀也。又有铜釜，并不可发。』明往，尺水翕然而尽，得白鱼[1]，形状非常。小人贪利，剖而治之，见昨所祭余食充溢肠内。须臾，复得釜，又取发，水便暴出，五百人一时[2]没溺，唯督监[3]得存，具说事状。于今犹名此湖为五百陂。

═注释═ ①白鱼：太湖名贵鱼类，银白色，肉质细嫩。②一时：全部。③督监：督查官。

<解说> 五百陂得名的背后，是五百名军士的性命。

本来，这五百名军士以酒肉祭祀神灵，约定破堰之前“水涸”。神灵答应了他们的请求，还托梦说如果在湖中看见大鱼，千万不要杀害它；还有一口铜锅，也不要打开。第二天，湖水陡然消失，军士们发现了一条白鱼，长得还挺特别。有贪心者把鱼肚子剖开，发现前一天祭祀的食物都塞在鱼肠子里。不久，军士们又发现了锅，不知道哪个手欠的把锅打开，瞬间就发了大水，五百人全部被淹。只有一位“吃瓜”的监察官幸存下来，负责讲述那过去的事情。

18. 百簿濑

永嘉郡有百簿[①]濑[②]，郡人[③]断水捕鱼，宰生祷祭，以祈多获。逾时了无所得，众侣忿怨，弃业将罢。其夕并梦见一老公云『诸君且可小停，要思其宜。』夜忽闻有跳跃声，惊起共看，乃是大鱼，锉以为脍[④]，顿[⑤]获百簿，故因以百簿名濑。

‖注释‖ ①百簿：犹言百片。②濑：急流。③郡人：当地一郡之人。④脍：切细的鱼肉。⑤顿：共计。

<解说> 这一则讲的是永嘉郡捕鱼的故事。当地百姓采用断水捕鱼的方法，并且还有祭祀环节，期盼有好的收获，然而并没有什么效果。正当众人怨声载道、准备撂挑子不干的时候，一个老头托梦给大家：少安毋躁。果然当天夜里就逮着一条大鱼。

断水捕鱼，顾名思义，就是采用截流的方法捕鱼。如果看官小时候玩过拦坝的游戏，那么恭喜恭喜，你已经掌握了这种捕鱼方法的百分之五十。另外百分之五十，就是你也许不知晓的内在机关——鱼梁。

所谓“鱼梁”，最早是用土石堆积起来的一条坝，而且垒得很高。据《后汉书》记载，这高高的鱼梁还曾救过董卓的命。当年董卓被羌人军队包围，“粮食乏绝，进退逼急”。他便下令在河面上修建鱼梁，假装要捕鱼，而军队在鱼梁的掩护下全身而退。唐代时，出现了用竹木编织成的鱼梁。陆龟蒙曾作一组《渔具诗》，其中的《鱼梁》诗“能编似云薄，横绝清川口”，指的就是它了。

鱼梁将水域围起，使水势增高、水流变得湍急。之后将渔笱放在鱼梁的缺口处，坐等鱼来。因为渔笱的入口处有倒刺，所以鱼宝宝们只能进却不能出。真可谓：一入渔笱深似海，从此成为盘中肴。

19. 飞鱼径

晋吴隶①为鱼塞②于云湖，有大鱼化为人，语隶云：『晚有大鱼攻塞，切勿杀。』隶许之。须臾，有大鱼至，群鱼从之，隶同侣误杀大鱼。是夕，风雨晦冥，鱼悉飞上木间，因号为飞鱼径。

＝注释＝ ①吴隶：吴地的奴隶或差役。②鱼塞：即鱼簖。

＜解说＞ 鱼塞即鱼簖，相传是范蠡发明的一款捕鱼神器。就是用竹子在水中筑起的篱笆，可以阻拦鱼蟹，方便捕捞。它和鱼梁有那么一点点像，都是在水中设置障碍。但它可以随时调整高度，不会妨碍船的通行。宋人金嘉谟有《鱼簖》诗云：“芒苇织帘箔，横当湖水秋。寄言鱼与蟹，机阱在中流。”一千多年后，英国访华使团访问大清王朝，成员之一爱尼斯·安德逊在路途中看见了鱼簖，称赞它为“不同寻常的捕鱼方法”。

有些地方，人们在水里筑起一行柱子，支住一片坚固的鱼簖，这些鱼簖放在江河的湾子地方，如可能就横亘在河面上，这样就很有效地挡住了鱼的通路，在鱼簖上再投上或系上饵食，鱼就成群而至，于是许多渔船集中到这里，渔夫们放下他们的网，成效很大。

因为成效很大，所以连大鱼都犯愁，于是鱼幻化成人，跟捕鱼的伙计求情说，放过晚上路过的大鱼，不要杀害它们。结果不一会儿，一大拨鱼乌泱泱地过来。大鱼还是不幸被伙计的同伴误杀。当天傍晚，风雨交加，鱼全都飞到了树上。

20. 山井鸟巢

兰陵昌虑县郚城有华山，山上有井，鸟巢其中，金喙黑色而团翅。此鸟见则大水，井又不可窥，窥者不盈一岁辄死。

＜解说＞ 井底狭小而又幽暗，井上之人不免会对这一神秘空间有诸多遐想。所谓鸟筑巢于井中，看上去很美，却是灾异的预兆。井水也不可冒犯，谁看谁就会丢掉性命。兰陵的这口山井，还是蛮有脾气的。

宋代《墨客挥犀》记载了另一个井底金雀的惊悚故事，告诉我们，有脾气的井，可不止这一口。话说滑州韦城县有一个龙王庙，庙中有一口豢龙井。虽然井水深且清澈，但是井中有怪，没人敢去汲水。庆历年间，有一位马存秀才喝多了，竟然来到龙王庙，往井中扔石子，试试有无怪事。结果一只金雀从井底飞上来，在井口化为一团烈火，把马存秀才的眉毛胡子烧了个精光。马存秀才因此患了一场大病，卧床一年才痊愈。

21. 龙叱

浔阳昙椿世居长沙，宅有古井，每夜辄闻有如炮竹声，相承谓之龙叱①。

注释 ①叱：大声呵斥。

＜解说＞ 夜深人静、月黑风高之时，宅中的古井总是发出炮仗一样的声音，不仅扰民，而且还很恐怖。宅子的主人倒是看得开：井龙王在骂架呢！

龙王一般都主管江河湖海，东海龙王、西海龙王、泾河龙王、洞庭湖龙王，“龙王”前冠以一方水域的大名，显得多么威武雄壮。相比之下，井只是方寸洞天，相比于大江大河的开阔水面，井龙王的名号自然逊色不少。如果说前者是公安部，后者就是派出所了。不过派出所级别的井龙王，在老百姓中间还是很有威望的，被列为“家宅六神”之一，逢年过节都要拜一拜。拜的时候还要念叨：天皇皇，地皇皇，一家老小敬龙王。龙王爷，本姓净，你把水儿来管清。

22. 沸井

句容县有延陵季子①庙，庙前井及渎恒自涌沸，故曰沸井。于今犹然，亦曰沸潭。

注释 ①季子：即季札，春秋时期吴国公子。后受封于延陵，故称延陵季子。

＜解说＞ 季札是春秋时期吴国的“王二代”。他生活的时代，正是吴国蒸蒸日上、国力强盛的阶段，其才华与品行与之完美匹配，以至于吴王寿梦和季札的哥哥都想打破规矩，把王位传给他。而季札仿佛看破了红尘，并不留恋高位重权，几次“让国”之后，一心扎根在自己的封地延陵，度过余生。

季札的品行令人敬仰赞叹，后世为他修建的季子庙，无意中也成就了一处令人称奇的景观——沸井。

沸井至今仍存，位于江苏省丹阳市延陵镇九里村季子庙前，共有六口，日夜翻腾，因此得名“沸井”。这六口井虽离得很近，但是三清三浊，口味也各不相同。有的苦涩，有的甘甜，有的麻辣，还有的爽口如汽水。这是文献不曾记载的。

23. 井砖疑龙

陈郡谢晦，字宣明。宅南路上有古井，以元嘉二年汲者忽见二龙甚分明，行道住观，莫不嗟异[1]。有人入井，始知是砖，隐起[2]作龙形。

注释 ①嗟异：赞叹称异。②隐起：鼓起，凸起。

<解说> 又是一则关于井与龙的联想，但这是一次“打脸”的联想。打水的人看见井中有两道东西，分外清晰，以为是龙，咋咋呼呼地就地造谣，引起不明真相群众的围观。有好事者下井一探究竟，发现所谓的井龙，不过是突出的井砖。

这个故事是有深意的。在古代的占候术中，龙见于井中，乃是凶兆。例如刘向在《汉书・五行志》中记载：“惠帝二年正月癸酉旦，有两龙见于兰陵延东里温陵井中，至乙亥夜去。”刘向分析说，龙本身是一个吉祥高贵的形象，被困在凡间的井中，预示着诸侯之间将会出现与囚禁有关的祸端。果然，吕太后幽禁并杀掉了汉惠帝的三位叔叔——刘如意、刘友、刘恢。而吕太后的势力不久也被诛灭。

而本则故事中的井不在别处，它恰好位于大将谢晦的住宅旁。唐代的《唐开元占经》在引述这则故事时，提供了另外一个版本的文字，补充道：“后晦等皆伏法。《淮南》所谓井见而贵臣拘者也。”这是怎么一回事呢？

谢晦自东晋末年起，追随当时的将军刘裕南征北战，直至辅佐他推翻东晋，建立刘宋，拉开南朝时代的历史大幕。刘裕去世后，谢晦担任了顾命大臣。因继位的少帝刘义符贪图享乐，谢晦觉得他不像个做皇帝的样子，便做主废杀之，迎立刘义隆为新皇帝，是为文帝。但由此也埋下了祸根。

文帝的势力稳固后，开始诛杀异己，特别是废杀少帝的谢晦等人。因为他们的势力实在是让这位新皇帝心存芥蒂，耿耿于怀。谢晦得到消息后，犹犹豫豫不知如何是好，被迫举兵反抗，最终被自己的老部下俘获，用囚车拉到京师，被杀身亡。

24. 武溪石穴

元嘉初，武溪[1]蛮人射鹿，逐入石穴，才容人。蛮人入穴，见其旁有梯，因上梯，豁然开朗，桑果蔚然，行人翱翔[2]，亦不以怪。此蛮于路斫树为记，其后茫然，无复仿佛。

═ 注释 ═ ① 武溪：武陵五溪之一，在今天的湖南省，当时是蛮夷之地。② 翱翔：自由自在地往来。

＜解说＞《异苑》的作者刘敬叔是与陶渊明同时代而稍晚的人。陶渊明《桃花源记》中“不知有汉，无论魏晋”的一方天地，惹得历代多少人羡慕不已。而刘敬叔笔下的“武溪石穴”，与《桃花源记》相仿，都是“发现异境”的故事。但是就情节的丰富性来看，它只能算是“低配版”的《桃花源记》。

25. 沃沮东界

河东毌丘俭[①]，字仲恭，尝征沃沮[②]，使王颀[③]穷其东界。耆老[④]云：曾有一破船随波流出。在海岸边有一人，项中复有面。生得之，与语，不相通，不食而死。又得一布衣从海中浮出其身，如中国人，衣但两袖，顿[⑤]长三丈。

═注释═ ①毌丘俭：字仲恭，三国时魏国将领。②沃沮：中国古代东北少数民族，有东沃沮（亦作『南沃沮』）、北沃沮之别。活动于今我国东北南部、朝鲜半岛东北部、俄罗斯滨海南部地区。后来融入高句丽族。③王颀：字孔硕，三国时期魏国人，任玄菟郡太守。④耆老：老年人。⑤顿：皆，俱。

＜解说＞　据《三国志》载，三国时期的正始五年（244），魏国毌丘俭奉命征讨屡犯辽东的高句丽。两年后，攻陷了高句丽最后自保的阵地丸都城。高句丽东川王率残部逃往南沃沮，到达竹岭，也就是今天朝鲜境内。毌丘俭派遣王颀前去追击，同时分兵堵住东川王继续南逃的道路。东川王只好转而逃往北沃沮。王颀随即远征，一路向东北进击，“过沃沮，践肃慎之庭，东临大海”。

于是在北沃沮出现了下面的对话。

王颀：嘿，老人家！海的东边还有人吗?

耆老：当然有呀！有一回我们这儿的人出海打鱼，遭遇大风，漂流到东边海岸。在岸边看见一个人，脖子上有人面的文身，把他逮过来，发现语言不通，这个人还闹绝食，然后就挂了。当时在海里还捞到一件布衣，看起来跟咱穿的差不多，只是袖子长得很，足有三丈。

对老人所言进行考证，北沃沮所临大海正是今天的日本海，日本海的西岸，不是库页岛就是日本列岛。可见，最晚在三国时期，勤劳勇敢的东北人民就已经横渡日本海，到达异国他乡了。虽然不是有意识地开辟航线，但也足以被称为历史上的壮举。

卷贰

1. 洛钟铭

魏时殿前大钟无故大鸣，人皆异之，以问张华。华曰：『此蜀郡铜山崩，故钟鸣应之耳。』寻蜀郡上其事，果如华言。

＜解说＞ 张华是西晋时期的文学家、政治家，写得一手好文章，品德也为人称道。更让人佩服的是他惊人的脑容量，运转起来堪称两条腿的“百度”、能喘气儿的“谷歌”。

据《晋书·张华传》记载，皇帝曾经问张华汉代宫殿的规制，以及汉武帝时期号称“千门万户”的建章宫到底是啥样的。张华“应对如流，听者忘倦”，他不仅讲得头头是道，而且因为怕大家听晕菜了，捎带着画出漂亮的示意图，可把皇帝和身边的一票人惊呆了。

《晋书·张华传》里辑录了许多张华博学多闻的事迹，但是最后还是感慨：“华之博物多此类，不可详载焉。”连官方史书都写不下了。就是这么厉害！

有了这样的才华，张华当然也没浪费，专门写了一部笔记小说《博物志》，收录各种奇闻逸事、博物知识，给广大人民群众普及文化，增长见识。

既然都是同行，《异苑》中也就有了张华的友情客串——“问张华”系列故事。

这第一问，就是理科的必考题：共振。在声学中，共振也称“共鸣”，当两个物体频率相同且相隔不远时，其中一个物体的振动能使另一物体随之振动。

殿前的这口大钟，无缘无故发出巨大声响，真够邪门的。于是有人请教张华。张华微微一笑：“那是因为蜀郡的铜山崩塌了，所以大钟会响呀。”

蜀郡铜山：“怪我咯？”

因为那么远的距离，实在是共鸣不起来。张华的解释确实存在漏洞，但是人家能对这个现象迅速做出判断，说明老哥还是很稳的。

张华老哥不仅懂得“同律相应”的道理，还能利用它做应用题。请看“问张华”系列故事之二——吴郡石鼓。

2. 吴郡石鼓

晋武帝时，吴郡临平[1]岸崩出一石鼓，打之无声，以问张华。华云：『可取蜀中桐材[2]刻作鱼形打之则鸣矣。』于是如言，音闻数十里。

＝注释＝①临平：临平湖，旧址在今浙江余杭临平山东南。②桐材：桐木。桐木质地轻软，共鸣性强，是制作家具、乐器的上等材料。

<解说> 转眼间到了西晋，民间出了一档子怪事。人们马上想到“问张华”。

热心群众：“吴郡临平湖垮了一段堤岸，崩出一个石鼓，但就是敲不出声音。怎么破？”

张华：“木鱼破之。用上好的蜀郡桐木做一个木鱼，在石鼓旁边敲打，根据共鸣原理，石鼓不想鸣也得鸣。回答完毕。”

3. 铜澡盘

晋中朝有人畜[1]铜澡盘[2]，晨夕恒[3]鸣如人扣。乃问张华，华曰：『此盘与洛钟宫商[4]相应。宫中朝暮撞钟，故声相应耳。可错[5]令轻，则韵乖[6]，鸣自止也。』如其言，后不复鸣。

＝注释＝①畜：保存，收藏。②澡盘：盛水洗盥的器物。③恒：经常。④宫商：泛指音律。⑤错：锉。⑥乖：不一致。

<解说> 没多久，又发生了与“魏时殿前大钟无故大鸣”类似的怪事。这回是某倒霉蛋家里的澡盘，一到早晨和晚上，就自己嗡嗡作响。得嘞，问张华吧。

张华一瞧，哟呵，这不还是“共鸣”的考题嘛。题干相异，但原理相同。张华耐心解答后，出于“勤俭持家过日子，澡盘虽响不能扔”的考虑，又另外给出了消音良方：“可错令轻，则韵乖，鸣自止也。”把澡盘锉一锉，改变它的重量，使其固有的频率与宫中的大钟不一致，这样就不会共鸣了。

4. 燃石

豫章有石，黄白色而理①疏，以水灌之便热，加鼎于上，炊足以熟，冷则灌之。雷焕以问张华，华曰：『此燃石也。』

＝注释＝ ①理：纹路、层次。

＜解说＞ 雷焕也是一个“博物士”，与张华有一段“寻找宝剑”的故事。

史载，当时斗、牛两星宿之间常有紫气，张华认为这预示着未来吉凶，于是把精通天文的专门人才雷焕请来。

雷焕说，此乃宝剑之精气。

张华一拍大腿：说得对呀！小时候，确实有个相面的人告诉我，六十岁时我将位列三公，并且会佩戴一把宝剑。

因为这个小心思，张华让雷焕去宝剑的所在地——豫章郡的丰城做官，暗中寻剑。雷焕也不含糊，挖地几尺，果真得到龙泉、太阿两把光芒四射的大宝剑。但雷焕只将其中一把送给张华，并对别人说：“本朝将乱，张公当受其祸。此剑当系徐君墓树耳。灵异之物，终将化去，不永为人服也。”意思是说，莫说只送一把，就是一对儿剑全送给张华，也是白瞎。因为张华马上就要倒大霉了，失去宝剑是避免不了的。而且这种灵异之物，本就不属于凡夫俗子，早晚会消失于人间。之后果然应验。

《异苑》这一则讲的是雷焕在豫章的另一个收获。他在当地发现一种黄白色的石头，纹路稀疏，泼水就能发热，甚至可以像柴火一样用来煮饭。这方面的知识雷焕就不擅长了，便请教张华。张华说，这种石头叫燃石。

燃石到底是啥玩意？书上并没有提供更多细节。只是《述异志》有差不多的记载：“羊山上有燃石，其色黄而文理疏，以水沃之，便如煎沸，其上可炊煮。”颜色、纹理、特性都能对得上，看来是同一种东西。

5. **显节陵策文**

元康中，有人入嵩高山①下，得竹简一枚，上有两行科斗书②。台中外传以相示，莫有知者。司空张华以问博士③束皙，皙曰：『此明帝显节陵④中策文⑤也。』检校，果然。

〓注释〓 ① 嵩高山：即嵩山。② 科斗书：亦称『科斗篆』『科斗文』，篆字手写体的俗称。③ 博士：古代学官名。④ 显节陵：东汉明帝的陵墓，在今河南省洛阳市邙山以南。⑤ 策文：即『册文』，是古代帝王的诏书。

＜解说＞ 策文也称册文，是古代皇帝封赏、罢免诸侯、大臣时发布的“权威文件”。束皙所说的“明帝显节陵中策文”，是东汉时期的物件。

关于汉代策文的形制，史书有专门记载：“其制长二尺，短者半之，篆书，起年月日，称皇帝，以命诸侯王。三公以罪免亦赐策，而以隶书，用尺一木，两行，惟此为异也。”可见策文根据内容的不同，不仅使用的简牍有长有短，连字体的选用都有独特的“鄙视链”：封赏诸侯王时，用更古老的篆书，也就是文中所说的“科斗书”；罢免大臣时，用当时通用的隶书。

而这篆书策文，到了西晋就已鲜为人知，甚至难倒了张华。幸而有考古小能手、古文字老司机——博士官束皙。束皙做过的最厉害的事，莫过于参与完成了汲冢竹书的整理工作。要知道，汲冢竹书是西晋时出土的一批先秦竹简，相当珍贵，但上面全是战国时期的古文字，而且顺序已经打乱，识别起来难度极大。而我们的束皙，不仅能把一堆破烂一样的竹书整理出来，而且还能考证、注释，和大家一起讨论里面的疑难问题。既然连汲冢竹书都能拿下，“有两行科斗书”的东汉策文，对于束皙来说真是小菜一碟。

6. **武库火**

晋惠帝元康五年，武库[1]火，烧汉高祖斩白蛇剑、孔子履、王莽头等三物。中书监[2]张茂先惧难作，列兵陈卫。咸见此剑穿屋飞去，莫知所向。

═ 注释 ═ ①武库：储藏兵器的仓库。②中书监：官名，三国时魏始设，为事实上的宰相，隋以后废。

<解说> 原来武库不仅是兵器库，还是个博物馆，放着好些个宝贝。可惜这次蹊跷的失火，张华疑心有人从中作乱，故按兵不动，观察了老半天，从而导致重大损失：刘邦的剑、孔子的鞋、王莽的头，全部被烧。尤其刘邦的剑可能是被烧迷糊了，竟然自己“穿屋飞去”，下落不明。

要说这三个宝物，剑、鞋、脑袋瓜子，既不是金银财宝，也非殊方异物，放在一块儿也想象不出有什么美感，咋就成为西晋“国博”的藏品了呢？

看官，您可得瞧好了，这可是汉高祖斩白蛇造反的剑，孔子大圣人穿过的鞋，以及把西汉搅和没的王莽的脑袋。哪一个物什单拎出来，都够上满一堂课的。

先说这把大宝剑。汉朝的开国皇帝刘邦，当初只是秦朝小小不言的一个亭长，不显也不贵，凭什么成为最后的大赢家呢？当时人认为，此乃天意。刘邦因为没有完成押解犯人的任务，半路开溜。有天夜里喝得醉醺醺的，用剑斩杀了挡路的大蛇。而神奇之处就在于，居然有个老太太哭着跟人说，自己的儿子白帝化身为蛇，不幸被赤帝斩杀。大家一听，哇，原来这家伙命中注定是要当皇帝的！就是因为这件事，越来越多的人相信、依附刘邦。获得“最佳人气奖”后，刘邦披荆斩棘，历经艰辛，开创了属于自己的新朝代——大汉。而当年这把斩蛇剑也成为传国重器，时时刻刻提醒天下人：俺老刘可是赤帝的化身。

斩蛇的宝剑一直保存到西晋，直至遇上这场大火，自己飞丢了。后来唐代有人写了一篇《斩白蛇剑赞》，认为这次事故不是意外，因为“魏晋已还，无德于民，灵器不能久安”。意思是说，宝剑本身是非比寻常的灵器，而魏晋的时候社会动荡不安，百姓并没有享受到什么德政，这样一个世道是不配让灵器久存的。听起来很有道理的样子。

再说孔子的鞋。孔子是一个圣人不假，同时他老人家还是一个高大魁梧、威武雄壮的汉子，这是史书上明确记载的。《史记·孔子世家》曰：“孔子长九尺六寸，人皆谓之长人而异之。”虽然尺寸的标准古今有异、地域有别，但是估算一下，孔子身高两米左右肯定是跑不掉的。

人长得高，脚也一定小不了，两者之间是成比例的。达·芬奇的一幅著名的素描《维特鲁威人》，也叫《神圣比例》，展现的就是人体最佳比例，其中脚长是人身高的七分之一。这样分析的话，孔子的鞋起码有一尺好几。是的，你猜对了。后来南朝梁的时候有一本书叫《论语隐义注》，专门拿孔子的鞋说事儿：“孔子至蔡，解于客舍。夜有人取孔子一只屐去，盗者置屐于受盗家。孔子屐长一尺四寸，与凡人屐异。”可见，孔子的鞋可不是一般的鞋，那是孔子伟岸形象的有力证明呀！结果，还是被烧成了灰。

“王莽头”又是个什么内涵段子呢？王莽在历史上并没有好名声，一直扮演“坏人”的角色，因为他是瞎折腾的典型，异想天开的好手，西汉王朝的终结者。但其实一开始不是这样的。王莽出身显赫，属于外戚家族，但他并没有显贵之家飞扬跋扈的恶习，处处都表现出谦恭、正直的一面。例如，他的妻子们平时连件大大方方的衣服都没有，史称“衣不曳地，布蔽膝”，穿得抠抠索索，寒寒碜碜，被家里来的客人误认为仆役。儿子王获杀死了一个奴婢，王莽大义灭亲，竟然逼自己的亲儿子自杀。

总之，各种近乎苛刻、真假难辨的做派，为王莽赚取了口碑，使之控制了国家大权，直至窃取了王位，改西汉国号为“新”。虽然名为“新朝”，王莽却翻开《周礼》，按照书上记载的据说是周代的国家制度，进行了全方位、立体化的改（折）革（腾），满满的“复古风”。但凡是书上写的，也不管合理与否，他都欲转化成现实，地名？改！官名？改！少数民族名？改！各个领域的制度，哪一个动起来不是伤筋动骨要人血命，却都被王莽一一搅和过了。经过几十年的“尬改革”，广大人民群众终于揭竿而起。

最后，王莽被身边一块逃跑的商人杀死，脑袋被一个校尉割下来，随后而来的士兵将王莽的尸体大卸八块。王莽头后来被挂在街道上示众，红了眼的百姓对着他一顿暴击，也不知道哪个胆大的，还把王莽的舌头割下来吃掉，也是够狠的。

后来王莽头是怎么留存下来，跨过东汉魏晋而保存在皇家武库，尚未发现相关记载。是因后世之人恨之极深，还是有意以此为鉴，就不得而知了。

7. 金锁金牛

晋康帝建元中，有渔父垂钓，得一金锁。引锁尽，见金牛，急挽①出牛，断，犹②得锁长二尺。

注释 ①引、挽：拉。②犹：仍然，还。

〈解说〉 东晋建元年间，一位渔父钓到一条金锁链，他拉呀拉，发现锁链的那头拴着一头金牛。这可是个大宝贝呀！渔父赶紧继续往外拉拽。可惜运气不好，金锁链断了，近在眼前的金牛没有拉上来。不过没关系，还有二尺长的金锁链攥在手里，用来改善生活应该绰绰有余了。

到了唐朝，李公佐写有一篇精彩绝伦的传奇小说《古岳渎经》，跟这个金锁金牛的故事有一拼。不过他写的不是钓金牛，而是钓猿猴。

话说楚州龟山下有一个渔人，钓到一根大铁索，怎么拉也拉不动。好奇心驱使渔人潜水下去查看，他发现事实并不简单，这根铁索盘绕在山足，不知道有多长。当地刺史李汤知道后，派了数十个会水的好手，外加五十头牛一起打捞铁索。一顿吭哧吭哧的生拉硬拽之后，拽出来一个白猿一样的怪兽，这家伙有五丈多高，眼睛鼻子里流着恶臭的水。被莫名其妙地拉上来之后，猿猴蹲在岸边，一副没睡醒的样子。突然，它把眼睛张开，原文描写道："双目忽开，光彩若电。顾视人马，欲发狂怒。"孙悟空的既视感有没有？闹完起床气后，猿猴拖着铁索，慢慢入水而去。一同被拖入水里的还有那五十头牛。十几年后，李公佐寻得《古岳渎经》这部古书，读后才知道，这只猿猴乃是被大禹降服的水神无支祁。

8. 钱变土

晋太元中，桂阳临武徐孙江行，见岸有钱溢出，即辇①着船中，须臾悉变成土。失炉所在。

注释 ①辇：搬运。

〈解说〉 徐孙也意外遇到一次发财机会。他在船上看见岸边有钱呼噜呼噜往外冒，心动不已，便麻溜地全搬进船里欲据为己有。但是没一会儿，船里的钱全部变成了土。

9. 铜炉自行

晋义熙中，庞猗为宜都太守。御人①牧马于野，见一铜炉，上焰带锁而行，持归以呈猗。遂槛盛，逸下荆州。无都北，乃忽风雨，有叫声，火光烛天，径来趋船，失炉所在。

==注释== ①御人：驾驭车马的人。

<解说> 炉，火所居也，它是盛火的器具，可以取暖，可以做饭，可以冶炼，还可以燃香。可是它们不甘心只做生活的好帮手，便秉承“皮一下很开心”的宗旨，在人类面前频刷存在感。

《异苑》这一则说，庞猗的车夫在郊外牧马，却有了意外收获。他看见一个行走的铜炉，燃着火，挂着锁链。这很神奇呀！司机把它交给领导庞猗。庞猗估计也没见过这个，把它固定好，连忙送往荆州给更大的领导看。还送没到宜都的北边，忽然间刮风下雨，并伴随着奇怪的叫声，偏偏不知道哪里又起火了，火势很猛。大家伙决定上船避一避，结果一抹身，铜炉溜了。

《稽神录》记载，信州刺史周本在私讳日（自己父母的祭日）那天“独宿外斋”。好歹是有忌讳，周本“张灯而寐”，亮着灯心里也会有个底吧。然而还没等睡熟，就听见屋里有哗啦啦的响声。周本一看，妈哟！火炉飞升了，一直向上升到屋顶，作够了才下来。因为火炉里是要烧燃料的，一般是木炭什么的，这样一起一落，弄得满屋都是灰尘，PM2.5 指数直接爆表。

《龙泉县志》讲了一个香炉的故事。相传，宋徽宗在白云岩安营扎寨，顺手在石崖上放了一个香炉。香炉忽然缩入空中，还跟吾皇万岁玩起藏猫猫，“扪之则存，视之则亡”，摸得到，但是看不见。大家对香炉的超能力很是敬畏，还专门立祠祭祀。

10. 一船金 义熙中，新野黄舒耕田得一船金，卜者[1]云：『三年勿用，长守富也。』舒不能从，遂成土壤。

＝注释＝ ①卜者：占卜的人。

＜解说＞ 话说“黄舒耕田得一船金”，“一船金”呐！算命大师掐指一算，告诉他三年内都不要动这些金子，三年一过，就可以永远“土豪”下去，到时候，可真是享不尽的荣华，受不尽的富贵。然而黄舒把大师的话当成了耳旁风，一船的金子太诱人，此时不挥霍，更待何时？结果，一船的金子全都变成了土，后半辈子的荣华与富贵尽毁其手。

11. 樟林桁大船 晋时钱塘浙江有樟林桁[1]大船，每有乘者，辄漂荡摇扬而不可禁。常鸣鼓，钱塘江头凌浪如故，惟船吏章粤能相制伏。及粤死，遂废去。

＝注释＝ ①桁：同『航』，连船而成的浮桥，供大船停泊。

＜解说＞ 钱塘江真的这么凶险吗？能渡过江的寥寥可数到只有章粤一人？虽然有夸张成分，但其实，也差不多吧。

我们知道，江河都会有潮汐运动，但钱塘江不一样。钱塘江特有的喇叭口形状，使得潮水涌进江口后，能够撒野的面积越来越小，加之河床上升，往前推进也就越来越困难。所以后浪推前浪，一浪压一浪，江面浪涛便呈现出一派凶险之象。东汉的时候，人们就传言说，钱塘江潮之所以凶险骇人，是因为伍子胥的缘故。当年吴王夫差杀死伍子胥，把他的尸体扔进江水中。伍子胥阴魂不散，“驱水为涛，以溺杀人”，钱塘江才这般不平静。

12. 山阴县钱船 海西太和中，会稽山阴县起仓①，凿得两大船，船中有钱，皆轮文②。时日向暮，凿者驰以告官，官夜遣防守甚严。至明旦失钱所在，惟有船存，视其状，悉有钱处。

=注释= ①起仓：建造仓房。②轮文：圆形花纹。

<解说> 建个仓房的工夫，就有了意外收获——凿出两只大船，而更意外的是，船中发现有带圆形花纹的钱币。这种钱币后来收入南宋的钱谱《泉志》，被列为“神品”。

13. 金鼎变铜铎 苻坚建元年中，长安樵人于城内见金鼎，走白坚。坚遣载取到，化为铜鼎；入门，又变成大铎①。

=注释= ①铎：大铃。

<解说> 古代有种说法叫“金不从革”。金石类的东西，如果表现出不符合它们本身性质的变化，比如说无故发出声响、无法正常冶铸、无故失踪，就意味着灾难的降临，而且这个灾难往往与国家的命运、君主的生死息息相关。金不从革的现象也不是偶然发生的，《洪范五行传》有言曰：“好战攻，轻百姓，饰城郭，侵边境，则金不从革。”意思是说，如果统治者不爱惜百姓，常做杀伐征战之事，就会来个“金不从革”点点你。

反观“金鼎变铜铎”的故事，长安樵人乃一无名小卒，不足为道。而另一个人物苻坚，确实是悲催的一个，妥妥应了“金不从革”的景。

作为十六国时期前秦的第三位君主，苻坚励精图治，费尽千辛万苦统一了北方，终于有了与南方的东晋政权相抗衡的实力。虽然形势一片大好，但是也架不住有一颗膨胀的心。苻坚朝思暮想要灭掉东晋，统一全国。最后终于按捺不住，率领百万大军开至淝水边上，结果被东晋几万人马打败。而且败得很惨，逃命的士兵一路上风声鹤唳。没错，这是苻坚贡献的全新成语。淝水之战后，前秦元气大伤，越来越镇不住场面，政权土崩瓦解，苻坚也在混乱中被杀。

14. **钟鸣水中**

西河有钟在水中，晦朔①辄鸣，声响悲激，羁客②闻而凄怆。

＝注释＝ ①晦朔：每月月初和月末。②羁客：旅客。

＜解说＞ 每到月初和月末的时候，西河就会有钟自鸣，钟声低沉悠扬，让漂泊在外的旅客好不伤感。文学作品中也多有因钟声而触景生情、各种复杂心绪涌上心头的描写。但其实，钟并不是生来就扮演骗人眼泪的角色的，它象征的是延续不绝的生命力量。许慎《说文解字》解释“钟”时，指出钟为“秋分之音”。因为有了秋天的收获，生命才有延续的可能，而“金”是体现“坚成不灭绝”意义的不二之选，所以古人以金制钟，寓意“相继不绝”。

15. **元马河碧珠**

越巂门会元县有元马河，有铜舫船①，河畔有祠，中有碧珠，若不祭祀，取之不祥。

＝注释＝ ①舫船：并连而成的两只船。

＜解说＞ 碧，石之美者，是古人所珍视的宝石。“若不祭祀，取之不祥”。是真的有这么大威力，还是古人的被害妄想？

有时恐惧来自想象。可以说，“碧”本身就是不平凡的存在。《庄子・外物》谓：“苌弘死于蜀，藏其血，三年化为碧。”苌弘是周敬王的大臣，冤死于蜀地，他的血被人收集起来，三年后化为碧。而汉代一部纬书《孝经援神契》则解释说：“神灵滋液则碧出。”直接把碧看成是神灵的分泌物，说明了碧不仅是石中之美者，也是石中之神道者。

题为班固所撰的《汉武故事》中，记载了汉武帝建造的供神的屋子，都要用碧石来做地基与门，除了碧石确实好看，其中也应当有对神奇力量崇拜的因素。

16. 铜釜作声 长山朱郭夫妻采澡涧滨，见二铜釜，沿流而下。取之而归。有员盖①，满中铜器光辉曜目，自然作声。郭惧，运盖②北山埋之。而后卖釜，与人共载出，为货船无故自覆，失釜所在。

注释 ①员盖：圆形的盖子。②运盖：《太平御览》作『运著』。

<解说> 朱郭两口子在野外捡回来两个密封的铜釜，拿回家发现：哇哦！里面是满满登登的铜器，光彩夺目，还能自己发出声音。这正是“金不从革”呀！朱郭心头一紧，把这两个家伙运到北山埋起来。之后可能是出于补贴家用的需要，便把铜釜卖给了别人。结果铜釜被拉到货船上，船就无故沉底了，铜釜也不见了。

17. 铜马 上党侯亮之于江都城下获一石磨，下有铜马。

<解说> 石磨配铜马，像是随葬品的样子。若果真如此，可别贪便宜顺手捡了去，上报文物单位是最正确的选择。因为刘义庆《幽明录》中有一个类似的故事堪称前车之鉴：

西汉第二任江都王刘建葬于广陵，其陵墓附近有数十具磨。一位村民路过，看见之后拿了一具回家。结果晚上就有鬼敲门索命，哦不对，是索磨。吓得村民第二天早上赶紧把磨送回了原处。

18. **玉㹠**

弘农杨子阳闻土中有声，掘得玉㹠①，长可尺许，屋栋间乃自漏秫米②。如此三年，昼夜不息，米坠既止。忽有一青蛇长数尺，住在梁上，每落粪，辄成碎银子。阳获银米，遂为富儿。锻银作器化卖，倍售余家，市者随以破灭。

═注释═ ①玉㹠：玉或滑石制成的随葬品，可以握在死者手中。②秫米：糯米。

<解说> 多少人梦想着“天上掉馅饼”而不可得，但是杨子阳这位老兄不仅顺利圆梦，而且是更高一级的花式梦想成真——屋栋间自漏秫米，青蛇落粪而成碎银子。真是要吃有吃，要钱有钱。这一切的机缘，都源于他在土中挖到的玉㹠。玉㹠是个啥玩意？

“㹠”字是“豚”的异体字，意思是猪。猪在古代是有钱人的标配，财富的象征。所以古时的人去世之后，往往要在手里握一个玉猪（或称玉㹠、玉豚），才能满心欢喜、踏踏实实地入土为安。这在南朝确实是常见的丧葬习俗。当时的颜之推专门就这个问题做了交代，他在《颜氏家训》中说：“吾当松棺二寸，衣帽已外，一不得自随，床上唯施七星板；至如蜡弩牙、玉豚、锡人之属，并须停省。”颜之推因为母亲薄葬，要求自己的葬礼也不要太铺张，像玉豚这类的东西，能省则省吧。

而玉㹠现于人间，好比是财神驾到，一不小心就带人奔向了小康生活。除了弘农杨子阳这样的幸运儿，《幽明录》中也有类似快速致富的典型：“余杭人沈纵，家素贫，与父同入山，得一玉豚，从此所向如意，田桑并增，家遂大富。”

19. 洗石孕金

永康王旷井上有洗石，时见赤气，后有二胡人寄宿，忽求买之。旷怪所以，未及度钱，子妇孙氏睹二黄鸟斗于石上，疾往掩取，变成黄金。胡人不知，索市愈急。既得，撞破，内空段，有二鸟处。

<解说> 南朝梁的时候，有人撰写了一部探矿专著《地镜图》，我们也可以称它为寻宝手册。究竟如何寻宝呢？就是通过观察地表的植被，或者用“望气”的方法来判断地下是否有矿藏。比如说：“凡观金、玉、宝剑、铜、铁，皆以辛之日，待雨止，明日平旦及黄昏夜半观之，所见光白者玉也，赤者金，黄者铜，黑者铁。”意思是说，在逢辛之日的雨后，于第二天的清晨、黄昏或夜半进行观察，看到有光为白色，则为玉，赤色为金，黄色为铜，黑色为铁。

这种寻宝秘诀，在一千多年前的刘宋时期就已经有人掌握了。

谁？胡人。

从魏晋开始，人们眼中的胡人逐渐自带“识宝”的超级技能。因为胡人要么是北方少数民族，要么是西域的老外，都来自遥远、陌生而又神奇的地域，所谓外来的和尚好念经，胡人的眼界自然不同于中土人氏。

上面这个故事写道，两个借宿的胡人看见井上有一块洗石，冒着赤气，就缠着主人王旷把石头卖给他们。

奇了怪了，洗衣的石头有什么好卖的？

王旷自然不知道，这经常冒着赤气的洗石，乃是一件宝贝。

买卖还没成交，王旷的儿媳妇便撞破了玄机。她看见有两只黄鸟在洗石上掐架，就毫不犹豫地以迅雷不及掩耳之势扑过去。鸟么，没抓住，因为变成了——黄金。王旷一家肯定高兴坏了，但是胡人的目的也暴露了。

黄鸟变黄金的事胡人并不知晓，他们只是催着王旷要洗石。嘿嘿，其实已经晚了。不知内情的胡人将到手的洗石撞碎，除了黄鸟栖身的空洞外，一无所获。

20. 石骆驼

西域荀夷国山上有石骆驼，腹下出水。以金铁及手承取，即便对过[1]，惟瓠芦[2]盛之者则得饮之，令人身体香净而升仙。其国神秘，不可数遇。

注释 ①对过：穿透。②瓠芦：葫芦。

＜解说＞ 这是一则关于葫芦的使用说明。

葫芦，常见的植物果实，劈开可当瓢，不劈开可做容器，盛水、盛酒。同时跨界到神异领域，颇有神通：

在神秘的西域国度荀夷，有一只石骆驼，它腹下所出之水是得道成仙的“神饮品”。而且这种能“令人身体香净而升仙”的神饮品，不是随随便便就能盛取的，它有唯一指定盛器——葫芦。除此之外，一概失灵，管它盛接的是贵重的金器、铁器，抑或手掬，都会毫不留情地漏掉。《博物志》中也有类似记载：“庭州灞水，以金银铁器盛之皆漏，唯瓠芦则不漏。”

葫芦还可以是神仙蜗居的“豪宅”。古称行医为“悬壶济世”，“壶”即是葫芦，它是神仙壶公不起眼的豪华房产。壶公白天在市场里为人治病，太阳一落山就下班回家——跳进悬于屋上的那只葫芦里。别看葫芦豪宅体积小，里面可是一个仙宫世界，亭台楼阁，一应俱全。

总之，葫芦纯天然绿色无污染，易种易得易改造，是凡人与神仙居家旅行的必备物品。

21. **佛发**

月支国有佛发[1]，盛以琉璃罂[2]。

注释 ①佛发：佛祖释迦牟尼的头发。②罂：腹大口小的容器。

<解说> 佛发也称佛发舍利，需要很郑重地供养起来，所以盛放佛发的容器必然十分讲究。月氏国用色泽艳丽、质地结实的琉璃容器放置，好看又实用。

那时中国也有琉璃制品，但是金贵得很，原本是显摆自己有钱的奢侈品。北魏的时候，琉璃价格被成功拉低，并且越用越铺张，成为常见的建筑材料。这事儿说起来，还要感谢来自月氏国的商人。据《魏书》记载，北魏世祖拓跋焘时，有月氏商人来到京师做买卖，宣称自己能做五色琉璃。于是他在山中采矿，在京师炼铸成功。制作出的琉璃光彩夺目，秒杀西方的进口货。观看的人无不目瞪口呆，以为是神仙做的，“自此中国琉璃遂贱，人不复珍之”。

22. **石城甘橘**

南康归美山石城内，有甘、橘、橙、柚。就食其实，任意[1]取足。脱[2]持归者，便遇大蛇，或颠仆失径，家人啖之辄病。

注释 ①任意：任随其意。②脱：倘若，如果。

<解说> 照今天的标准看，归美山算是江西南康境内的著名景点。它有名在何处呢？

首先，长得美。《南康记》载：“归美山，山石红丹，赫若采绘，峨峨秀上，切霄邻景，名曰女娲石。”不仅容颜靓丽，归美山还被公认为高大有型、气场强势：“高数百丈，远望嵯峨，灵阙腾空，故老谓之神阙。”神阙，就是天上的宫殿。

神阙一般的归美山，还有造福人类的一面。这就是它如此出名的另一个原因：开了一家水果超市。

归美山的西面地势险峻，有一处自然形成的石城，高数十丈。石城之内有各种好吃的：甘、橘、橙、柚，都是长江流域常见且大受欢迎的水果。来来来，大家可劲吃、可劲造，但就是不能打包，不允许外带，否则的话，返回途中不是遇见蛇就是摔个大跟头，一路不能安生。即使把水果带回家里，家人吃了也会生病。

23. 五色浮石

阳羡县小吏吴龛于溪中见五色浮石，因取内床头，至夜，化成女子。

<解说> 《异苑》的故事总是让人不过瘾，刚起了个头就“全剧终”了。五色浮石化为女子，然后呢？她是坏人还是好人？吴龛怎么样了？

好在这个故事没完，续集从来都不缺，而且添枝加叶，越来越精彩。试举二例。

《述异记》卷下：

阳羡县小吏吴龛，家在溪南。偶一日以掘头船过水，溪内忽见一五色浮石，龛遂取归，置于床头，至夜化为一女子，至曙仍是石。后复投于本溪。

吴龛还是那个阳羡县小吏，家庭住址信息多透露了一点，住在溪南。而且看起来吴龛家境一般，过溪时搭乘的是掘头船——一种两头翘起的简陋小船。后面的情节大致相同，他从溪中捡到一块五色浮石，拿回家放在床头，晚上化为一女子。化为女子又怎样呢？没说，只知道天亮后女子又变回石头，“后复投于本溪”。

整体上，这个故事虽然多了那么一点点内容，但还是挺无趣的，特别是，吴龛最后居然把石头扔回了溪中，没有一点两情相悦、怜香惜玉的剧情，果然是“不爱我就拉倒”。

到了唐代就不一样了，干瘪的剧情有了质的飞跃，《太平广记》收录的《原化记》就记载了这样的故事。男主人公吴龛演变成了吴堪，虽然是标准单身狗，但人家品行恭顺，且是个环保卫士，对家门口的溪水爱护有加，唯恐它被弄脏污染，甚至到了“临水看玩，敬而爱之”的地步。有一天，他在溪边捡到一个白螺，可能觉得很漂亮，就带回家里养着。而这白螺则化身为一个美丽女子，成为吴堪的妻子。原来，上天有感于他的品行，赐给他一个白螺化成的姑娘。不料，吴堪的上司县宰眼红了：白螺姑娘忒好看，我不霸占谁霸占！县宰几次三番为难吴堪，但都被他身后的白螺姑娘一一化解。最后在一场大火中，县宰一家被烧死，吴堪和白螺姑娘也不知所踪。

24. 柑化鸢

河内司马元胤，元嘉中为新釜[①]令，丧官[②]。月旦[③]设祭，柑化而为鸢。

=注释= ①新釜：《太平御览》作『新淦』，位于今江西省。②丧官：失去官职。③月旦：农历每月初一。

<解说> 丢了工作的司马元胤，在陈列祭品时，有柑化为鸢。鸢，即老鹰，被古人认为是“鸟之贪恶者”。柑化鸢，福兮？祸兮？联想到司马先生的失业窘境，不得不替他担心。

《诗经》中有一首《旱麓》，也是描写祭祀场景，其中亦提及“鸢”，倒是很振奋人心。所谓“鸢飞戾天，鱼跃于渊。岂弟君子，遐不作人”，老鹰飞上天，鱼儿跃于深渊，君子怎么不会培养人才呢？咱们祖宗传下来的德业就靠他们发扬光大了。

所以司马元胤是“鸢飞戾天”的潜力股咯？

25. 竹生花

晋惠帝元康二年，巴西郡界竹生花，紫色。结实如麦，外皮青，中赤白，味甚甘。

<解说> 竹子确实开花，但不是经常开花，而且竹子一旦开花，随后就会大面积枯死。所以当人们看见“竹生花”的现象时，自然会有异样的感觉，并且要当作了不得的事情记下来。有时候呢，觉得“竹生花”是不祥之兆，让人心里发毛，因此有歇后语曰：竹子开花——改朝换代，或者“预兆败”。有时候又觉得是好事，如清代笔记《广东新语》载，明正统年间黄萧养起义，一开始下狱的时候，“卧榻枯竹生花，诸囚以为祥也”。果然，黄萧养不仅携狱友成功越狱，还干了更大的一票，纠集了数百艘战船，直犯广州，自立为东阳王。虽然后来起义失败，但是最初的自信和勇气是从“枯竹生花”生发出来的。

26. 枣生桃李

晋太元中，南郡忻陵县有枣树，一年忽生桃、李、枣三种花子。

＜解说＞　关于枣树的梗，那是相当多了，“枣生桃李”只是不起眼的一个。堪称经典的大概要到鲁迅家去找：“在我的后园，可以看见墙外有两株树，一株是枣树，还有一株也是枣树。”

打住！枣明明是人间美味好不咯！

从古至今，人们之所以对枣青睐有加，是因为它确实好吃、滋补，而且枣树的生命力旺盛，遇上饥荒年份枣还能代替粮食垫肚子。为了获得枣子的丰收，先民在栽培枣树的事业上可谓尽心尽力，开发出各种品种，光是汉代的《尔雅》就罗列出十一种之多：壶枣、边要枣、櫅、樲，杨彻、遵、㭒、煮、蹶泄、皙、棯枣，整整一个足球队的阵容。西晋的《广志》更厉害：“河东安邑枣；东郡谷城紫枣，长二寸；西王母枣，大如李核，三月熟；河内汲郡枣，一名墟枣；东海蒸枣；洛阳夏白枣；安平信都大枣；梁国夫人枣。大白枣，名曰‘蹙咨’，小核多肌；三星枣；骈白枣；灌枣。又有狗牙、鸡心、牛头、羊矢、猕猴、细腰之名。又有氐枣、木枣、崎廉枣，桂枣，夕枣也。”一共二十三种之多。

在种类多得让人眼花缭乱的枣面前，真不知“忽生桃、李、枣三种花子”的那棵树，隐藏在哪一种里。

27. 桑再椹

汉兴平元年九月，桑再椹，时刘玄德军于沛，年荒谷贵，士众皆饥，仰①以为粮。

注释

①仰：依赖。

<解说> 桑葚是桑树的果实。“桑再椹”，意思是桑树完成当年结果任务后，又加班加点地结了一次果子。此为植物的“重果现象”。出现“重果”，多数意味着气候反常。果不其然，东汉兴平元年，陕西、河南、河北等地发生了大面积旱灾。

军于沛的刘备当时就中招了，“年荒谷贵，士众皆饥”，为之奈何？

先前已经说过，饥荒年份，枣子可以垫肚子，而桑葚也是极好的救命食物。而且反正已经“桑再椹”了，这么多存货，不吃白不吃。

用桑葚备荒也有讲究，一般要提前把它晒干，这样方便保存。《齐民要术》里就有关于保存桑葚的小贴士：“椹熟时，多收，曝干之，凶年粟少，可以当食。”并引了《魏略》中的事例：“兴平末，人多饥穷，沛课民益畜干椹，收置豆，阅其有余，以补不足，积聚得千余斛。会太祖西迎天子，所将千人，皆无粮。沛谒见，乃进干椹。太祖甚喜。”这里的“沛”是杨沛，新郑的地方官。兴平末年，为了应对“人多饥穷”的局面，杨沛命大家多多储备干桑葚。正巧赶上曹操带着千余人去迎接天子，路上没了粮食，多亏杨沛进献干桑葚救急，才令曹操渡过难关。

28. 白桑椹

北方有白桑椹，长数寸，食之甘美。

<解说> 桑葚的品种按颜色分，有白色、黑色、黑红色等等。要问味道哪个好，刘敬叔说，北方白桑葚一级棒！

29. 竹节中人

建安有筼筜①竹，节中有人，长尺许，头足皆具。

=注释= ① 筼筜：一种生长在水边的竹子，皮薄、节长而竿高。

<解说> 竹子是植物界中的一个大类，若细分起来，它的种类可是海了去了。南朝戴凯之的《竹谱》是中国第一部研究竹子的专著，收录的品种有三十多个。但据说这部书最早的时候，一共记载有六十一种竹子，翻了快一倍。其中对于筼筜竹也有介绍，曰：“薄肌而最长，节中贮箭。”说它皮儿薄，而且竹节很长，长到可以当箭筒。听上去很实用。但是到了刘敬叔笔下，画风一转，把筼筜的长竹节夸张成内有身长几尺、有头有脚的人。这万一砍竹子的时候，“吧唧”掉出来一个大活人，得多恐怖。

30. 连理竹

元嘉四年，东阳流道先家中筋竹林忽生连理①。野人②无知，谓之祸祟，欲斫杀之。

=注释= ① 连理：指异根植物枝干连生。② 野人：生活在乡间的人，或指平民。

<解说> 筋竹是一种坚韧如筋的竹子，因此《竹谱》介绍说，筋竹可以制成矛，即使是没有长成竹子的笋，也可以当作弩弦。就算如此具有制作杀伤性武器的潜质，筋竹还是差点被人手起刀落地废掉。这是为何呢？

原来是某人家中的筋竹林出现了“忽生连理”的现象：本来不是一棵的竹子，非要死乞白赖长到一块，枝干连生，缠缠绵绵。老百姓路过一看，顿时感到心理不适，估计是密集恐惧症发作，于是认定这是灾祸的象征，非要将其砍翻在地。

但其实，植物连理本是吉兆，起码东汉人是这么想的。班固的《白虎通》认为连理是有德的表现：“德至草木，朱草生，木连理。”东汉还有一处摩崖石刻《西狭颂》，上面有《五瑞图》，绘制了包括“木连理”在内的五种祥瑞之兆。

小两口结婚也叫“喜结连理”，夫妻之间恩恩爱爱、形影不离的甜蜜劲儿与异根植物缠绕在一块的情形是绝对可以相提并论的，所以才有了《长恨歌》“在天愿作比翼鸟，在地愿为连理枝”的浪漫情话。

31. 嘉瓜

汉安帝元初三年，平陆有瓜，异处同蒂，共生一瓜，时以为嘉瓜①。

＝注释＝ ① 嘉瓜：吉祥的瓜。

＜解说＞ “异处同蒂，共生一瓜”，意思是好几棵瓜藤共结了一个瓜蒂，然后生了一个瓜。当时的人觉得是吉兆，称之为“嘉瓜”。

《后汉书》也有类似的记载，只不过在“嘉瓜”之外有了新提法——草妖：

安帝元初三年，有瓜异本共生，八瓜同蒂，时以为嘉瓜。或以为瓜者外延，离本而实，女子外属之象也。是时，阎皇后初立，后阎后与外亲耿宝等共谮太子，废为济阴王，更外迎济北王子犊立之，草妖也。

这个版本厉害了，何止“一瓜同蒂”？人家直接“八瓜同蒂”，就问你服不服？而且将这种升级版的“瓜同蒂”现象称为“草妖”，并直接拔高到国家安全的层面：瓜不同于土豆、花生之类的植物，它爬蔓而生，离开根而结果实，此乃女子外戚之象。结合当时的时代背景考察，可知这种比附是为汉安帝的阎皇后量身定做的。这位阎皇后虽然有权有势，但是不能生育，太子只能立别人家的孩子。在巨大的不安全感的笼罩下，阎皇后勾结外戚谮废太子，另立他人。所以当民间出现“有瓜异本共生，八瓜同蒂”的奇怪现象时，就要掂量掂量，这是“嘉瓜”呢，还是“草妖”呢？

32. 一瓜三茎 晋武帝太康八年六月，王濬园生瓜，三茎一实。

<解说> “三茎一实”的瓜生在王濬的园子里，预示着什么呢？

有意思的是，西晋有两个“王濬”。一个是帮助西晋灭掉东吴的福将王濬，刘禹锡的“王濬楼船下益州，金陵王气黯然收”，指的就是此人。这个王濬在太康六年就去世了，所以这回的“草妖”事件，当是发生在另一个王濬的园子里。那么这个王濬对于西晋来说，可就不是省油的灯了。王濬十五岁时，承袭父亲王沈的爵位，待在封国逍遥自在，没事还能做做官。这是在晋武帝的时期。到了下一任皇帝晋惠帝的时候，王濬就开始非法开挂了，他不仅依附贾后的势力，杀害太子，八王之乱时更是胡作非为，带着鲜卑兵攻入邺城，还帮着鲜卑人掠夺妇女，史载“黔庶荼毒，自此始也”。想想太康八年出现的有关瓜的预言，还是很准的。

33. 越王菜 晋安平有越王余算菜长尺许。白者似骨，黑者如角。古云越王行海，曾于舟中作筹算①。有余者，弃之于水，生焉。

= 注释 = ① 筹算：用算筹作计算。

<解说> 越王余算菜，当年越王做算术时剩下的算筹扔进水里长出的菜。但其实科学家说了，越王余算菜根本就不是菜，而是海里的动物——珊瑚。

34. 土薯

薯蓣一名山芋，根既可入药，又复可食。野人谓之土薯。若欲掘取，默然则获，唱[1]名者便不可得。人有植者，随所积之物而像之也。

注释 ①唱：大声喊。

<解说> 薯蓣、山芋、土薯，指的都是一种东西——山药，这个称呼出现得比较晚，是北宋时为了避皇帝讳新起的名字。不过早在《山海经》中，这种既可以当粮食吃，又能入药的植物就已经入了先民的法眼："又南三百里，曰景山……其上多草、薯萸。""薯萸"即是山药。

那么如何才能获取这种植物呢？《异苑》介绍了正确方式："默然则获，唱名者便不可得。"你得悄悄地、不动声色地下手，不能瞎嚷嚷，尤其是不能喊它的名字，不然准是一无所获。

35. 土精

人参一名土精，生上党者佳。人形皆具，能作儿啼。昔有人掘之，始下铧[1]，便闻土中呻吟声，寻音而取，果得人参。

注释 ①铧：耕地的农具。

<解说> 人参是一种名贵的中药材，《神农本草经》介绍道，人参能够"补五脏，安精神，定魂魄，止惊悸，除邪气，明目开心益智。久服轻身延年"。所以《红楼梦》里弱不禁风、气血两虚的林妹妹说："如今还是吃人参养荣丸。"

所谓人参"生上党者佳"，是明清以前的事。明清以后，特别是清代以来，辽东参成为人参界的顶级流量明星。清代笔记小说《池北偶谈》还介绍了辽东采参的情景："今辽东采参者，识其苗，不语，急以纬帘覆其上，然后集人发掘，则得参甚多。否则苗倏忽不见，发之无所得。"

36. **交州菌**

交州诸菌以叶涂人躯，便举体菌生。生既遍，就朽烂，肌肉消腐。

<解说>　交州在今天广东、广西的南部以及越南境内的部分地区，属于热带、亚热带气候，自然资源丰富，当地有很多物产是中原人从未见过的。因此，东汉末年人士杨孚曾写过一部《交州异物志》，专门记述这方面的情况，而欲知详情如何，大概有些难度，因为此书已经亡佚。《异苑》倒是介绍了交州一种奇怪的菌类植物，我们姑且称其为“毒菌”。这种毒菌可以帮助肌肉消腐，具体做法是将叶汁涂在身体上，然后就会见证浑身生长毒菌的奇迹。更为奇迹的是，这些毒菌一旦长满身体，就会烂掉，连带着帮助肌肉消腐。

37. **神农窟**

隋县永阳有山，壁立千仞①，岩上有石室，古名为神农窟。窟前有百药丛茂，莫不毕备。又别有异物，藤花形似菱菜，朝紫、中绿、晡②黄、暮青、夜赤，五色迭耀③。

注释　①壁立千仞：山崖石壁高峻陡峭。②晡：申时，下午三点到五点。③迭耀：一次又一次地闪耀。

<解说>　神农窟前有一种会变色的藤花，早上为紫色，中午为绿色，下午为黄色，傍晚是青色，夜晚是赤色，“五色迭耀”，效果很酷炫。

对于花变颜色，古人也喜欢将之作为奇闻逸事记录下来。《宋书》中记载，南朝刘宋时期，一个叫邓琬的大臣种的紫花全都变白了，然后史家神经兮兮地写下三字：“白眚也。”白眚，意思就是不祥之兆。

《开元天宝遗事》记载了天宝年间唐长安城的皇宫中，有种变色的木芍药：“初有木芍药植于沉香亭前，其花一日忽开，一枝两头，朝则深红，午则深碧，暮则深黄，夜则粉白。”不仅是花色，连花香也是昼夜之内各不相同。相比于史家，唐玄宗淡定得多了，他跟身边的人说：“此花木之妖，不足讶也。”

卷叁

1. 鹤语

晋太康二年冬，大寒。南洲人见二白鹤语于桥下曰：『今兹①寒不减尧崩年也。』于是飞去。

＝注释＝ ①今兹：今年。

＜解说＞　“今年冬天这冷劲儿，可不比尧帝去世那年差啊！”

说这话的不是人，而是白鹤。细思极恐的是，说这句话时，已是西晋太康二年，即公元 281 年，而尧帝是比夏商周时代还早的传说时代的人物，时间跨度已逾千年。

一个路过的南洲人目睹了此情此景此对话，想必已被吓傻或者瞬间石化。

于是博大精深的中国语料库里又多了一个典故：鹤语尧年。感慨世事变迁的时候，可以拿来用用，挺好使的。

话说鹤的寿命，厉害的有五六十年，在鸟类中确实成绩突出，可以称为寿星。古人的眼光更夸张一些，称“鹤寿千年”，分分钟笼上缥缈的仙气，所以由鹤说出“今兹寒不减尧崩年”的话也就显得比较合情合理。

但是也有一种可能，南洲人所见的白鹤根本就是神仙变的。《搜神后记》就记载了神仙化鹤的故事，说的是丁令威学道升仙，千年之后化身为鹤回到家乡辽东，停在城门的华表柱上，亮相很唯美，结果尴尬地被弹弓少年追打。相比于楼上那两只鹤，确实凄惨了许多。

2. 鸾鸣

罽宾①国王买得一鸾②，欲其鸣不可致，饰金繁，飨珍羞，对之愈戚③。三年不鸣。夫人曰：『尝闻鸾见类则鸣，何不悬镜照之？』王从其言，鸾睹影悲鸣，冲霄一奋④而绝。

＝注释＝ ①罽宾：西域古国。②鸾：传说中凤凰一类的鸟。③戚：忧愁。④奋：高飞，疾飞。

＜解说＞　与《异苑》差不多同时代，范泰作有《鸾鸟诗》一首，他在诗序中也讲述了这个故事。讲述完毕，感慨道：“嗟乎！兹禽何情之深。昔钟子破琴于伯牙，匠石韬斤于郢人，盖悲妙赏之不存，慨神质于当年耳，矧乃一举而殒其身者哉！”失去同类的鸾鸟就像失去钟子期的伯牙、失去郢人的木匠，一个失去了欣赏自己的知音，一个失去了心领神会、可以一起表演“运斤成风”的好搭档，孤独到极致，一奋而绝。

3. 鹦鹉说梦

张华有白鹦鹉，华每出行还，辄说僮仆善恶。后寂无言。华问其故，答曰：『见藏瓮中，何由得知？』公后在外，令唤鹦鹉，鹦鹉曰：『昨夜梦恶，不宜出户。』公犹强之，至庭，为鹯[1]所搏；教其啄鹯脚，仅而获免。

〓注释〓 ①鹯：一种鹞类猛禽。

<解说> 鹦鹉也是古代志怪小说中的常见主角。关于这种会说人话的小可爱，《山海经》中已有记载："黄山有鸟焉，其状如鸮，青羽赤喙，人舌能言，名曰鹦鹉。"白鹦鹉则很珍贵，是外来的品种，如果没有猜错，应该就是葵花凤头鹦鹉，这种白鹦鹉一般都是进贡而来，那可不是一般人能养得了的。《西京杂记》中记载，汉代富人袁广汉，在长安城北北邙山下建了一个超豪华的园林，养了很多奇兽怪禽，白鹦鹉就名列其中。

所以张华家里的这只，应当也有不平凡的来历。但是它说话的本领，和一般的鹦鹉差不到哪去，更何况，这还是一只话痨鹦鹉。想象一下，一个无所不通的博学大佬，一只满嘴跑火车的碎嘴子大鸟，生活在一起是怎样的画风呢？

这只白鹦鹉，我们姑且称它为"小白"。每次张华下班回来，小白都会打小报告，说家里的仆人们哪个干活卖力，哪个偷奸耍滑，完全起到了监控回放的作用。后来，小白突然没电一般变安静了。张华好不适应：我的小白怎么了？小白幽怨起来："我都被藏进瓮里了，上哪帮你监控去？"不消说，肯定是被打击报复了。心疼一秒钟。

一秒钟过后，另一个段子也扑面而来。

张华的小白不仅话痨，还是一只会做梦的话痨。这天，张华喊它出来玩耍，老憋在屋里多闷啊。小白说不行不行，我昨晚做了噩梦，今天不宜出门。张华才不信呢，生拉硬拽把它薅了出来。结果小白刚在庭院里一露头，就被一只鹯给揍了，最后还是在张华的提醒下，使用啄脚的绝招才侥幸逃脱。碰见这么不靠谱的主人，小白还真是心累。

4. 鹦鹉灭火

有鹦鹉飞集他山，山中禽兽，辄相贵重。鹦鹉自念虽乐，不可久也，便去。后数月，山中大火，鹦鹉遥见，便入水濡羽[①]，飞而洒之。天神言：『汝虽有志意，何足云也？』对曰：『虽知不能救，然尝侨居是山，禽兽行善，皆为兄弟，不忍见耳。』天神嘉感，即为灭火。

＝注释＝ ①濡羽：沾湿羽毛。

<解说> 当然了，也不是所有的鹦鹉都像张华家的小白那样话痨又迷信。鹦鹉界还是有一股很正的清流的。比方说，上面这则故事中十分义气的一只：为了救出被火困在山中的小伙伴，用羽毛沾水的方式拼死营救，最后感动了天神，使火熄灭。

5. 鸲鹆学语

五月五日剪鸲鹆[①]舌，教令学人语，声尤清越，虽鹦鹉不能过也。

＝注释＝ ①鸲鹆：八哥。

<解说> 五月五日剪鸲鹆舌是端午节的一个习俗，传说在这一天被剪舌的鸲鹆，语言能力完爆鹦鹉。然而到了五代时期，这个说法被徐仲雅信手拈来，变成了嘲笑人的梗。

徐仲雅是长沙人，名列“天策府十八学士”之一，博学多才，远近闻名。同时此人极有性格，也很会开玩笑。当时后周将领周行逢雄霸一方，他仰慕徐仲雅的才华，一心想加以拉拢。但徐仲雅根本不把他放在眼里，甚至大庭广众之下嘲笑周行逢蹩脚的口音：“不于五月五日剪却舌头，使语音乖错如此。”你呀你，肯定是没在端午那天剪舌头，才连话都说不好。有道是，打人别打脸，骂人别揭短。周行逢再怎么敬重人才，也架不住这么一顿怼，没被气死也算命大。但毕竟徐仲雅也是地方文化名人，碍于此人的社会声望，周行逢也不敢拿他怎样。

6. 鸲鹆听琵琶

晋司空桓豁在荆州，有参军①五月五日剪鸲鹆舌，每教令学人语，遂无所不名，与人相顾问。参军善弹琵琶，鸲鹆每听辄移时。

＝注释＝ ① 参军：将军的属官。

< 解说 >　剪舌之后的鸲鹆，不仅与人对答如流，还是参军的“死忠粉”，经常赖在参军身边听他弹琵琶。这样聪明可爱的鸲鹆还有耿直的一面。

《幽明录》记载说，主典人，就是家里管事的伙计，当着鸲鹆的面偷东西。他万万没想到，鸲鹆是鸟，但绝不是一般的鸟，它可是能说会道的“目击证鸟”。鸲鹆看在眼里，记在心上，趁没人的时候，向参军报告主典人偷了什么东西，说得仔仔细细，清清楚楚。参军忍了。谁料这小子又偷了牛肉。耿直的鸲鹆又去告状。参军这回终于开始较真，他按照鸲鹆提供的线索，找到了赃物。

主典人暴露之后，被一顿暴打。他心里这个恨啊，回头就用热汤把鸲鹆活活烫死了。

参军眼见心爱的宠物死于非命，真真是怒从心头起，恨向胆边生，强烈要求司空桓豁处死主典人。

因为一个遭报复而死的动物让当事人偿命，应不应该呢？桓豁表示对于参军的心情完全理解，但总不能因为一只鸟，就把人置于死地吧。于是只判了主典人五年的刑罚。

7. 山鸡舞镜

山鸡爱其毛羽，映水则舞。魏武①时南方献之。帝欲其鸣舞而无由，公子苍舒②令置大镜其前，鸡鉴形而舞，不知止，遂乏死。韦仲将为之赋其事。

【注释】①魏武：指曹操。②公子苍舒：指曹冲，曹操的儿子。

<解说> 本卷第二则故事《鸾鸣》中，鸾鸟在镜子中看见自己的影子悲鸣而绝，原因在于孤独至极的处境；而上面这一则故事中的山鸡在镜子里看见自己的羽毛就舞个不停，直至累死，就纯属被人抓住自恋的把柄而自取灭亡。

明代徐榜在《宦游日记》中总结为官之道，也用了类似的典故："山鸡自爱其毛，终日影水，目眩则溺。""芙蓉山有异鸟，其名曰鹔，爱形顾影，不自藏，为罗者所得。"古代官场江湖险恶，如何身处其中而自保，山鸡与异鸟显然是反面教材。在自身具备先天优势——自认为高颜值——的情况下，山鸡"溺于自爱"，异鸟"不懂自藏"，还没来得及大展宏图，就早早死于自嗨与高调自嗨。藏巧守拙、谦虚低调，既是美德，也是放之四海皆准的保命大法。

8. 群乌咋犬

晋义熙三年，朱猗戍寿阳①，婢炊饭，忽有群乌集灶，竞来啄啖，驱逐不去。有猎犬咋杀两乌，余乌因共咋②杀犬，又啖③其肉，唯余骨存。

【注释】①寿阳：即今安徽寿县。②咋：咬。③啖：吃。

<解说> 群乌咋犬，可不是什么好事。

一群乌鸦忽然聚集到灶台上，轰也轰不走。猎犬前来帮忙，非常暴力地咬死两只乌鸦。乌鸦绝不是吃素的，一起报复猎犬，群起而咬之，还吃它的肉。最后猎犬只剩下骨头，光荣牺牲了。

这件事发生在朱猗家。朱猗是谁呢？据《宋书》记载，朱猗是东晋的龙骧将军，当时正戍守寿阳。乌鸦报复猎犬之后的第三年，也就是义熙五年六月，朱猗就去世了。

9. 杜鹃催鸣

杜鹃始阳[1]相催而鸣，先鸣者吐血死。常有人山行，见一群寂然，聊学其声，便呕血死。初鸣先听其声者主离别，厕上听其声不祥。厌[2]之法：当为大声以应之。

注释 ①始阳：阳气始动之时。②厌：破除凶兆。

＜解说＞　杜鹃叫起来“布谷布谷”的，所以也叫“布谷鸟”，它的声音清远悠长，而且带有节奏变化。对于杜鹃的鸣叫，民间有各种各样的联想。有的说，杜鹃叫的是“五谷可布种”“家家撒谷”，催促人们耕种劳作。有的说，杜鹃叫的是“我望帝也”。望帝即在蜀地称王的杜宇，禅位之后隐去，魂化为杜鹃，蜀人怀念他，因此有这样的说法。有的说，杜鹃是在说：“不如归去。”寄托的是游子思归之情。

《异苑》这一则是把杜鹃鸣叫看成不祥之兆。“吐血死”“呕血死”“主离别”“不祥”，没有一点好处，十分不给面子。而所谓“厌之法”，是对付杜鹃的方法，既然杜鹃鸣叫这么恐怖，那我们就给它叫回去，“大声以应之”，就可以逢凶化吉，平安无事。

10. 鸡作人语

晋兖州刺史沛国宋处宗尝买得一长鸣鸡，爱养甚至，恒笼置窗间，鸡遂作人语，与处宗谈论，极有言致。终日不辍，处宗由此玄言①大进。

＝注释＝ ①玄言：魏晋间崇尚老庄玄理的言论。

＜解说＞　古人把书房的窗户叫“鸡窗”。追溯起来，鸡、窗户，这两样东西之所以能混搭到一起，还跟宋处宗有关。

晋代是个玄风炽盛的时代，当时的名士喜欢讨论宇宙苍生的大道理，讨论得越起劲，越显得自己有文化有水平，从而得到别人的尊重。

宋处宗身处玄风的时代潮流之中，也喜欢谈玄说理。他买到一只长鸣鸡，把它放在窗户上就可以说人类语言。长鸣鸡不仅能说，而且会说，说得“极有言致”，语言技巧一点也不差。于是它就成了宋处宗的金牌陪练，每天一人一鸡，终日不辍，练习玄言。宋处宗的谈玄水平便有了质的飞跃。

长鸣鸡不仅使宋处宗玄言水平猛涨，日后他们两个还成为跨界组合的典型，以至于清代的《幽梦影》在讨论“知己”时，说：“天下有一知己，可以不恨。不独人也，物亦有之。”物如何有之呢？其中就列举了宋处宗与长鸣鸡这对好搭档，说：“鸡以处宗为知己。”

11. 金色鹅

晋义熙中，羌主姚毗①于洛阳阴沟取砖，得一双雄鹅，并金色交颈长鸣，声闻于九皋②，养之此沟。

＝注释＝ ①姚毗：即姚兴。②九皋：曲折深远的水湖沼泽。

＜解说＞　姚兴是东晋十六国时期后秦国君，励精图治，奋发有为。史载隆安三年（399），趁东晋内乱，姚兴带领后秦大军攻占了洛阳。

既然洛阳成为自己的领地，那当然是想干啥干啥。这不，姚兴正在洛阳的阴沟专心搬砖。然而出现的一对金色大鹅，唤起了大佬的爱怜之情。只见得那“一双雄鹅，并金色交颈长鸣，声闻于九皋”，颜值与唱功俱佳，不同凡响。姚兴爱之极深，下令将这对金色大鹅养在阴沟里。鹅在，沟便在，取砖的工程也就此收手，洛阳的阴沟保住了。

12. 鹅引导

傅承为江夏守，有一双鹅，失之三年，忽引导[1]得三十余头来向承家。

=注释= ① 引导：带领。

＜解说＞ 江夏太守傅承家跑丢一对鹅，三年杳无音信，丢就丢了吧，谁家还没丢过宠物呢。心态是良好的，事实也是感人的。突然有一天，这对鹅回来了。不仅它们回来了，它们身后还跟着三十多只鹅前来投靠。这下真赚了！

13. 虎标

武陵龙阳虞德流寓[1]溢阳，止主人夏蛮舍中。忽见有白纸一幅，长尺余，标蛮女头，乃起扳取。俄顷，有虎到户而退，寻见何老母标如初。德又取之，如斯三返，乃具以语蛮，于是相与执杖伺候。须臾虎至，即格杀之。同县黄期具说如此。

=注释= ① 流寓：流落他乡居住。

＜解说＞ 做人不易，做鬼也很难。按非正常死亡的情况看，有饿死鬼、吊死鬼、淹死鬼、冻死鬼……下场很惨，给人的印象往往也不好。其中有一种鬼叫作“虎伥”，就是人被老虎吃掉后，化身为老虎的跟班，替老虎寻找美味。

“虎标”故事中的“老母”，就是众多虎伥中的一个。她用白纸盖头的方法给老虎做记号：“该吃这家伙了！”

诶，这次该吃谁了？

话说有个叫虞德的人，寄宿在夏蛮家中。偶然间，他看到一件怪事，夏蛮女儿的头上覆盖了一张白纸。没错，那就是老母留的记号。好奇之下，虞德将纸取走。不一会儿，老虎来了。它在门口晃了晃，并没有进来，而是走开了。第一回合，老母失败。

然而虞德再次看到老母把纸盖在夏蛮女儿的头上，他赶紧又把纸拿下来。好几次都是这样，虞德觉得此事定有蹊跷，告诉了夏蛮。两个大兄弟准备好家伙什儿，守在门口。老虎一到，立刻遭棍棒伺候。虎卒。老母，应该失业了吧。

14. 虎攫府佐

彭城刘广雅，以晋太元元年为京府佐，被使还都，路经竹里亭于逻宿。此逻多虎，刘极自防卫，系马于户前，手执戟，布于地上。中宵①，与士庶②同睡。虎乘间跳入，跨越人畜，独取刘而去。

=注释= ①中宵：半夜。②士庶：普通百姓。

<解说> 刘广雅是如何被老虎抓走的？说出来都不怕大家笑话。

因为当地多虎，所以刘广雅在过夜前，布置好了退路，准备了周到的防身措施，包括：

门前拴马——确保遇到老虎时，可以第一时间逃离现场。

摆放武器于地面——万一逃不掉，也有防身的家伙。

与士庶同睡——藏身在人群里，降低被害概率。

半夜老虎真的来了，但是万万没想到，它完全不按套路出牌，既不稀罕畜生，也不迷恋其他人类，偏偏对刘广雅情有独钟，下手稳准狠，“跨越人畜，独取刘而去”。

15. 美女变虎

晋太元末，徐桓以太元中出门，仿佛见一女子，因言曲相调，便要桓入草中。桓悦其色，乃随去。女子忽然变成虎，负桓著背上，径向深山。其家左右寻觅，惟见虎迹，旬日①，虎送桓下著②门外。

=注释= ①旬日：十天。②著：在。

<解说> 徐桓出门遇到一个美女言曲相诱，徐桓没把持住，随她而去，本以为会“抱得美人归”，谁想美人是老虎变成的，徐桓反被“美人”抱走。

16. 畜虎理讼

扶南[1]王范寻常畜虎五六头及鳄鱼十头。若有讼，未知曲直，便投与鱼、虎，鱼、虎不食，则为有理。秽貊[2]之人，祭虎为神，将有以也。

‖注释‖ ①扶南：中南半岛古国，在今柬埔寨境内。②秽貊：即秽貉，古时东夷国名。

＜解说＞ 大约位于今柬埔寨境内的扶南国，在三国时期就与中国产生了交集。彼时，吴王孙权占据了南方长长的海岸线，并对外面的世界充满好奇。公元 226 年，孙权派人走海路，南下出访周边的小伙伴，扶南国就这样进入中国人的视野，留在中国历史记忆中。

在流传下来的珍贵记载中，关于扶南国风土人情的介绍还真不少。例如他们的衣着，有钱人家的男子是将彩色丝织品围在身上当衣服，女子穿套头装，穷人只能随便找块布凑合着蔽体；扶南国人普遍都住楼阁，出门骑大象，还能造八九丈长的大船。总之一派异域风情，新鲜感扑面而来。

而涉及打官司、断案，扶南国就显得落伍很多，手段残酷迷信，像是仍处在文明社会的初级阶段。

一般来说，遇有官司诉讼，需要论理说事，而扶南国依靠的是古老的“神明断案法”，食肉的猛兽、滚烫的沸水、烧热的油锅……这些神秘力量都是断案的好帮手。

《异苑》这一则记载，就是讲扶南王范寻利用猛兽断案。他把当事人扔到虎群或者鳄鱼池里，如果两者相安无事，手拉手成为好朋友，就说明正义掌握在此人手中。

《搜神记》中也有范寻断案的故事，讲的正是沸水断案。范寻命人烧一锅沸水，水中扔一枚金戒指，让犯罪嫌疑人伸手去捞，“其直者，手不烂，有罪者，入汤即焦”。

至于油锅断案法，见于元代的《真腊风土记》，方式和沸水断案差不多，一锅沸水换成了一锅热油：“且如人家失物，疑此人为盗，不肯招认，遂以锅煎油极热，令此人种手于其中；若果偷物，则手腐烂，否则皮肉如故。”

17. 醉共虎眠

永初中，邵[1]都梁冯恭醉卧于山路。夜有虎来，以头枕其背。恭中宵辗转，以手搏之，复大寝[2]。向晓始醒，犹见虎蹲在脚后，若有宿命，非智力[3]所及也。

注释 ①邵：指邵陵郡，今湖南邵阳。②寝：睡觉。③智力：才智与勇力。

<解说> “醉者安于遇虎”，意思是人喝醉之后，胆量提升，连碰上老虎都不怕。咋个不怕法呢？

曾经有个叫冯恭的湖南人，喝得晕头转向倒在山路上。结果夜里来了老虎。俗话说，好汉不惹醉汉，但老虎哪懂这个呀！冯恭迷迷糊糊的，摸到了老虎的身子。哎呀，这货既柔软又暖和，于是把老虎当成枕头睡觉。可笑的是，睡到半夜，冯恭翻了个身，可能是嫌这个“枕头”不老实，居然打了它一顿，然后又接着睡，呼呼呼。天大亮的时候冯恭才醒来，发现老虎仍然蹲在脚后，委屈巴巴。

这只老虎还算走运，有一只更倒霉。《朝野佥载》记载了“喷嚏惊虎”的故事。说在浙江有一个醉汉，也是半夜走山路，靠着山崖睡着了。老虎凑上前去。干吗？闻他。坏菜就坏在这一闻，老虎须子戳进醉汉的鼻孔。嘿，好痒！醉汉惊天地泣鬼神地打了一个大喷嚏。这倒霉老虎吓得一激灵，跌进悬崖，摔伤腰胯，被人捕获。

18. 熊穴辟秽

熊兽藏于山穴，穴里不得见秽及伤残，见则舍穴外死。人欲捕者，便令一人卧其藏内，余伴执杖，隐在岩侧。熊辄共舆出[1]，人不致伤损，傍人仍得骋其矛。

注释 ①舆出：搬出。

<解说> 在成为国家二级保护动物之前，熊是猎人眼中的好猎物。因为它实在是用处多多：熊胆可以入药，熊掌可作为美食，熊皮还可以制革。

那么如何才能逮住一只熊呢？《异苑》记载了两种方法，上面这一则讲的是“熊穴辟秽”。

古代人有个奇怪的发现，熊喜欢藏在山洞里，并且对山洞里的居住环境有着洁癖般的要求，即“穴里不得见秽及伤残”，不能有脏东西，也不能有伤残的东西。看见了，熊就离开洞穴，宁可死在外面。猎人圈就利用熊的“辟秽”属性，让一个人躺在熊的洞穴里扮演“秽及伤残”，其余人抄家伙埋伏起来，等着熊从洞里出来，把它逮住。

19. 熊呼字

熊无穴，或居大树孔中。东土[1]呼熊为子路，以物击树，云：『子路可起。』于是便下，不呼则不动也。

=注释= ①东土：南朝时特指苏南、浙江一带。

＜解说＞ 对于住在树洞里的熊，猎人们也自有方法。江浙一带称熊为“子路”，可巧与孔子的弟子“子路”重名了。也有文章分析，这可能是当地的方言“猪”的谐音（**滕馗：《历史时期熊类认识及利用情况初探》**）。为什么有这个名字不重要，重要的是，这一片的猎人逮起熊来，也是老油条级别的。他们用东西敲树，一边敲一边说“子路呀，起来啦！”然后熊就会乖乖地从树洞中走出来。

20. 刘幡射獐

元嘉初，青州刘幡射得一獐，剖腹藏[1]，以草塞之，蹶然[2]起走。幡从而拔塞，须臾复还倒，如此三焉。幡密求此种类，治伤痍[3]多愈。

=注释= ①腹藏：腹，肚子；藏，通『脏』，内脏。②蹶然：疾起貌。③伤痍：创伤。

＜解说＞ 被挖掉内脏的獐，本来已经死定了，谁想用草塞住创口之后，它居然一下子站起来满地跑。刘幡意识到这种草不一般，将之取出，果然獐就像没电了一样倒下来。这么来来回回试验多次，刘幡终于确定这种草药的疗效，用它来治疗伤痍。

据医书记载，刘幡发现的这种草药乃是天名精，具有止血的功效，外敷可治恶疮。因为这个传说，天名精又称“活鹿草”。“活鹿”的故事虽有些夸张，但是刘幡先生孜孜不倦的探索精神是值得称赞的。

21. 大客

始兴郡①阳山县有人行田②，忽遇一象，以鼻卷之，遥入深山。见一象脚有巨刺，此人牵挽得出，病者即起，相与躅陆③，状若欢喜。前象复载人就一污湿地，以鼻掘出数条长牙，送还本处。彼境田稼常为象所困④，其象俗呼为大客，因语云：『我田稼在此，恒为大客所犯。若念我者，勿复见侵。』便见踯躅⑤如有驯解，于是一家业田绝无其患。

═注释═ ①始兴郡：位于今天广东韶关一带。②行田：巡视农田。③躅陆：顿足跳跃。④困：扰乱。⑤踯躅：徘徊，来回走动。

<解说> 有的动物看上去高大威猛，但是也有它们搞不定的事儿，比如说，拔刺。古代小说中，中招的以象、虎等大型动物为主。为了摆脱痛苦，动物们常会主动向人类求救。

《异苑》这一则写的是为大象拔刺的事儿。主人公正在巡视农田，忽然被一只大象用鼻子卷起来，带到深山。原来是另一只大象脚上扎了巨刺，向他求助。主人公拔出巨刺，可把两只大象高兴坏了，还送给主人公好几根象牙，将他送回原处。主人公也有请求，希望大象不要再破坏农田了。大象好像也听懂了一样，此后，主人公家的农田再也没有大象前来侵犯。

明代《五杂俎》记载了一个给老虎拔刺的故事。说的是有个专门补锅、锔碗的手艺人，帮老虎拔掉虎爪上的竹刺，老虎衔来一只鹿作为报答。加上不久前他有幸帮皇帝修帽子，也得到一大笔赏赐，这位手艺人就膨胀了，在家门口打了一个广告：“专修补平天冠，兼拔虎刺。”词儿够硬，生意是否火爆就看天意了。

22. 货牛颜泪

晋义熙十三年，余为长沙景王骠骑参军，在西州得一黄牛，时将货[1]之，便昼夜衔草不食，淹泪瘦瘠。

注释 ①货：卖，出售。

＜解说＞ 刘敬叔说，他自己做参军的时候，在西州弄到一头黄牛，要把它卖掉。结果这头黄牛绝食、狂哭、暴瘦。

牛在平时是不大显露情绪的，突然间这样闹情绪，着实把刘参军吓一跳，甚至吓得他赶紧记在小本本上。

民间认为牛是有灵性的动物，被杀之前会有预感，所以有的牛会哭，流下煽情的泪水，遇上心肠柔软之人动了恻隐之心，就会逃过一劫，躲过被宰杀的命运。

这头黄牛流落到刘敬叔之手，转眼间却又要被卖掉，这么颠沛流离的“牛生”，让黄牛对未来充满了恐惧与担心。

其实它大可不必这么惊慌。因为在机械化生产时代之前，牛是地里干活的力气担当。没有牛，就没法好好种田，没法好好种田就没有粮食吃，没有粮食吃大家就要饿肚子，一旦饿得五脊六兽命都保不住的时候，不造反才怪呢。因此，古代有源远流长的杀牛之禁。早在汉代即有“杀牛弃市”的法律规定，南朝时期对于杀牛盗牛者也有严厉的惩罚措施。例如《南史》记载，梁朝时有一位行事谨慎的官员傅昭，儿媳为了孝敬他，献上从娘家带来的牛肉。结果傅昭愁得不要不要的，他把儿子叫过来，说：“我要是吃呢，就犯法了。可总不能告官吧！”思来想去，痛下决心：“把牛肉埋了！”

但也不是说任何场合杀牛都违法。像祭祀这样的大事，一般少不了把牛羊豕当祭品奉献给天地神灵。而用牛祭祀，表示的是最高规格的敬意。所以被刘敬叔“绑票”的黄牛，预感到的是自己将成为牺牲品的命运?

23. 马度苻坚

苻坚为慕容冲所袭，坚驰騧马[1]，堕而落涧。追兵几及，计无由出。马即踟蹰临涧，垂缰[2]与坚。坚不能及，马又跪而受焉。坚援[3]之，得登岸，而走庐江。

注释 ①騧马：黑嘴的黄马。②缰：缰绳。③援：攀缘。

<解说> 典故“垂缰之报”，正是来自《异苑》的这一则。

眼看追兵将至，情况危急，苻坚骑着騧马嗷嗷跑，偏偏不小心跌落到山涧之中。騧马在山涧旁徘徊了一阵，向主人垂下缰绳。但是苻坚够不到啊。騧马连忙跪下来，苻坚才得以抓住缰绳，从而登岸逃脱。

这么狼狈地逃跑，苻坚躲避的慕容冲是哪位大神？

事情还要从苻坚灭前燕说起。

公元 370 年，前秦皇帝苻坚灭掉前燕。除了国土、财富，苻坚得到的战利品还有一对令自己怦然心动的姐弟——十四岁的清河公主，十二岁的前燕中山王慕容冲。姐弟俩被苻坚纳入后宫，清河公主成为妃子，而慕容冲成为娈童。

苻坚对二人宠爱无比，史书记载：“姐弟专宠，宫人莫进。”甚至都城长安还流传有歌谣：“一雌复一雄，双飞入紫宫。”最后是大臣王猛力谏苻坚，慕容冲才得以离开皇宫，结束了当娈童的屈辱史。

但是苻坚不这么想。慕容冲外放之后，留给这个皇帝的是无尽的思念，他甚至栽了很多梧桐树和竹子作为寄托，希望爱人回到身边。

但是当他们再次见面时，这位二十几岁的青年，杀气腾腾，满怀深仇大恨与复国壮志。

苻坚于淝水之战大败而归，各地反叛势力此起彼伏。慕容冲趁机拉起队伍，此时已包围了长安城。苻坚幻想着重提旧情挽回时局，派人送去锦袍一件，结果被慕容冲撕得稀碎。长安城沦陷后，苻坚仓皇外逃，于是路上发生了狼狈落涧的事。虽然苻坚“得登岸，而走庐江”，后来还是落入叛军之手，被杀身亡。

24. **犬殉** 晋隆安初，东海何澹之屡入关中。后还，得一犬，壮大非常，每出入，辄已知处。澹之后抱疾①，犬亦疾，寻及于亡。

=注释= ①抱疾：生病。

<解说> “犬殉”的意思是主人死去，狗子也不独活。犬类对于人类的忠诚一直都是戳泪点的存在，民国时有一部《动物鉴》，专门辑录动物的善行，其中忠义类就搜集了三则“犬殉主”的故事。

前两则出自清代的《圣师录》。第一则是说，刘钊常常骑着马、带着狗去山里打柴。一日，狗突然独自跑回家，冲着刘钊的儿子刘国勋又跳又叫。刘国勋十分惊奇，跟着狗来到山里，发现老爹已经遇害，强盗杀死刘钊，抢走了马。刘钊下葬之后，众人归去，唯有他的爱犬守在坟前，日夜悲泣。过了几天，这条狗把坟堆刨开，死在主人的棺材旁。

第二则讲的是处士沈恒吉生病，他豢养的金丝犬也数日不食。沈恒吉病死后，按风俗停棺一年，金丝犬常卧其侧，不离不弃。待下葬之时，金丝犬一触而毙，殉主而亡。

第三则出自清代的《谈异》，说晚清时扬州有一位莲溪和尚，不仅是丹青好手，而且“生平性最爱犬”。莲溪去世入殓后，还没来得及下葬，他的亲戚、徒弟们就忙着抢遗产，“置死者不问”。而莲溪的十余条爱犬，则围着主人的棺材不吃不喝，数日哀号而殉主。

25. **狡兔** 楚王与群臣猎于云梦，纵良犬逐狡兔，三日而获之。其肠似铁，良工①曰：『可以为剑。』

=注释= ①良工：技艺高超的人。

<解说> “纵良犬逐狡兔，三日而获之”，这么难搞的狩猎，其中必有蹊跷！果然，大家发现这只兔子可不是一般的兔子。如何？——“其肠似铁”，怪不得难逮。一位匠人断言，这么硬的肠子，是可以制剑的。

26. 鼠王国

西域有鼠王国，鼠之大者如狗，中者如兔，小者如常。大鼠头悉已白，然带金环枷。商估①有经过其国不先祈祀者，则啮人衣裳也。得沙门咒愿②，更获无他。释道安昔至西方，亲见如此。俗谚云：鼠得死人目睛则为王。

=注释= ①商估：商人。②咒愿：唱诵愿文。

＜解说＞ 南有狡兔肠似铁，西有老鼠大如狗。

西域老鼠成群，不仅个头大，而且享受着被人祈祀的巅峰待遇。这是瞎说的么，东晋高僧释道安可是见证者。

西域盛行鼠崇拜，以于阗国为代表。唐代高僧玄奘，也担当了历史的见证者。他在《大唐西域记》中记载了“鼠壤坟”的传说。

“壤坟”是指高起的土地，“鼠壤坟”就是老鼠打洞刨出来的堆土。玄奘途经瞿萨旦那国，即于阗国时，在都城西边的大沙漠上看见了很多鼠壤坟。当地人介绍说，这里的老鼠特别厉害特别神。匈奴曾经率兵数十万来犯，于阗国只有几万的兵力，实力悬殊。国王实在没辙了，想到沙漠里那些堪称奇观的老鼠，兴许能帮上忙。

焚香祭祀之后，鼠大佬托梦给国王，表示愿意相助。于阗国王随即出兵，直入敌营。匈奴刚要应战，发现马鞍、衣服、弓弦等等装备，但凡是能被咬的，都被老鼠咬坏了。就这么着，于阗打败了匈奴。从此以后，老鼠也就成为于阗国世世代代敬奉的神灵。

27. **拱鼠**

拱鼠形如常鼠，行田野中，见人即拱手而立，人近欲搏[1]之，跳跃而去。秦川有之。

＝注释＝ [1] 搏：捕捉。

<解说> 还有一种会拱手的老鼠，被称为“拱鼠”，也叫“黄鼠”。《本草纲目》中有记载，说晴暖天气里，这种老鼠就坐在洞穴门口，看见人便把两只前爪交叉搭在一起，像作揖一样，然后逃进洞穴。而且拱鼠还是一道美味佳肴，味道极为肥美，像小猪崽一样，但是口感又很脆。辽金元时期，专门用羊奶饲养拱鼠，视其为上好的食材，甚至是馈送佳品。但是到了明代就不大时兴了。

28. **义鼠**

义鼠形如鼠，短尾，每行递相[1]咬尾。三五为群，惊之则散，俗云见之者当有吉兆。成都有之。

＝注释＝ [1] 递相：互相。

<解说> 义，善也，好也。义鼠意即“善鼠”，民间认为是吉兆。此外，古人认为衣服被鼠嗑坏也是吉兆。如《田家杂占》曰：“咬人幞头帽子，兆得财。”《百怪书》也说：“鼠咋人衣领，有福。”

老鼠既是吉兆，也表现为凶兆。如汉代京房的术数书《易飞候》说，老鼠出现在国都城门，预示着有亡国之祸；老鼠出现在庭院中，预示着有杀身之祸。

29. 唐鼠

唐鼠形如鼠，稍长，青黑色，腹边有余物如肠，时亦污落[1]，亦名易肠鼠。昔仙人唐昉拔宅升天，鸡犬皆去，唯鼠坠下不死，而肠出数寸，三年易之。俗呼为唐鼠。城固川中有之。

＝注释＝ ①污落：『亏落』之误，指脱落。

＜解说＞ 仙人唐昉拔宅升天的故事，指的正是“一人得道，鸡犬升天”，它最早的版本见于东汉《仙人唐公房碑》，主人公为唐公房。

据此碑文介绍，唐公房本是西汉时期的公务员，有一次和同事们吃瓜，旁边站着一个仙人，大家都没发现，只有唐公房眼尖，恭恭敬敬地献上美味的大瓜。仙人也是够意思，悄悄约唐公房出来，赠送给他神药，说：“服药以后，当移意万里，知鸟兽语言。”

唐公房有了超能力之后，工作能力也随之提升，跑个腿送个信，别人可能要走几天，唐公房欻的一下就回来了。老鼠啃坏了东西，唐公房既不下套，也不下药，直接“画地为狱”，就能把老鼠逮住。

他的上司知道了，缠着他非要学。唐公房顿时傻眼，这也不是学的呀，纯粹是药效的作用。太守不信，并且很生气，后果也相当严重，要捉拿唐公房的妻子。唐公房情急之下去找仙人。仙人又拿出神药，给了唐公房的妻子，让她吃下去，大家一块成仙，离开这凡间算了。但是唐公房的妻子恋家，说什么也舍不得这些家当。仙人对徒弟媳妇也是没招了，“于是，乃以药涂座柱，饮牛马六畜”，“公房、妻子、屋宅、六畜，倏然与之俱去”。

“唐鼠”的故事，并不见于此碑记载，算是一个“番外篇”：唐仙人拖家带口升天之后，只有老鼠不小心从成仙的路上掉下来，好悬没摔死，却把肠子摔出来好几寸，从此也就落下了毛病，每三年鼠肠就要换一次。因为沾了唐仙人的光，这种三年一换肠的老鼠，被人们称为“唐鼠”。

30. 囊珠报德

前废帝景和中，东阳大水，永康蔡喜夫避雨南陇①，夜有大鼠，形如㹠②子，浮水③而来，径伏喜夫奴床角。奴愍④而不犯，每食，辄以余饭与之。水势既退，喜夫得返故居。鼠以前脚捧青囊，囊有三寸许珠，留置奴床前，啾啾状如欲语。从此去来不绝，亦能隐形，又知人祸福。后同县吕庆祖牵狗野猎暂过，遂啮杀之。

=注释= ①南陇：农田。②㹠：同「豚」，小猪。③浮水：在水里游泳。④愍：同「悯」。

<解说> 动物报答人类的礼物，出镜率排前几位的，宝珠必然在列。它好看，便携，而且还带有尊贵的气息。

除了刘宋景和年间有大鼠“囊珠报德”，早在西周时还有大蛇“衔珠报恩”。故事见于东汉高诱为《淮南子》所作注文：西周时的隋侯，路上看见一条大蛇受伤，为它敷药救治。“后蛇于江中衔大珠以报之。”这颗珍珠就叫“隋侯之珠”。

东晋的《搜神记》亦记载有鹤“衔珠报恩”的故事。说一个叫哙参的人，收养一只为猎人所伤、走投无路的玄鹤，待玄鹤伤好之后，将其放生。后来有鹤来到哙参的门外，他拿着火烛一看，“见鹤雌雄双至，各衔明珠，以报参焉”。

31. 刀子换貂皮

貂出句丽国，常有一物共居穴。或见之，形貌类人，长三尺，能制貂，爱乐刀子。其俗：人欲得貂皮，以刀投穴口。此物夜出穴，置皮刀边，须人持皮去，乃敢取刀。

<解说> “形貌类人，长三尺，能制貂，爱乐刀子”，其实说的是栖身于洞穴的猎人。这些猎人与外界的沟通比较少，所以被当成“异闻”记载下来。貂皮在今天是奢侈品，古代也不例外。想要得到貂皮，就要投其所好，与猎人交换刀子。交换的方法十分原始——无言贸易（silent trade）。把刀子放在洞穴口，到了晚上，猎人将貂皮放在刀旁。貂皮被取走后，猎人才把刀子收下。

32. 蒋山精

吴孙皓时，临海得毛人。《山海经》云：山精如人而有毛。此蒋山①精也，故《抱朴子》曰：山之精，形如小儿而独足。足向后，喜来犯人，其名曰蚑。知而呼之，即当自却耳。一名曰超空。可兼呼之。又或如鼓，赤色，一足，其名曰浑。又或如人，长九尺，衣裘戴笠，名曰金累。又或如龙，有五色赤角，名曰飞龙。见之皆可呼其名，不敢为害。《玄中记》：山精如人，一足，长三四尺，食山蟹②，夜出昼藏。

注释 ①蒋山：即钟山。②山蟹：又名地蜘蛛、米屎菰、石蟹，可入药。

<解说> 在庞杂的精怪大家族中，有一类山中精怪，据《山海经》描述，“如人而有毛”，是为“山精”。东吴时抓到的这个毛人，应该就是这个品种。

山精除了有毛，还有各种奇葩的特征，并因此细化出多个种类。刘敬叔在这里列举了《抱朴子》的“蚑”（又名“超空”）、“浑”、“金累”、“飞龙”，并以《玄中记》补充了山精喜食山蟹、夜出昼伏的习性。

山精在南方也称作“山臊”“山魈”，它最大的贡献莫过于推动了“爆竹”的发明。据南朝时专门记载两湖地区岁时习俗的《荆楚岁时记》介绍：“正月一日，是三元之日也。《史记》谓之端月。鸡鸣而起，先于庭前爆竹、燃草，以辟山臊恶鬼。”即在正月一日的早晨焚烧竹子，用噼里啪啦的爆竹之声吓跑山臊。

33. 龙鲊

陆机尝饷[1]张华鲊，于时宾客满座，华发器，便曰：『此龙肉也。』众未之信，华曰：『试以苦酒[2]濯之，必有异。』既而五色光起，机还问鲊[3]主，果云：『园中茅积下得一鱼，质状非常，乃以作鲊，过美。故以相献。』

＝注释＝ ①饷：赠送。②苦酒：醋。③鲊：腌制的鱼。

<解说> 博学的张华又叒叕出镜了！这回考验他的是一种叫作“鲊”的美食，不过被张华一眼识破：此龙肉也！

是不是龙肉暂且不论，“鱼鲊”这道美味，是值得说道说道的。

鱼类捕获之后，如何保鲜是个大问题，古代人想到的方法是——腌了它，做鱼鲊！

有赖于北魏的贾思勰，我们可以从他的《齐民要术》中一窥鱼鲊的做法。

首先，挑个好日子，春秋季节为佳。鲤鱼去鳞，切成二寸长、一寸宽、五分厚的小块。清水浸泡、洗净。注意鱼块不宜切大，不然外面过熟发酸，不好吃。而且每块鱼肉都要带着皮。

将鱼块置于盘中，撒盐。然后盛在笼子里，放在石板上榨去水分。榨干后尝尝味道，太淡的话，可以在糁（见下一步）中加盐；太咸的话，糁中不用加盐。

煮熟粳米，作为糁，要做硬一点，太软烂会导致鱼肉腐烂。

将糁与茱萸、橘子皮、好酒（比例为一斗鲊，半升酒）在盆中搅拌均匀。

把鱼块放在大瓮中，一层鱼，一层糁，一层鱼，一层糁……铺满为止。肥的鱼肉块放在最上面。最上层的鱼上多放糁。

用箬竹或茭白叶、芦叶平铺在瓮口，至少要铺八层。用竹签或荆条交叉地编在瓮口。

瓮放在屋内。环境温度适宜，不要受热，也不要受冷。有血浆出来就倒掉。有白浆出来，带酸味，就是做好了。

除了以上的制作方法，贾思勰还有温馨提示：吃的时候手撕为妙，如果切着吃会有腥味。

34. 宅龙致富

张永家地有泉出，小龙在焉。从此遂为富室①。逾年，因雨腾跃而去，于是生赀日不暇给。俗说：『云与龙共居，不知神龙效矣。』

=注释= ①富室：有钱的人家。

<解说> 龙虽然遭遇过被做成“鲊”的囧事，但怎么说也是号称“鳞虫之长”的神兽，即在有鳞的、带甲的动物中，龙是老大，它“能幽能明，能细能巨，能短能长，春分而登天，秋分而沉渊”。而且，龙最招人稀罕之处，莫过于可以带来滚滚财运。张永家的地界藏着一条小龙，“从此遂为富室”，而第二年小龙飞走，张家的生活水平便一落千丈。所以有俗语说，别看整日云从龙，云未必知道龙的厉害。如果不是龙腾跃而去，张永可能还不知道全家脱贫致富的真正原因。

35. 西寺异物

晋太元中，东阳西寺七佛屋龛下有一物出，头如鹿。有法献道人，迫①而观之，于是吐沫喷洒，气若云雾。至元嘉十四年四月七日，此头复出。寻觅其处，亦无孔穴，年年有声，殷②若小雷。

=注释= ①迫：接近。②殷：震动。

<解说> 东晋太元年间，东阳西寺七佛屋龛之下出现了一只头如鹿的怪物。法献道人走近观察，结果被喷了一脸的沫，还笼罩着云雾一样的气体。刘宋元嘉十四年四月七日，这个奇怪的东西又出现了，其现身处并无孔穴等痕迹，而且每年都会发出小雷一般的声响。

36. 土龙 晋义熙中，江陵赵姥以酤酒①为业，居室内地忽自隆起，姥察为异，朝夕以酒酹②之。尝有一物出，头似驴而地初无孔穴。及姥死，邻人闻土下有声如哭。后人掘地，见一异物，蠢蠢③而动，不测大小，须臾失之，俗谓之土龙。

＝注释＝ ①酤酒：卖酒。②酹：把酒洒在地上。③蠢蠢：蠕动貌。

＜解说＞ 东晋义熙年间，江陵一位卖酒的赵老太遇见一件怪事，她居室的地面忽然拱出大包。赵老太觉得奇怪，便早晚用酒浇这个地方。这么多的酒也不是白浇的，她家现身一只头似驴的怪兽，但是地面完好无损，没有破土而出的孔穴。赵老太去世后，邻居们听见地下像是有哭声，把地面刨开，发现一个奇怪生物在蠕动，看不出有多大，而且不一会儿就消失了。当地人把它称为“土龙”。

37. 槎变龙 赵牙行船于匰庐，见水际有大槎①，人牵不动。牙往举得之，以著船。船破，槎变为龙，浮水而去。

＝注释＝ ①槎：木筏。

＜解说＞ 赵牙在行船的时候，发现水面上有一个很大的木筏，牵又牵不动。他便将其抬上船，本想着废物再利用，环保又经济。结果赵牙师傅的船被这个大木筏弄破了，更让人大跌眼镜的是，木筏变身为一条龙，顺着水面游走了。

38. 射蛟暴死

永阳人李增行经大溪，见二蛟浮于水上，发矢[1]射之，一蛟中焉。增归，因复出，市有女子，素服衔泪，持所射箭。增怪而问焉，女答曰：『何用问焉！为暴若是。』便以相还授矢[1]而灭。增恶而骤走，未达家，暴死于路。

＝注释＝ ①矢：箭。

<解说> 还有一种龙名为“蛟”，它能够兴云作雨。《论衡》谓：“蛟龙见而云雨至，云雨至则雷电击。”云雨、雷电过大，就会制造洪水，危害人间，所以蛟龙的形象往往是凶残的。

既是凶残的，人们对这种神兽当然是又恨又怕，于是衍生出许多惊悚的志怪异闻。比如这一则说，曾有二蛟在水中嬉戏，其中一条被路人李增射杀。李增回家后，又出了趟门，路过集市时被一个身穿素服、哭哭啼啼的女子拦住。这女子手中还拿着李增刚才射出的箭。李增见状非常奇怪，问是怎么回事。女子反呛道：“还用问！这就是你干的好事。”说着，将手中的箭递给李增，然后就不见了。啊，肯定是另一条侥幸活命的蛟龙来报复了！李增心里膈应得不行，赶紧往家跑，结果半路暴卒。

39. 邓遐治蛟

荆州上明浦沔水隈①，潭极深，常有蛟杀人，浴汲死者不脱岁。升平中，陈郡邓遐字应遥，为襄阳太守，素勇健，愤而入水觅蛟，得之，便举拳曳著岸，欲斫杀。母语云：『蛟是神物，宁忍杀之？今可咒，令勿复为患。』遐咒而放焉。自兹迄今，遂无此患。一云：遐拔剑入水，蛟绕其足。遐自挥剑，截蛟数段，流血水丹，勇冠当时，于后遂无蛟患。

═注释═ ①隈：水流弯曲的地方。

＜解说＞ 有道是：该出手时就出手，风风火火闯九州。人不犯我我不犯人，人若犯我我必犯人。对于作恶多端、威胁生命的蛟龙，绝不能手软。所以，治蛟英雄邓遐，轰轰烈烈上线了！

邓遐太守，乃是襄阳最高行政长官。这位官爷可不是好惹的，平时就以“勇健”著称，听说沔水那里闹蛟患，二话不说，“入水觅蛟”，把蛟龙拖上岸。正要把这孽障砍死的时候，邓遐的母亲发话了：“蛟龙是神兽，怎么忍心下手呢？念念咒吧，警告它以后不要为非作歹，放它一条生路。”邓遐只好照母亲的指示做了，好在蛟龙也很老实，没有再兴风作浪。

另外一个版本则相对血腥。说的是邓遐拔剑入水，寻那蛟龙。不料蛟龙先发制人，缠住邓遐的脚。邓遐才不怕，挥剑把蛟龙砍成数段，只见得鲜血染红了河水，除蛟患的邓遐也声名远扬。

40. 蒙山大蛇 鲁国中牟县蒙山上有寺废久，民欲架屋者，辄大蛇数十丈出来惊人，故莫得安焉。

<解说> 数十丈长的大蛇算什么？据另一部志怪小说《玄中记》记载，昆仑西北有一座三万里周长的大山，被一条蛇足足绕了三周，也就是说，这条巨蛇少说有九万里长。它虽然栖息在西边的大山，吃喝却在东边的沧海。这体量真够惊人的！

41. 饷田异报 新野苏卷与妇佃①于野舍②，每至饭时，辄有一物来，其形似蛇，长七尺五寸，色甚光采。卷异而饷③之，遂经数载，产业加厚。妇后密打杀，即得能食病，日进三斛④饭，犹不为饱，少时而死。

‖注释‖ ①佃：耕作。②野舍：村野房舍。③饷：用食物招待。④斛：容量单位。南宋前十斗为一斛。

<解说> 古代志怪小说中还有对“罕见病”的记载。

据悉，新野曾有一位妇女，得了“能食病”。症状主要表现为食纳亢进，每日三斛的巨大饭量，仍不能满足她的胃口，没多久她就挂掉了。人们猜测，这与她生前一次杀生有关。

事情还要追溯到数年前。

那时，她与丈夫苏卷在外面耕田，一到饭点，就会出现一个形似蛇的动物，长得还很好看，色彩斑斓。苏卷觉得很新奇，总会招待它一些吃的。就这样，日子一天天过去，苏卷家的日子也越来越好。也不知为什么，苏卷的老婆竟把这似蛇的神奇动物打死了。随即她便得了怪病，如前所述，一命呜呼。

42. 蛇化雉

晋中朝武库内封闭甚密。忽有雉雊①，时人咸谓为怪。张司空云：『此必蛇之所化耳。』即使搜库中，雉侧果得蛇蜕②。

＝注释＝ ①雉雊：雉鸟鸣叫。②蛇蜕：蛇脱下的皮。

＜解说＞ 西晋的武库又出幺蛾子了。

这回是里面有雉鸟鸣叫。武库一向看守甚严，怎么会有鸟闯进去呢？

张华大人微微一笑："这必定是蛇变化而来。"

大家去武库搜寻，果然在雉鸟旁边发现了蛇脱下的皮。

43. 蛇应雉媒

司马轨之，字道援，善射雉。太元中，将媒下翳[①]，此媒[②]屡雊，野雉亦应。试令寻觅，所应者头翅已成雉，半身故是蛇。一云：遐拔剑入水，蛟绕其足。遐自挥剑，截蛟数段，流血水丹，勇冠当时，于后遂无蛟患。

注释 ①翳：隐蔽猎人的猎具。②媒：鸟媒，用以引诱他鸟而拴系的活鸟。

<解说> 这里又是一个蛇变鸟的怪物，只不过半蛇半雉的还没完全蜕变，就被人发现了。

话说从相貌上看，早在《山海经》中就记载有一种“状如蛇”的鸟，说它长着四个翅膀，六个眼睛，三条腿，名为“酸与”。大概长这样（明蒋应镐《山海经（图绘全像）》）：

还有长这样的（清吴任臣《山海经广注》）：

《山海经》中的“蛇鸟”，毕竟是造型上的生硬拼凑与混搭，若是论起真正的形体转化，那就好玩多了。如南朝梁任昉《述异记》说，江淮有一种兽叫作“熊”，乃“蛇之精”，成雉还是成蛇主要看季节：“至冬化为雉，至春复为蛇。”再晚一些，大概在明代据一位神秘人物鲁至刚记载，蛇与雉鸟在正月交配所生的卵，既有转化为蛇形继而成为蛟龙的潜质，也有直接转化为雉鸟的可能，即“遇雷入土数丈为蛇形，经二三百年，成蛟飞腾。若卵不入土，仍为雉耳”。

44. **竹中蛇雉** 晋太元中，汝南人入山伐竹，见一竹中蛇形已成，上枝叶如故。又吴郡桐庐人常伐余遗竹，见一竹竿，雉头颈尽就①，身犹未变。此亦竹为蛇、蛇为雉也。

注释 ①就：成形。

<解说> 竹林是蛇的栖息地之一，加之长长的竹子和长长的蛇总有让人看花眼的时候，演绎出竹变蛇的故事也在情理之中。这一则说，有人见过竹子变成了蛇形，但是枝叶依然茂盛。还有人见过竹子正在变形为雉鸟，头颈已经成形了，身体还没变出来。并分析，这个是竹子先变成蛇，蛇再变成雉鸟。

45. 钟忠畜蛇

丹阳钟忠，以元嘉冬月晨行，见有一蛇长二尺许，文色似青琉璃，头有双角，白如玉。感而畜之。于是资业日登。经年，蛇自亡去。忠及二子相继殒毙①。此蛇来吉去凶，其唯龙乎？

=注释= ① 殒毙：死亡。

<解说> 蛇之怪，不仅在于和雉鸟有扯不清的关系，还有“来吉去凶”的特性。

丹阳钟忠在野外遇到一条奇特的蛇，花纹似青色琉璃，头上长有双角，如白玉一般。钟忠喜欢得不得了，就养了起来，伴随而来的是旺盛的财运，越来越好的家境。过了几年，蛇死了，钟忠和两个儿子也相继去世。所谓养蛇一时爽，却没想到会因此家破人亡。

46. 蛇衔草 昔有田父耕地，值见伤蛇在焉。有一蛇衔草著疮上，经日伤蛇走。田父取其草余叶以治疮皆验①。本不知草名，因以蛇衔为名。《抱朴子》云蛇衔能续已断之指如故，是也。

=注释= ①验：有效果。

＜解说＞ 顾名思义，蛇衔草的发现还真的与蛇有关，该说法源自《异苑》上面这一则故事：

一位老农夫耕作时，看见一条蛇衔来草药，为另一条蛇疗伤。几天后，受伤的蛇居然痊愈，滋溜滋溜走掉了。老农夫有心将这种草药采集起来，治疗疮伤，效果杠杠好！因为这种草药本无名字，就干脆称其为“蛇衔草”。

葛洪在《抱朴子》中说：“余数见人以蛇衔膏连已斩之指。”按照他的说法，晋代人再植断指时使用的药物正是蛇衔草制成的蛇衔膏。

47. 蛇公 海曲①有物名蛇公，形如覆莲花，正白②。

=注释= ①海曲：海隅；海湾。②正白：纯正的白色。

＜解说＞ 这一则介绍的是海蛇“蛇公”，颜色纯白，盘在一起时形如倒覆的莲花。

48. 诸葛博识

吴孙权时，永康县有人入山，遇一大龟，即束之以归。龟便言曰：『游不量时，为君所得。』人甚怪之，担出欲上吴王。夜泊越里，缆舟①于大桑树。宵中②，树忽呼龟曰：『劳乎元绪，奚事尔耶？』龟曰：『我被拘系，方见烹臛③。虽然，尽南山之樵，不能溃我。』树曰：『诸葛元逊④博识，必致相苦。今求如我之徒，计从安得？』龟曰：『子明无多辞，祸将及尔。』树寂而止。既至建业⑤，权命煮之，焚柴万车，语犹如故。诸葛恪曰：『燃以老桑树乃熟。』献者乃说龟树共言，权使人伐桑树煮之，龟乃立烂。今烹龟犹多用桑薪，野人故呼龟为『元绪』。

═注释═ ①缆舟：把船用绳索拴住。②宵中：夜半。③烹臛：烹制肉羹。④诸葛元逊：诸葛恪，字元逊，三国时吴国大臣。⑤建业：三国时吴国都城，即今江苏省南京市。

<解说> 炖乌龟是一道真正的硬菜，味道也是没的说。但是炖起来着实耗费功夫，尤其是在高压锅尚未发明的古代。

没有合适的锅，不要紧，可以在薪材上弥补。所谓“老龟煮不烂，遗祸于枯桑”，桑木燃烧的热值相对较高，用它来炖乌龟，把握十足。这个点子是谁发明的？

正是诸葛恪！诸葛恪，东吴大臣，诸葛亮的侄子。难怪。

话说那天，有人送给孙权一只大乌龟，馋得孙权立即命人炖了它。结果费了好多柴火也炖不烂。诸葛恪献计：“燃以老桑树乃熟。”献龟者说，对呀对呀，在路上的时候，我就听见这只乌龟和一棵大桑树嘀嘀咕咕，说纵使把整个南山的柴火全烧了，也奈何不了它，除非用桑树做薪材。孙权听后，便令人去砍桑树做柴火，果然一锅香喷喷烂乎乎的乌龟羹便做成了。

49. 叩龟得路

元嘉初，益州刺史遣三人入山伐樵，路迷，或见一龟大如车轮，四足各摄[①]一小龟而行。又有百余黄龟从其后。三人叩头，请示出路，龟乃伸头，若有意焉。因共随逐，即得出路。一人无故取小龟，割以为臛[②]，食之，须臾暴死，惟不啖者无恙。

注释 ①摄：持，拿。②臛：肉羹。

<解说> 如果仅仅将龟视作一种食材，也未免太小瞧了它。自古以来，龟就是与鳞、凤、龙并列的四灵之一。而且它还是长寿的象征。南朝《述异记》谓：“寿五千年，谓之神龟，万年曰灵龟。”明朝《本草纲目》甚至说：“甲虫三百六十，而神龟为长。”龟俨然成了“地表最强”生灵。有的神龟、灵龟出门遛弯，还自带一帮小弟，不说是锣鼓喧天、鞭炮齐鸣，也是要排场有排场，要气势有气势。正巧，曾有山中的三个樵夫目睹了这壮观的场面：为首的龟大佬，体形魁梧，大如车轮，四足踩着四只小龟，像踩着代步车一样自动前进。后面则呼啦啦跟着百余只黄龟，老拉风了。这三个樵夫因为迷路正发蒙呢，看见神龟现身，赶紧叩头，请示出路。神龟也不言语，伸伸头，意思是：跟我来 。就这样，三人终于走了出来。但是其中一个樵夫恩将仇报，他捉住一只小龟，做成肉汤吃掉。吃完就歇菜了。另外两人因为还算有点感情，没吃，安然无恙，保住了性命。

50. 鮥鱼

凡诸鱼欲产，鮥辄以头冲①其腹。鮥鱼自欲生者，亦更相撞触。故世人谓为众鱼之生母也。

=注释= ①冲：猛烈撞击。

<解说> 鮥鱼绝不是“众鱼之生母”，而是水中孤独的杀手。

鮥鱼，性凶猛，攻击性极强。所谓的“以头冲其腹”，实则是鮥鱼在以迅雷不及掩耳之势捕食其他鱼类。所以李时珍在《本草纲目》中记载“鮥鱼”曰：“啖鱼最毒，池中有此，不能畜鱼。”

这个“杀手”还有一种孤独高冷范儿，喜欢独处。先秦时，古人借这层意思，将它的另一个称呼“鳏”，引申为无妻或丧妻的男子。例如孟子在解释“王政”时，就说“老而无妻曰鳏”，是“天下之穷民而无告者”，是实行仁政时要优先照顾的一类人。

51. 死人发变鳣 晋义熙五年，卢循自广州下，泊船江西，众多疫死。事平之后，人往蔡州，见死人发变而为鳣①。今上②镇西参军与司马张逝瞻河际，有一棺，棺头有鳣。众试令拨看，都是发，亦有未即化者。一说云：生以秫③沈④沐，死则发变为鳣。又昔有人食不能无鳣，死后改⑤棺，䱉⑥满棺中。䱉即鳣也。

‖注释‖ ①鳣：这里指黄鳝。②今上：指宋文帝刘义隆。③秫：黏高粱。④沈：汁。⑤改：更换。⑥䱉：同『鳝』。

<解说> 黄鳝长得像蛇，所以又叫“长鱼”“鱼蛇”。它浑身有黏液，无鳞无须，滑溜溜的。人死后，满头长发变为满棺滑不出溜的搅和在一起的黄鳝，这种恐怖感起码是“鬼吹灯”级别的。民间与之类似的传说大概就是“坟黄”了。因为黄鳝喜欢穴居，所以专挑石头缝里、泥洞里藏身。也有的黄鳝钻到棺材里，靠吃尸体为生，这就叫“坟黄”。以前真的有人专门去坟墓捉黄鳝，不过在有的地方则被视为禁忌，觉得坟黄有剧毒。

52. 煮肉变虾蟆 司马休①遣文武千余人迎家人，达南郡②。值③风泊船，上岸伐薪，见聚肉有数百斤，乃割取还，以镬煮之。汤欲热，皆变成数千虾蟆。

＝注释＝ ①司马休：应为『司马休之』，晋宗室，曾两度为荆州刺史。②南郡：指建康。③值：遇到。

＜解说＞ 聚肉，也称“视肉”，是肉坨一样的菌类，它的另一个名字如雷贯耳——“太岁”。最初，太岁是人们虚构出来的用于纪年的星体。后来这颗星越来越神，以至于成为禁忌，人们认为太岁所在的方位为凶位，建造、动土、战争是万万使不得的。民间相传，如果在“太岁头上动土”，就会招致灾祸，并于其所在方位的地下挖出肉一样的东西，即“太岁”。而司马休之的手下不仅动了太岁，还把太岁割下来煮了。下了锅的太岁最后变成数千只蛤蟆。

53. 蝶变鮆 蝴蝶变作鮆①。

＝注释＝ ①鮆：刀鱼。

＜解说＞ 刀鱼是长江三鲜之首，刘敬叔说它是蝴蝶变的。

54. 鹦鹉螺

鹦鹉螺形似鸟，故以为名。常脱壳而游，朝出则有虫类如蜘蛛，入其壳中。螺夕还，则此虫出。庾阐①所谓『鹦鹉内游，寄居负壳』者也。

注释

①庾阐：字仲初，东晋文学家。

<解说> 鹦鹉螺盛产于南海，形似鹦鹉，个头很大，古人把它制成酒杯，即“鹦鹉杯”。唐代的《岭表录异》说它“壳上青绿斑，大者可受二升。壳内莹如云母，装为酒杯，奇而可玩”。可见，鹦鹉螺做酒杯，容量大，喝起来过瘾；做工艺品，颜值高，光泽亮丽。无论是酒杯还是工艺品，鹦鹉杯都深得人心，因此于诗词中频频亮相。如吴均《赠别新林诗》：“去去归去来，还倾鹦鹉杯。”卢照邻《长安古意》：“汉代金吾千骑来，翡翠屠苏鹦鹉杯。”陆游《小宴》：“洗君鹦鹉杯，酌我蒲萄醅。”

55. 苍蝇传诏

晋明帝尝欲肆眚①，闭而不谋，乃屏曲室②，去左右，下帷草诏。有大苍蝇触帐而入，萃③于笔端，须臾亡去。帝窃异焉。令人寻看，即蝇所集处，辄传有诏，喧然已遍矣。

注释

①肆眚：宽赦罪人。②曲室：密室。③萃：停留。

<解说> 钻进密室，喝退左右，放下帷幕。为了拟定赦罪的诏书，晋明帝煞费苦心。正当他提笔书写时，一只大苍蝇飞进帷帐，正正好好落在笔端，停了一会儿就飞走了。晋明帝觉得好生奇怪，忙派人查看。结果发现，苍蝇聚集的地方，诏书的秘密已经泄露出去了。后来苻坚也遇到过类似的苍蝇泄密事件。当时，苻坚要秘密拟定大赦境内的命令，身边只有王猛、苻融两个近臣伺候笔墨。其间有一只大苍蝇飞过来，落在笔端，怎么轰也轰不走。不久，大赦的消息传遍了长安城的大街小巷，人们就开始奔走相告。苻坚惊呆了，连忙追查。手下报告说，大街上有一个黑衣人，大呼小叫“官今大赦”，不一会儿就不见了。苻坚明白了，黑衣人一定是那只可恶的大苍蝇变化而成的。

56. **叩头虫**

有小虫形色如大豆，咒令叩头，又咒令吐血，皆从所教。如似请放，稽颡[1]辄七十而有声。故俗呼为叩头虫也。

=注释= ① 稽颡：古代一种跪拜礼，屈膝下拜，以额触地。

<解说> 古代著名白话诗人王梵志有一首诗《观此身意相》：

观此身意相，都由水火风。有生皆有灭，有始皆有终。

气聚则为我，气散则成空。一群怕死汉，何异叩头虫。

怕死汉一样的叩头虫，是什么来路呢？刘敬叔说，念个咒，让它干啥就干啥，可叩头，可吐血，还能磕七十个响头求放过。所以王梵志嘲笑道，一群怕死的人，和叩头虫一样胆小。不过西晋的傅咸不这么想，叩头虫怎么了，叩头虫不是胆小，那是谦卑，是避祸的手段。他用这个观点写就了一篇《叩头虫赋》，专门讨论这件事，替叩头虫鸣不平："何兹虫之多畏，人才触而叩头？犯而不校，谁与为仇？人不害我，我亦无忧。"意思是不计较别人的冒犯，就不会结下仇人。别人不来加害，自然平安无事。

57. 缢女

缢[1]女，虫也。一名蚬，长寸许，头赤身黑，恒吐丝自悬。昔齐东郭姜既乱崔杼之室，庆封杀其三子，姜亦自经[2]。俗传此妇骸[3]化为虫，故以『缢女』名虫。

═注释═ ①缢：吊死。②自经：上吊自杀。③骸：骨头。

<解说> 别看缢女虫的名字阴森恐怖，它牵扯出来的历史真可谓是风云激荡。

民间传言，缢女虫乃是自尽后的东郭姜变化而成。《左传》载，东郭姜是春秋时期齐国大夫崔杼续弦的妻子，她嫁到崔家时，还带来了弟弟东郭偃以及与前夫生的儿子棠无咎。舅甥俩在崔家做事，却总是与崔杼的儿子崔成、崔彊过不去，企图让东郭姜的儿子崔明成为家族的继承者。也难怪，春秋时期实行的是嫡长子继承制，嫡长子优先继承家族的财产与地位。所以在崔家，崔杼与前妻所生的崔成，才是名正言顺的继承人，这怎能不让后来进家门的东郭偃、棠无咎上火着急？况且，崔杼当时在齐国执掌着国政，实力有目共睹，怎能不让舅甥俩眼馋？

最终，东郭偃、棠无咎的恶劣行径惹恼了崔成、崔彊。兄弟二人为了除掉这两个祸害，去寻求齐国大夫庆封的支持。庆封和手下一商量，觉得这件事对庆家大大地有利，就举双手赞成。

崔成、崔彊便放心大胆地杀死了东郭偃、棠无咎。这可把崔杼气坏了，崔杼也去找了庆封。庆封虚情假意一番，拍着胸脯表示会帮他讨伐这两个小兔崽子。

庆封一出手就下狠手，不但灭了崔杼两个儿子，还捎带着把崔家也给灭了，东郭姜自缢而死，崔明倒是在混乱中逃了出来，那已是后话。人财两空的崔杼走投无路，也上吊自杀。最后的大赢家反而是庆封，消灭了朝中劲敌，成功上位，掌握了齐国大权。

卷肆

1. **火井** 蜀郡临邛县有火井①，汉室之隆则炎赫②弥炽。暨桓灵之际，火势渐微。诸葛亮一瞰而更盛，至景曜元年，人以烛投即灭。其年蜀并于魏。

‖注释‖ ①火井：即天然气井。②炎赫：火气。

<解说> 中国是世界上最早掌握凿井技能的国家，凿着凿着，就凿出了可燃烧的天然气。勤劳勇敢的中国人民把这些能喷火的井称为“火井”。不用烧柴就能取火，这等好事一定要加以利用。于是中国又成为世界上最早使用天然气的国家。当时四川盆地一带火井蔚为大观。据《博物志》记载四川临邛利用火井的情况：“昔时，人以竹木投以取火，诸葛丞相往视之。后火转盛热，以盆著井上，煮水多得盐。”可见早在三国时期，当地人民已经直接用火井取火，诸葛亮也曾亲临现场视察。后来还发展到利用火井的热能煮盐。

同是临邛火井，《异苑》的这一则记载显然神了很多：火井火势的盛衰成为国运的写照。汉王朝兴隆时，临邛火井烧得旺旺的。到了东汉桓灵之时，汉王朝大厦将倾，火势也变得微弱。到三国时，刘备建立蜀汉欲接续汉朝正统，丞相诸葛亮向着火井望了望，火势又变得旺盛起来。到了景耀元年，蜀汉走下坡路，火井渐渐衰微，最终蜀汉果然被曹魏吞并（并不是原文所说的景耀元年）。

2. 数世天子

孙钟，富春人，坚父也。与母居，至孝笃性。种瓜为业。忽有三年少，容服妍丽①，诣②钟乞瓜。钟为设食出瓜，礼敬殷勤。三人临去，曰：『我等司命郎，感君接见之厚，欲连世封侯？欲数世天子？』钟曰：『数世天子，故当所乐。』因为钟定墓地，出门悉化成白鹄。一云，孙坚丧父，行葬地。忽有一人曰：『君欲百世诸侯乎？欲四世帝乎？』笑曰：『欲帝。』此人因指一处，喜悦而没。坚异而从之。时富春有沙涨暴出，及坚为监丞，邻党相送于上，父老谓曰：『此沙狭而长，子后将为长沙矣。』果起义兵于长沙。

注释 ①妍丽：美丽。②诣：往，到。

<解说> 《数世天子》的两则故事，实际是三国时期东吴掌门——老孙家的发家史前传。问：为什么是孙权占据江东，成为东吴大帝？原因在于他们家祖上阴宅选得好。

阴宅是逝者在阴间的住宅，即坟墓。墓地的选址，在古代是门“玄学”——玄乎的学问。以往有“葬先荫后”的观念，也就是说，如果将逝者埋葬在风水宝地，化为鬼神的逝者住得舒服又满意，就会给生者带来好运，甚至改变家族的命运，否则，鬼神就会以作祟的方式给家族“差评”。

而孙家恰恰有这般好运气，遇神人指点，将先人埋葬在风水宝地，从而使后代成就称帝的霸业。这种老套故事不过是想证明东吴政权的合理合法，毕竟皇帝并非人人皆可当，既然当了，总得有个理由服众吧。所以就有了以下两个故事：

第一个故事追溯到了孙权的爷爷孙钟。孙钟本是个种瓜专业户，因为热情招待了三个少年而获得回报。三少年乃是掌管人命运的司命神，为了表示感谢，决定发挥专业特长，送给孙钟一份改变家族命运的大礼，便问他：是想后辈一直封侯，还是想后辈做几世的天子？孙钟想着天子多好，虽然只延续几世，但是架不住地位高呀。他选择了“数世天子”。三少年便为孙钟选定了一处风水宝地作为墓地，然后变成白鹊飞走了。

第二个故事是另外一种说法，是从孙权的父亲孙坚说起的。孙坚的父亲去世了，正要去埋葬他老人家，突然有一个人出现，问孙坚：是想让后代成为百世的诸侯，还是想让后代做四世的皇帝？孙坚选择的也是后者。那人便为他指了一处善地，然后就消失了。孙坚按照指引，将父亲安葬于此处。后来孙坚做了监丞，又起兵于长沙，埋下孙家开挂的伏笔。

3. **郿宫刻字** 泰山高堂隆字升平，尝刻郿宫屋材，云：『后若干年，当有天子居此宫。』及晋惠帝幸①郿宫，治屋者土剥更泥，始见刻字，计年正合。

〓注释〓 ①幸：帝王到达某地。

<解说> 魏明帝曹叡有个不良嗜好，就是兴建宫室，而且是怎么奢侈怎么来。特别是诸葛亮死后，曹魏终于失去一个重大的外部威胁，曹叡更是撒开欢地大兴土木。陪都许昌、都城洛阳，乃至园囿景观等等，一个也不放过。对此，当时的大臣多有批评，例如《三国志·明帝纪》载："是时，大治洛阳宫，起昭阳、太极殿，筑总章观。百姓失农时，直臣杨阜、高堂隆等各数切谏，虽不能听，常优容之。"曹叡态度不错，但就是不听劝。

还有一次，据《三国志》载，在建造凌霄阙时，有鹊鸟在上面搭窝，曹叡就问高堂隆是怎么回事。高堂隆以《诗经》中鸠占鹊巢的道理劝谏，说这是老天在警告，宫室没有建成，将有其他姓氏的人占有它。曹叡听后有些变颜变色。

《异苑》这一则就更神了，高堂隆在郿宫留下一个预言："若干年后，将有天子来到这个宫殿。"改朝换代后，晋惠帝来到郿宫，管理宫殿的手下打扫卫生时发现了高堂隆的刻字，算了算年限，果真被高堂隆言中了。

4. **梦日环城** 王敦既为逆，顿军姑孰①，晋明帝躬往觇②之。敦时昼寝，梦日环其城，乃卓然③惊寤，曰：『营中有黄头鲜卑奴来，何不缚取？』帝所生母荀氏燕国人，故貌类焉。

═注释═ ①姑孰：在今安徽当涂。②觇：偷偷查看。③卓然：突然。

<解说> 东晋建立之初发生了一场动乱——王敦之乱。王敦本是东晋开国的功臣，与堂兄弟王导一起拥戴司马睿即位，稳定了局势。《晋书》载，随着自身势力越来越大，王敦“欲专制朝廷，有问鼎之心”。晋元帝司马睿坐不住了：再这样下去，朕的皇位难保呀！遂采取措施，削弱王氏的力量。这边王敦也是个暴脾气，看着时局对自己越来越不利，便以清君侧的名义起兵武昌，攻入都城建康。晋元帝拿王敦没办法，不久就被气死了。

待到第二位皇帝晋明帝司马绍即位，王敦也没闲着，他不断在朝中安插自己的势力，并于离建康不远的姑孰，虎视眈眈，密谋再次反叛。晋明帝得到消息后，放心不下，竟骑着一匹骏马，偷偷跑到王敦的营垒暗中观察。于是就有了以上王敦“梦日环城”的桥段。王敦于奇梦中惊醒，意识到晋明帝的到来，马上喊人前去捉拿。

究竟晋明帝能否脱离险境？据《晋书·明帝纪》记载，当时有五个骑兵追赶晋明帝，晋明帝一边跑一边想辙。他把马留下的粪便以水浇之，制造出离开时间很久的假象。路过一家老妇人开的小吃店，晋明帝留下自己的七宝鞭，让老妇拿给后面追来的骑兵看。骑兵追上来后，看见七宝鞭很是好奇，互相传看，就耽误了不少时间，加之看到马粪都是凉凉的，就打消了继续追赶的念头。晋明帝这才得以成功脱险。

5. 黄气钟灵

晋简文既废世子①道生，次子郁又早卒而未有息②。濮阳令在帝面前，祷至三更。忽有黄气自西南来，逆室前。尔夜，幸李太后，而生孝皇帝。

=注释= ①世子：太子，帝王和诸侯的嫡长子。②息：儿子。

＜解说＞ 东晋简文帝司马昱做皇帝之前是会稽王，司马道生是其长子，也是世子。但是这位世子平时的表现差强人意，史载他“性疏躁，不修行业，多失礼度”，这副德行怎么能当继承人呢？司马昱便将其废黜幽禁，道生于二十四岁时一命呜呼。二儿子司马郁是个聪慧之人，很被司马昱看好，却也不幸在十七岁时去世。

司马昱开始为接班人的问题头疼起来。《异苑》这一则讲的是他请清水道道师王濮阳为自己求子嗣。这清水道乃是当时道教的一个派别，认为“道在水中”，擅长用清水治病，故名。清水道在江南一带颇有影响，深得东晋皇室家族的信任。

不过，这次清水并没有派上用场。王濮阳采用的是祷告的方式：天灵灵地灵灵，天灵灵地灵灵……祷告到半夜三更，忽见得一团黄气打西南边过来，聚集在屋前。这就算是显灵啦！这一晚，司马昱趁热打铁临幸了李太后，才有了后来的晋孝武帝司马曜。

6. 管涔王献剑

刘曜隐居管涔之山①。夜中，忽有一童子入跪曰：『管涔王使小臣奉谒②赵皇帝。』献剑一口置前，再拜而去。以烛视之，剑长二尺，光泽非常，赤玉为饰，背有铭云：『神剑服御除众毒。』

==注释== ①管涔之山：一名燕京山，在今山西宁武县西南。②奉谒：拜见。

<解说> 刘曜是十六国中汉国的皇室宗亲，是开国皇帝刘渊的侄子。年轻时，刘曜背负了沉重的偶像包袱。怎么讲？请看《晋书》的记载："身长九尺三寸，垂手过膝，生而眉白，目有赤光，须髯不过百余根，而皆长五尺。"在古人看来，拥有这样的奇形异相的人，不是圣人就是帝王，最次也是干大事的英雄。年轻时的刘曜可不见得有多沾沾自喜，他很有危机意识，担心自己的形象气质树大招风，恐不被世人所接受，于是隐居在管涔山。

山中的生活如何呢？《异苑》说，刘曜在山中的生活是悠闲的，弹弹琴，写写字，好不快活。有天夜晚，一个童子的到访打破了他平静的生活。童子自称是管涔王的仆人，说是来拜见赵皇帝，奉上一把宝剑后转身离去。

谁是赵皇帝？送我宝剑干什么？

刘曜纳着闷，借着烛光端详这把宝剑，转过来发现背面刻有铭文："神剑服御除众毒。"大概意思是，持有这把神剑可以所向无敌。

刘曜出山后，在汉国朝中担任显赫官职，镇守长安。后来外戚靳准谋反，杀死了皇帝刘粲。刘曜立马出兵，前去平叛。所谓国不可一日无主，刘曜本身又是皇室宗亲，就这样，刘曜在半路上就被手下拥戴为皇帝。

既然做了皇帝，"所向无敌"算是应验了。"赵皇帝"又是怎么落实的呢？

话说局势稳定下来之后，刘曜打算换一个年号，就和众大臣商议。群臣上奏说，开国皇帝刘渊曾被封为卢奴伯，陛下也曾被封为中山王，封地都在战国时的赵国之地，所以以"赵"作为新的国号是再合适不过的了。刘曜非常满意，遂改国号"汉"为"赵"。

7. 襄国谶 石勒为郭敬客时，襄国[1]有谶[2]曰：『力在左，革在右，让无言，或入口。』让去言为襄字，或入口乃国字也。勒后遂都襄国。

‖注释‖ ①襄国：古县，今河北邢台市西南。②谶：将来能应验的预言、预兆。

<解说> 力在左，革在右，让（讓）无言，或入口。

这一则谜语的谜面交代了时代背景，即石勒定都襄国。流传的时间也标明了，是在“石勒为郭敬客时”。谜底是：勒、襄国。

这一则谜语，其实也是一则谶语。

所谓“石勒为郭敬客时”，指的是石勒年轻时在老家为人耕田打工的时候，那时石勒还叫“訇”，尚未有汉族姓名“石勒”。所以这个谶语的出现有些超前。石勒早年身份卑微，但是有相面者说：“此胡状貌奇异，志度非常，其终不可量也。”同乡人都哈哈大笑，一个穷小子，还是个胡人，能有什么出息。不过他的东家郭敬、宁驱非常有心，宁可信其有，因此平时很照顾石勒，还给他一些资助。后来石勒发迹，在即将坑杀的降卒中认出郭敬，忙“下马执其手，泣曰：‘今日相遇，岂非天邪！’”然后拜郭敬为上将军，赦免全部降卒，分配给郭敬。

“都襄国”，对于石勒来说是事业的重要转机。西晋永嘉年间，石勒成为羯族军团的领袖，势力横扫中原，当时他意图进取北上，遭遇挫折，准备南下攻打建邺、称霸南方，却因军中饥疫兵力锐减。是退是进，石勒面临重要抉择。最后他听从张宾的建议，占据位置优越、地势险要的襄国，以之作为根据地，改变以往游牧民族攻城而不有其人，略地而不有其土的作战习惯。石勒在襄国经营自己的势力，有了稳固的大后方，之后在此称王，继而称帝，建立了后赵政权。

8. **灵昌津** 石勒伐刘曜于洛阳，从大河南济[1]。时河冻将合，军至而冰自泮[2]，舟楫无阂[3]，遂生擒曜。谓是神灵之助，命曰『灵昌津』。

注释 ①济：过河。②泮：分，散。③阂：阻碍。

＜解说＞ 刘曜称帝之后，石勒也随之称王，两人建立的政权都以“赵”为国号。史家以时间先后为序，称刘曜的政权为“前赵”，石勒的政权为“后赵”。南方的东晋政权建立之初，北方处于前赵、后赵争雄的时期。

公元 328 年，石勒率军抵达洛水，与刘曜决战于洛阳。前赵、后赵谁能笑到最后，关键就看此役。《晋书》载，石勒大军渡黄河之前，条件恶劣，水中有许多流冰。而大军到达河边时，冰全部化开，军队得以顺利过河。石勒非常高兴，觉得是有神灵相助，便将渡河处命名为“灵昌津”。以上的记载和《异苑》大致相同。此外，史书还展现了刘曜最终失败的画面：

当时的刘曜并不关心士兵，还日日与宠臣饮酒作乐。石勒大军打过来时，刘曜已经饮酒数斗，出发时又喝了一斗多。这样一个酒蒙子怎么能指挥打仗呢？刘曜的军队被石勒大军打得一败涂地。他自己晕头转向地逃跑，不巧马失前蹄，被重重摔在冰面上，石勒的将领石堪将其抓获。

刘曜的败亡史警示我们：

兵法千万条，清醒第一条。
饮酒无节制，亲人两行泪。

9. 长安谣　晋时长安谣曰：『秦川城中血没，惟有凉州倚柱看。』及惠愍之间，关内歼破，浮血飘舟，张轨拥众一方，威恩共著。

＜解说＞　惠愍之间，即西晋最后三位皇帝惠帝、怀帝、愍帝统治的时期。从晋惠帝即位开始，西晋经历了贾后专政与八王之乱，关中已然乱成了一锅粥。相比之下，位于河西的凉州却是风景这边独好，社会稳定，欣欣向荣。这多亏了当地长官张轨的经营。

张轨本在西晋朝中做官，他看到时局动荡，就意图到河西发展，便请求到凉州做官。好在朝中公卿看好他的能力，也予以支持。张轨以护羌校尉、凉州刺史的身份入主凉州后，平定叛乱，笼络当地大族，推行教化，发展经济，在凉州创造了相对稳定的社会环境。这在当时混乱的北方十分难能可贵，所以有“秦川城中血没，惟有凉州倚柱看”的歌谣。对于西晋王朝，张轨也是一百个拥护，勤王进贡一个也不少，因此深得朝廷的信任。张轨之后，他的子孙继续经营凉州，凉州在事实上成为割据政权，史称“前凉”。

10. 天麦　凉州张骏，字公彦。九年，天雨五谷于武威、燉煌。植之悉生，因名『天麦』。

＜解说＞　张骏是张轨的孙子，是张轨之后第四代凉州经营者。在他统治时期，武威、敦煌下了一场奇怪的雨，天上掉下来的不是雨滴，而是五谷。把这些五谷种植在地里，居然成活了，因此为其取名“天麦”。

11. 神自称玄冥

凉州张祚伪和平中，有神见于玄武殿，自称玄冥，与人言语。祚日夜祈之，神言与之福利，祚甚信之。

<解说> 张祚是张轨之后首个公开称帝的凉州老大，不过他的位子是从侄子张耀灵手中抢过来的，来路不正，自立为帝也是僭越之举，遭到属下的反对。他私生活十分混乱，弟妹、妹妹、侄女、宫中的妃妾，都与张祚传出过众人皆知的桃色新闻。

其实张祚的皇帝之位坐得并不舒坦，对于局势的掌控显然没有十足的信心。比如镇守枹罕的张瓘，张祚害怕他的势力过强威胁到自己，就贸然地派大军前去攻打。三军出发后，玄武殿便有“玄冥”神现身。《晋书》中也收录了这件事。张祚不分白天黑夜地对玄冥拜了又拜，求了又求。玄冥许诺为他带来福运，张祚深信不疑，心里美滋滋的。谁料，玄冥大神狠狠地忽悠了张祚，大军不但没有灭掉张瓘，反而遭到张瓘的追击反杀，其他势力也纷纷响应。据《魏书》记载，最后是骁骑将军宋混率军攻破了宫殿大门，张祚在混乱中被厨子徐黑所杀，“暴尸道左”。

12. 枭鸣牙中

凉州张重华遣谢艾伐麻狄，引师出振武。夜有二枭①鸣于牙②中。艾曰：『枭者，邀也。六博得枭者胜。今枭鸣牙中，克敌之兆。』果大破之。

=注释= ①枭：一种凶猛的鸟。②牙：古代军队主将的住所。

<解说> 六博这种棋类游戏，在先秦时期就被祖先玩得很溜了。游戏在一个称为“局”的方形棋盘上进行。先投掷“著”，犹今之扔色子，决定行棋先后。棋子一般有十二个，游戏双方各六个。六个棋子中，一个叫作“枭”，其余叫作“散”。枭是等级最高的棋子，它要在散的助攻下杀掉对方的枭，从而获得胜利。此即《韩非子》所言：“博者贵枭，胜者必杀枭。”所以当谢艾在行军途中遇到两只鸣叫的枭，便联想到六博中制胜的关键棋子“枭”，由此对未来攻打麻狄的战事充满了信心。

13. 刘季奴

宋武帝裕字德舆，小字寄奴。微时伐荻新洲，见大蛇长数丈，射之伤。明日，复至洲里，闻有杵臼声，往视之，见童子数人皆青衣捣药，问其故，答曰：『我王为刘寄奴所射，合散①傅②之。』帝曰：『王神何不杀之？』答曰：『刘寄奴王者不死，不可杀。』帝叱之皆散，仍收药而返。

＝注释＝ ①合散：配制药散。②傅：使附着。

＜解说＞ 中草药中，有一味草药是以帝王的小字命名的——刘寄奴草。刘寄奴即刘裕，南朝刘宋的开国皇帝。草药、皇帝，两者的神奇交集出现在上面的故事里。

刘裕在发迹以前去新洲“伐荻”。荻是生长在水边的植物，茎可以用来编织。结合史书记载，刘裕曾以贩卖草鞋为生，因此可以推断，伐荻是为了收集编草鞋的原料。有一次伐荻的时候，刘裕射伤一条数丈长的大蛇。第二天他再来到这个地方，看见几个青衣童子在捣药，说是他们的老大被刘寄奴射伤，所以要捣药为其疗伤。刘裕一瞧，知道自己闯了祸，冒犯了神仙，就弱弱地问：你们老大为何不杀了他呢？童子道出了天机：刘寄奴是王者，不可杀。也不知道刘裕当时信没信，反正童子的药是被他惦记上了。刘裕用大嗓门吓跑童子，把药收起来，打包带走。从此，人世间多了一味可破血下胀的刘寄奴草，历史上也多了一则预言刘裕称王的传说。

14. 女水

临淄牛山下有女水，齐人谚曰：『世治则女水流，世乱则女水竭。』慕容超时，干涸弥①载。及天兵薄伐②，乃激洪流。

‖注释‖①弥：满。②薄伐：征讨。

＜解说＞　这是一条流传在齐地的预言社会兴亡的谣谚，也是另一个与刘裕有关的神奇传说：临淄牛山下的女水，太平盛世时河水充盈，社会动荡时则干涸枯竭。与此相印证的是东晋时六国时期刘裕北伐南燕。在南燕末主慕容超统治之下，女水一整年都是干涸的，待到刘裕北伐，女水洪流滚滚，和往日大不相同。

不吹也不黑，慕容超这么不招待见是有原因的。他上台后，南燕政局一团糟，《晋书》载："超不恤政事，畋游是好，百姓苦之。"偏偏他又侵扰东晋，掠夺了千把人组乐队。东晋这边有个大人物，逮住了这个好机会北伐南燕。他就是刘裕。当时刘裕在东晋功名显赫，掌握了实权，离取代东晋只差一步——在世家大族中树立威信。于是刘裕借助这次北伐，随军带了一批士族文人。除了让他们做一些诸如搜集情报的工作外，也借此机会让他们亲眼见证自己的实力，最终在世家大族中成功圈粉。这些士族文人也诚心实意地歌颂刘裕，其中就有郭缘生，在《述征记》中他提到了这件祥瑞之事，以此昭示刘裕创造治世的必然性。

15. 小儿辇沙

秦世有谣曰：『秦始皇，何①僵梁②。开吾户③，据吾床。饮吾酒，唾吾浆。飧④吾饭，以为粮。张吾弓，射东墙。前至沙邱当灭亡。』始皇既坑儒焚典，乃发孔子墓，欲取诸经传。圹⑤既启，于是悉如谣者之言。又言谣文刊在冢壁，政甚恶之。乃远沙邱而循别路，见一群小儿，辇⑥沙为阜。问云『沙邱』，从此得病。

‖注释‖ ①何：多么。②僵梁：凶暴，强横。③户：门。④飧：吃。⑤圹：坟墓。⑥辇：搬运。

<解说> 话说秦始皇到了晚年，特别忌讳死亡，热切希望自己长生不老。而上面的“实力吐槽 + 诅咒”，对秦始皇来说堪称一万点暴击。另有民间传说，秦始皇下令刨孔子的坟墓，想把他随葬的著作毁掉。谁料，墓室打开，大家发现那个让秦始皇后脊梁发凉的谣谚竟然刻在墓室的墙壁上。原来，春秋时期的孔子早已预料到此事。秦始皇心里极大地不快，尤其是看到最后一句：“前至沙邱当灭亡。”所以他出行的时候会远远避开沙丘。偏偏有一次，他在路上看见一群小孩搬沙子。小孩说，他们在堆沙丘。哎哟，到底还是撞上了！由此，秦始皇病倒了。死没死呢？没说。

等等，《史记》里可不是这么写的。

关于秦始皇的死，确实有沙丘的戏份。据《史记·秦始皇本纪》记载，始皇三十七年，秦始皇开始他第五次也是人生最后一次出游。这次的路线是南下至长江流域一带，然后北上山东琅琊。车马劳顿之下，秦始皇病倒了，回来的途中病情加重。“七月丙寅，始皇崩于沙丘平台。”沙丘宫是战国时期赵武灵王的行宫，也是赵武灵王于政变中被饿死的地方。所谓平台，就是露天的台榭。

秦始皇到底还是死在“沙丘”了。随行的李斯担心天下有变，便封锁消息，继续回朝。一路上，还假装向秦始皇进食，百官的事务也照旧处理。因为正好是炎热的暑天，尸体腐臭的气味很大，就用车拉了一石的咸鱼来掩人耳目。就这样，出游的队伍载着秦始皇的尸体行进，直到回到咸阳才发丧。

16. 晋宣帝庙

晋武帝太康五年五月，宣帝庙地陷裂，梁无故自折。凡宗庙所以承祖先嗣，永世不刊①。安居摧陷，是毁绝之祥也。

＝注释＝ ① 不刊：不容更改。

＜解说＞　西晋国祚浅薄，只是在开国皇帝司马炎在位时，有过短暂的安稳与繁荣。史载：“是时天下无事，赋税平均，人咸安其业而乐其事。”

但是从武帝司马炎开始，关于西晋多舛的国运，就出现了各种高能预警。

比如《异苑》所说，宣帝宗庙地陷梁断。

这里有两点需要敲黑板。其一是宣帝司马懿之于西晋的奠基者意义。司马懿虽然没有真正称帝，但如果没有他几十年的经营，孙辈司马炎取代曹魏而自立是很难想象的。其二是宗庙。宗庙是古代皇帝、诸侯祭祀祖先的场所，也是国家权力的象征，相当于一朝的命根子。而如今，祭祀司马懿的宗庙出现不稳固之象，“毁绝之祥”绝非危言耸听。事实上，西晋日后出现的混乱局面，在司马炎时期就已埋下祸根。

司马炎即位之后，为避免重蹈曹魏的覆辙，铆足了劲分封宗室，想着以后如果皇权出现危机，自家的诸侯王就可以实力救场。但是历史却选择了硬币的反面。晋惠帝司马衷即位之后，老爸司马炎送给他的“分封宗室”大礼包，彻彻底底成为西晋的噩梦——八王之乱。汝南王亮、楚王玮、赵王伦、齐王冏、长沙王乂、成都王颖、河间王颙、东海王越，为了争夺国家权力，接连起兵混战，在关中大打出手，直到晋惠帝被毒死，晋怀帝接班，前后长达十六年。接下来的五胡乱华，更是直接耗尽了西晋的气数，最后两位皇帝，怀帝、愍帝，先后被匈奴人俘虏。西晋，亡，享国仅五十一载。

17. 海凫毛 晋惠帝时，人有得一鸟毛，长三丈，以示张华。华惨然[1]叹曰：『所谓海凫毛也。此毛出则天下土崩矣。』果如其言。

注释 ①惨然：悲伤的样子。

<解说> 从晋惠帝开始，西晋的局势就一天不如一天。当时有人捡到一根长三丈的巨型鸟毛，拿给张华大神看。张华心中大为悲伤，叹气说，这是海凫的鸟毛。海凫毛一出，天下将大乱。

18. 衣中火光 晋惠帝永康元年，帝纳皇后羊氏。后将入宫，衣中忽有火光，众咸怪之。自后蕃臣[1]构兵[2]，洛阳失御，后为刘曜所嫔。

注释 ①蕃臣：藩屏之臣。②构兵：交战。

<解说> 羊献容是晋惠帝的第二任皇后。当羊皇后将要入宫时，衣中起火。大家都觉得奇怪。之后羊皇后在八王之乱中几经沉浮，屡遭废立，还有一次差点被赐死，在几位臣子的努力下才保住性命。《晋书·五行志》直呼“终古未闻”，“此孽火之应也”。

然而，羊皇后的命运在永嘉之乱经历了大反转。

《晋书·后妃上》记载，洛阳失守后，打进来的汉国将领刘曜相中了羊皇后，将她占为己有。之后刘曜称帝，羊献容再次成为皇后。刘曜十分宠爱妻子，两口子恩恩爱爱，甜甜蜜蜜，过上了幸福的生活。刘曜曾问：“我跟司马家的小子相比怎么样？”羊皇后当即表示完全没有可比性，并且说，自从成为刘曜的妻子，“始知天下有丈夫耳”。

19. 玉马缺口齿

晋永嘉元年，车骑大将军、东瀛王司马腾字元迈，自并州迁镇邺。行次真定时，久积雪而当[一]其门，前方十数步独液不积。腾怪而掘之，得玉马，高尺许，口齿皆缺。腾以为马者国姓，称吉祥焉。或谓马无齿则不得食。未几晋遂大乱，腾后为汲桑所杀。

=注释= [一]当：遮蔽。

<解说> 东瀛王司马腾最初为并州刺史，镇守在晋阳，永嘉元年改为镇守邺城。在前往邺城途经真定时，发生一件奇事：当时是大雪封门的天气，可营房前有一块地特别另类，雪落上去全都化掉了。司马腾好奇，认为下面一定有什么玄机，命人开挖。

还真是，从这块地下挖出一个高一尺多的玉马。但是玉马并不完整，嘴跟牙齿都残缺了。

挖出宝贝当然高兴，但是有其他什么寓意吗？司马腾认为，“马”即指国姓“司马”，司马氏正是国家的掌权者，而如今玉马落入己手，这其中的寓意还不明显吗？吉兆呀！有的人却意见相反，认为就算“玉马”等于“司马”，可连嘴和牙齿都没有的马，早晚要把自己活活饿死。这可不是什么好兆头。

随后司马腾的遭遇印证了后者的判断。

《晋书》司马腾本传记载，这一年，汲桑和李丰攻打邺城。司马腾自信心爆棚：“当年在并州的时候，那些胡人都不能奈我何，汲桑这样的小贼，怕他干什么！”但是打脸来得太快。不久汲桑、李丰等人兵临城下，汲桑派出的前锋都督石勒，力克司马腾部将冯嵩，大军长驱入邺。司马腾率轻骑慌忙逃走，半路上被杀。

20. 洛城二鹅

董养字仲道，陈留浚仪人。泰始初到洛下，不干禄[1]求荣。永嘉中，洛城东北角步广里中地陷，有二鹅出焉，其苍者飞去，白者不能飞。养闻叹曰：『昔周时所盟会狄泉即此地也。今有二鹅，苍者胡象，后胡当入洛；白者不能飞，此国讳[2]也。』

‖注释‖①干禄：求仕进。②国讳：犹国丧。

＜解说＞　对西晋国运的预警，还改变了一个民间高手的人生走向。他就是董养。

董养不仅在志怪中，在史书中也是个神龙见首不见尾的神秘人物。

西晋泰始初年，董养带着一肚子的学识来到都城洛阳，并不着急找工作，而是冷静地观察世相，思考国家命运。

永嘉元年二月，洛阳东北的步广里地面塌陷，冒出来两只鹅，一只是青黑色的，扑啦啦飞走了；一只是白色的，仍然留在原地。董养听闻，知道这是国将灭亡的征兆。青黑色的鹅象征胡人，其冲天而去，预示今后当有少数民族势力攻进洛阳；而白鹅象征西晋政权，留在原地无法飞走，只能被人宰割，昭示西晋政权面临的危险。

《晋书》记载，发生这件事后，董养非常失望，跟当时的名士谢鲲、阮孚说：“君等可深藏矣。”然后携妻子入蜀隐居，莫知所终。

21. 巾箱中鼓角

晋孝武太元末，帝每闻手巾箱[1]中有鼓吹鼙角[2]之音，于是请僧斋会。夜见一臂长三丈许、手长数尺来摸经案。是岁帝崩，天下大乱，晋室自此而衰。

＝注释＝ ①手巾箱：装手巾的小箱。②鼙角：鼙鼓和号角。

<解说>　手巾箱有鼓吹鼙角之音，夜有长臂巨手摸经案，没多久东晋孝武帝就驾崩了。

怪事出现得太唐突，幸好唐代有《建康实录》一书，引用《图经》为我们讲述了这个故事的来龙去脉。

孝武帝正在清暑殿游玩时，一个黄衣人出现，自称是天泉池神，名叫淋岑君。他说，如果皇帝好好招待他，他就给皇帝带来好运。孝武帝面对眼前这个陌生奇怪的家伙，心中只有惊恐，把随身佩带的刀一下子扔了过去。黄衣人大怒，威胁皇帝说，你可太坏了，有你好看的，等着瞧。然后隐身不见，只听得有鼓吹鼙角之音渐渐远去。晋武帝觉得此事蹊跷，请了高僧来念经消灾。结果就发生了“一臂长三丈来摸经案”的事情。后来孝武帝和宫女乘着龙舟游玩时，这个长臂再次显现，攀着龙舟，舟沉，皇帝也淹死了。

22. 卢修叛谶

晋孝武太元末有谶曰『修起会稽』。其后卢修果从会稽叛。

<解说>　还是晋孝武帝时候的事。当时有预言说：“修起会稽。”后来卢修果然在会稽起兵反叛。

23. **义熙火灾** 晋义熙十一年，京都火灾大行，吴界尤甚。火防甚峻，犹自不绝。时王弘守吴郡，昼坐厅视事，忽见天上有一赤物下，状如信幡①，遥集南人家屋上，须臾火遂大发。弘知天为之灾，故不罪始火之家。识者如晋室微弱之象也。

═注释═ ①信幡：古代题表官号、用为符信的旗帜。

<解说> 东晋义熙十一年，也是东晋灭亡前五年，都城建康频发火灾，南边吴郡的局势更为严重。当时镇守吴郡的王弘在屋子里办公，忽然看见天上掉下来一个红色的东西，飘飘忽忽地落在南边一处屋顶上，不一会就燃起大火。王弘知道这是天降灾祸而非人为，所以也没追究最先着火人家的责任。

有识之士明白，这一波令人措手不及的火灾是晋室将亡的征兆。

古有“火不炎上”之说。火，属于南方，用其光亮为人照明、提供热源，同时也与王朝命运息息相关。因为称王称帝者，南面而治，正是面向光明治理国家。一旦奸佞之人得势，邪恶的力量超越正义的力量。虚伪奸诈之风气盛行，火就会从天而降，焚烧宗庙，焚烧宫室。这样的火灾是多少人都无法扑救的。此为“火不炎上”。

东晋王朝就这样在一波无可奈何的火灾中，消耗掉所剩无几的气数。

24. 孙恩乱兆

隆安初吴郡治下狗常夜吠，聚皋桥上。人家狗有限而吠声甚众，或有夜觇视[1]之，见一狗有两三头者，皆前向乱吠。无几有孙恩之乱。

＝注释＝①觇视：窥视。

＜解说＞　三吴地区是东晋的战略后方，对于都城建康极其重要。然而从晋安帝开始，这一带可就不那么太平了。这还要从吴郡的狗叫声说起。

隆安初年，吴郡的皋桥上总有一群狗在夜晚狂叫，而且叫声听起来远远不止家狗的数量。有好事者在夜里暗中观察，发现其中一只怪狗长着两三个头，加强版的狗头当然叫声更大了。

怪狗的出现，也意味着祸事的到来。不久，扰乱三吴的孙恩之乱爆发了。

根据史书记载，孙恩世奉五斗米教，他的叔父孙泰秘密聚集徒众，意图谋反，被会稽王司马道子所杀。孙恩逃到海外后，纠集百余个亡命之徒，“志欲复仇”。隆安三年，他趁吴地骚乱，从海上攻打上虞，进而攻占会稽。这一路打过来，响应的人越来越多，会稽、吴郡、吴兴、义兴……八郡“一时俱起，杀长吏以应之”。待到孙恩占领会稽时，已有数十万人相跟随，声势浩大。孙恩自称“征东将军”，逼迫当地人士做他的属官，为他服务，如果不从，就连着孩子一起杀掉。所经之地，烧杀抢掠一个不落。

朝廷急忙派将军谢琰、刘牢之前来征讨。孙恩便掳走二十多万口男女，再次逃亡入海。然而三吴并没有盼来好日子，因为刘牢之等人所率领的并非仁义之师。史载“牢之等纵军士暴掠，士民失望，郡县城中无复人迹”。孙恩的起兵持续了三年，最后以其失败而投水自杀结束。

25. **藏彄凶兆** 晋海西公时，有贵人会，因藏彄①。欻②有一手，间在众臂之中，修骨巨指，毛色粗黑，举坐咸惊。寻为桓大司马所杀。旧传『藏彄令人生离』，斯验深矣。

注释 ①彄：环、戒指一类的东西。②欻：忽然。

<解说> 藏彄也称“藏钩”，是古代一种简单易上手、惊险又刺激的游戏。

西晋周处的《风土记》记载了藏彄的游戏规则：参加游戏者平均分为两组，如果多出一人，则为“飞鸟”，可以加入任意一组。将“彄”藏在一组人的手中，另一组人去猜“彄”之所在。

虽然游戏规则简单，但是在此过程之中，藏“彄”的一组往往要加以迷惑、误导，而猜“彄”的一组要想猜中获胜，就必须善于察言观色、冷静分析。无论对于哪一方来说，藏彄游戏都是对智力与心理素质的大考验。

但是游戏中也有禁忌。所谓“藏彄令人生离”，人们相信这种游戏会造成人的分离，犹如探望病人不可以梨相赠一样，如果家中有类似忌讳，就不要玩这个游戏了。

这个说法在东晋时就有应验。《异苑》这一则说，当时一个显贵之家做藏彄的游戏，正当大家撸起袖子，摩拳擦掌，跃跃欲试时，突然出现一只“修骨巨指，毛色粗黑”的手，在场之人都非常惊奇。不久，这个人就被执掌朝政的大司马桓温所杀。

26. 苻秦亡征

苻坚建元十二年，高陵县民穿井得大龟三尺六寸，背文负八卦古字。坚命作石池养之，食以粟。后死，藏其骨于太庙。其夜，庙丞高虏梦龟谓曰：『我本出将归江南，遭时不遇，陨命秦庭。』即有人梦中谓虏曰：『龟三千六百岁而终，终必妖兴，亡国之征也。』未几，为谢玄破于淮淝，自缢新城浮图①中。

═注释═ ①浮图：佛塔、佛寺。

＜解说＞　卷三《马度苻坚》说到前秦苻坚自淝水之战败给东晋谢玄后，国内局势越来越严峻，各地纷纷反叛，最终都城长安被慕容冲攻陷。苻坚带着几千人马外逃，却落入叛将姚苌之手。

前秦的崩溃源于淝水之战的失利，其中当然有各种客观的因素，但是古人也相信这是冥冥之中注定要发生的。因为《异苑》记载，在此之前，前秦境内的高陵县一户人家打井时，捉到一只三尺六寸的大龟，龟背上刻有八卦古文字。这引起了苻坚的注意。传说大禹治水时，上天欲赐给大禹九类大法，便有神龟负文而出，大禹受到启发，作“洪范九畴”。所以古人以此作为帝王受命于天的祥瑞之兆。当时苻坚正有统一全国的想法，因此也备受鼓舞。

苻坚将大龟养起来，企盼好运降临。

但事与愿违。

大龟后来死了，遗骸被藏在太庙。因为感觉太憋屈，大龟给太庙的管理员高虏托梦，诉说自己的身世，说它本来是要回江南老家的，却不承想死在了这里。接着梦中有个人告诉高虏，这只龟活了三千六百岁，它一死，肯定有不好的事情发生，此乃亡国之兆。

没过多久，苻坚就在淝水之战中一败涂地。

27. 慕容死猎

慕容皝出畋[1]，见一老父曰：『此非猎所，王宜还也。』皝明晨复去，值有白兔，驰马射之，坠石而卒。

=注释= ①畋：打猎。

<解说> 因不听神秘老先生的劝告，慕容皝射杀白兔时丢了性命。这位前燕皇帝之死，总让人觉得那么蹊跷。“这里不是打猎的地方，你还是回去吧。”老父话里有话，但是没有明说。偏偏慕容皝就是任性，第二天依然我行我素，最终不幸在射杀白兔时摔死。

28. 西秦将亡

西秦乞伏炽磐都长安，端门[1]外有一井，人常宿汲水亭之下。而夜闻磕磕有声，惊起照视，瓮中如血，中有丹鱼，长可三寸，而有寸光。时东羌西虏共相攻伐，国寻灭亡。

=注释= ①端门：宫殿的正南门。

<解说> 这一则写的是西秦灭亡的前兆：从端门外的井中打出的水，夜晚有“磕磕”的声音，起来一看，发现瓮中的井水像血水一样，里面还有红色的鱼，长有三寸，放出寸光。不久，在“东羌西虏共相攻伐”的形势下，西秦灭亡了。

志怪归志怪，历史上是怎么一回事呢？

淝水之战后，前秦崩溃，北方陷入分裂，兴起许多小国，乞伏鲜卑建立的西秦就是其中之一。

西秦迁过几次国都，但就是没在长安落过脚。所以“西秦乞伏炽磐都长安”的说法是不靠谱的。乞伏炽磐统治下的西秦，是其最为强盛的时期，对外扩张，实力强悍，风头正劲。西灭南凉，遏制北凉，南败吐谷浑。但是风水轮流转，公元 426 年，西秦攻打北凉，却被北凉联合夏国共同反杀，加上内部叛变，吐谷浑、山羌的叛离，西秦实力大减，政权风雨飘摇。两年后，乞伏炽磐去世。431 年，西秦灭亡。

29. 霹雳题背

佛佛虏凶虐暴恶，常自言国名佛佛，则是佛中之佛。寻被震死，既葬，而复就冢中霹雳其柩，引身出外，题背四字表其凶逆而然也。国少时为涉去[1]所袭。元嘉十九年，京口霹雳杀人，亦自题背。

注释 ①涉去：当为『涉圭』，即拓跋珪。

<解说> 佛佛虏指的是十六国时期夏国建立者赫连勃勃。虏是古代南方对北方外族的称呼，赫连勃勃是匈奴人，所以称为“虏”。“佛佛”即是“勃勃”，据清人钱大昕《廿二史考异》的说法，“勃”的古音接近“佛”。所以在一些文献中，赫连勃勃亦称“佛佛虏”。

赫连勃勃是出了名的生性凶残。他嗜好杀人，且常常没有套路可言。比如说，他喜欢站在城楼上吹风，身边预备着弓和剑，倒不是为了防备来犯之敌，而是时刻准备手刃身边那些看着不顺眼的人。有大臣因为拿正眼看了赫连勃勃，就被戳瞎了眼睛；有在赫连勃勃面前发笑的，被割掉了嘴唇；有好心向赫连勃勃进谏的，也被视为诽谤，下场是被割掉舌头，然后被杀。

赫连勃勃平时相当暴虐，打起仗来也绝不手软。有一次，他把鲜卑人秃发傉檀的军队打得大败，追奔八十余里，杀伤数万，并杀死对方十多员大将。这还不算，为了炫耀武功，赫连勃勃命人将尸首堆在一起，封土而成高冢，还给它起了个令人胆寒的名字：髑髅台。

至于当时普遍存在的佛教，赫连勃勃也与之产生过冲突。《异苑》这一则讲的是赫连勃勃因对佛教不敬而遭到天谴，被雷劈死，下葬后也没躲过雷劈的二次报应。这个故事在刘义庆的志怪小说《宣验记》中有更详细的交代：除了拿自己的名字打岔，说出“佛佛”的意思是“人中之佛”这样的大话外，赫连勃勃还在后背贴了一张佛像，当殿而坐，强令僧人礼拜自己。后来赫连勃勃出游时，遇到狂风暴雨，昏天黑地之中，被一道闪电劈死。下葬之后，赫连勃勃也不得安生，棺材被雷劈开，尸首暴露于外，后背被题上“凶虐无道”等字。国人拍手称快，纷纷表示此等暴君早就该死了，拖到现在真是便宜了他。

30. **人像无头** 凉州张寔，字安逊。夜寝，忽见屋梁间有人像，无头，久而乃灭。寔甚恶之，寻为左右所害。

<解说> 前面说到西晋末年，张轨看中时机，占据河西，经营凉州。后来他的儿子张寔继承父业，成为第二代凉州大佬。在天下大乱之时，只有凉州境内局势稳定，加之地形险要偏远，兵强马壮，张寔渐渐骄纵起来，以为掌控了一切，殊不知，危险正在向自己逼近。

起初，张寔看见屋梁上有一个没脑袋的人形，过了许久才消失。张寔感觉不是什么好事，心里厌恶得不行。

事实上，真的有人在背地里打张寔的主意。

《晋书》载，当时京兆人刘弘组织了一个邪教，张寔的手下阎沙、赵仰都是他的信徒，同时也是刘弘的老乡。刘弘跟这两个小老乡说，自己得到了上天的神玺，将来会在凉州称王。阎沙、赵仰深信不疑，便和张寔手下十余人谋划刺杀行动。

然而张寔早就注意到这个邪教组织，并将其一举捣毁，杀死了头目刘弘。

许是天意使然，阎沙等人并没有得到消息，刺杀按原计划进行。

当天夜里，张寔遇害。

31. 卢龙将乱

卢龙将寇乱，京师谣言曰：『十丈瓦屋，芦作柱，萑①作栏。』未几而败。

注释 ①萑：多年生草本植物。

<解说> 卢龙即卢循，孙恩的妹夫，小名元龙，所以也称“卢龙”。

史载孙恩起兵失败，赴海而死后，余下的数千人推举卢循为新领袖，在浙东一带继续活动。当时东晋朝廷由桓玄说了算，他招抚卢循为永嘉太守。卢循虽然接受，但实际上并不消停，第二年重新打出反晋的旗号，结果连连败给刘裕。不得已，卢循率众撤出浙东，南下攻占广州。当时东晋朝廷内部势力发生变化，刘裕取代桓玄掌控了朝政。因局势甫定，刘裕也顾不上太多，干脆任命卢循做了广州刺史，作为权宜之计。

四年后，刘裕率军北伐南燕。卢循听从部下的劝说，决定乘虚而入。

也就是此时，《异苑》说，京师开始流传卢循必败的谣言：“十丈瓦屋，芦作柱，萑作栏。”十丈高的大瓦房，用来做支撑的都是些草木——以芦为柱子（“芦”当然就是“卢循”），以萑为围栏。这种房子怎么能盖起来？不得行的。

当时社会上还流传有一则童谣，同样是倒向朝廷一边黑卢循。《晋书·五行志中》：“官家养芦化成荻，芦生不止自成积。”意思是说，朝廷给予卢循高官厚禄，允许他占据广州，即使这般“养”着，卢循到头来还是吃朝廷的饭，砸朝廷的锅，举兵内伐，成为仇敌。然而他最终的命运也是像芦苇一样，长高之后，被砍伐成一堆堆的柴草。

32. 元嘉末妖孽

文帝元嘉末，长广人病差，便能食而不得卧，一饭辄觉身长。如此数日，头遂出屋。段究为刺史，度之为三丈，复还渐缩如旧，经日而亡。俄而，文帝为元凶[1]所害。

注释 ①元凶：即刘劭，宋文帝长子。

<解说> 南朝刘宋第三位皇帝宋文帝在位三十载，开创了元嘉之治，相当能干。但最后的命运却是被大儿子刘劭所杀。因为刘劭弑父是无道之举，所以史书为刘劭立传时，给了他一个专属称呼：元凶。

上面这一则讲述的是元凶刘劭弑父之前，长广地区发生的一件怪事，某种程度上可看成征兆。

在长广地区，有人得了怪病。病人无法躺下，但是能吃，吃一顿饭就会长个儿。几天下来，头都顶破屋子了。当时的刺史段究还去量了病人的身高，达到了三丈。奇怪的是，病人渐渐恢复了原样，没过多久就去世了。

33. 德星聚

陈仲弓从[1]诸子侄，造荀季和父子。于时德星[2]聚，太史奏：『五百里内有贤人聚。』

注释 ①从：带领。②德星：主祥瑞的星。

<解说> 陈仲弓即陈寔，是东汉名士。他带着子侄们去拜访的荀季和父子，也就是荀淑父子，同样是不平凡的人物。《后汉书》说，荀淑乃荀子十一世孙。此人从小表现不凡，知识广博，被称为“知人”；处理事物能明察事理，被称为“神君”。他的八个儿子——荀俭、荀绲、荀靖、荀焘、荀汪、荀爽、荀肃、荀专，个个都是出类拔萃的人才，号称“八龙”。

名士之间的往来，还引起了相应的星象变化：德星相聚。据《史记》及《史记索隐》记载，景星、岁星等星为德星，它们的运行无规律可言，但是常在“有福”“有道”之地出现。所以掌管天文历法的太史观察到“德星聚”的天象后，上奏说：“五百里之内有贤人相聚。”此后，“德星聚”便用来代指贤人、高士聚会。

34. 血迹公字

陶侃左手有文直达中指，上横节便止。有相者师圭谓侃曰：『君左手中指有竖理，若彻[1]于上，位在无极。』侃以针挑令彻，血流弹壁，乃作『公』字。又取纸裹，『公』迹愈明。

＝注释＝ ①彻：通，穿。

<解说> 卷一《陶侃钓矶》写道，早年间的陶侃曾有发迹的预兆。待到他真正位极人臣后，又心生不臣之心。他的野心在一些神异故事中有所体现。

陶侃左手长有一条纹路，在中指的横纹处截止。有个会相术的人告诉他，如果这条纹路贯穿中指，将来的地位会贵不可言。陶侃便不惜用针挑那个纹路，想让它贯穿过去，结果扎出来的血溅到墙壁上，形成一个“公”字。他连忙用纸包住墙壁，结果“公”字的痕迹更加明显了。

《晋书》记载，陶侃晚年虽“潜有窥窬之志”，但是最后自己抑制住了，并没有做出违逆之事，这还要归因于另一个故事，详见卷七《梦生八翼》。

35. 桓灵宝

桓玄生而有光照室，善占者云：『此儿生有奇曜[1]，宜目[2]为天人。』宣武嫌其三文，复言为『神灵宝』，犹复用三。既难重前，却减『神』一字，名曰『灵宝』。『灵宝，玄小字也。』

＝注释＝ ①曜：光，明亮。②目：一作『字』。

<解说> 桓玄刚出生时就有异象，有光照室。占卜者因此建议给这个孩子起名为“天人”。但是老爸桓温不喜欢“桓天人”，他想到了“神灵宝”的名字，直接叫他“灵宝”。有种观点认为，灵宝的名字其实来源于道教典籍《灵宝经》，因桓温信奉道教，因此以之作为桓玄的小名。

36. 魏肇之 任城魏肇之初生，有雀飞入其手，占者以为封爵之祥①。

＝注释＝ ①祥：预兆，征兆。

＜解说＞ 古时“雀”与“爵”音同，所以得雀就意味着得爵做官，是大好的吉兆。

除了任城魏肇之有得雀的好事，陈留曾有一位叫魏尚的官员也有类似经历。据《陈留耆旧传》记载，当时魏尚因为有罪下狱。“有万头雀集狱棘树上”，叫个不停。魏尚不但不烦，心里还老高兴了，他知道雀乃“爵命之祥”，而且这群雀鸟“唧唧复”的鸣叫声，不就是复官的意思吗？果然，没过多久，魏尚官复原职的诏书就传下来了。

37. 刘道人 东莞刘穆之字道和，小字道人，世居京口。隆安中，凤凰集其庭，相人韦薮谓之曰：『子必协赞①大猷②。』

＝注释＝ ①协赞：辅佐。②大猷：治国大道。

＜解说＞ 要说刘裕手下一等一的谋士，非刘穆之莫属。

刘穆之本是琅琊府的一名主簿，后经人推荐，跟随刘裕平定桓玄之乱。后来又帮助刘裕入主朝政，奠定其在东晋朝中的政治地位。

刘穆之能力超群，是里里外外一把好手，办公效率极高，史称他“内总朝政，外供军旅，决断如流，事无拥滞”。他的屋子里总是挤满了宾客，有的来咨询事情，有的来求他办事。但见得刘穆之眼睛盯着案卷，手里写着答复信笺，耳朵听着报告，口头上还要应对陈述，一切都那么井井有条，处理得十分圆满。

刘裕对刘穆之非常信任，刘穆之也十分忠心，大事小情都要向刘裕汇报，哪怕是街头巷尾的笑话，都会跟刘裕说一说。就连跟朋友聚会吃饭，他也不忘在客人中间安插耳目，打探消息。

刘穆之病故后，刘裕专门上表皇帝，请求为他增加赏赐。刘裕自立为皇帝后，还会想起刘穆之的功劳，进封刘穆之为南康郡公。

38. 埋钱免灾

徐羡之年少时，尝有一人来，谓曰：『我是汝祖。』羡之拜。此人曰：『汝有贵相，而有大厄。宜以钱二十八文，埋宅四角，可以免灾。过此，位极人臣。』后羡之随亲之县，住在县内。尝暂出而贼自后破县。县内人无免者，鸡犬亦尽。惟羡之在外获全。

<解说> 古往今来，民间深信钱币可以辟邪，给自己带来好运。这个观念始于汉代，古代甚至有专门用来求吉辟邪的“压胜钱”。

刘裕的谋臣徐羡之小时候，就遇到过用钱辟邪的事情。当时有一个神秘人物找上门来，自称是徐羡之的祖父。小徐连忙拜见。这个人告诉徐羡之，他虽然有贵相，但面临大祸。要用二十八文钱埋在宅子四角，方可免灾，并且将来会位极人臣。小徐照做之后，跟随亲人来到县城居住。有一段时间，他外出不在家，而恰恰那时有贼人攻进县城。县城的居民无一幸免，连鸡犬都被赶尽杀绝。徐羡之因在外地而获得保全。

39. 刺史预兆

晋陵韦朗家在延陵，元嘉初，忽见庭前井中有人出，齐①长尺余，被带组甲，麾伍相应，相随出门。良久乃尽。朗兄薮颇善占筮，尝云：『吾子当至刺史。』后朗历刺青、广二州。

＝注释＝ ①齐：皆，都。

<解说> 曾任青州、广州刺史的韦朗，有过关于做官的预兆。那时，有很多一尺来高的小人从他家院子前的井中爬出来。这些小矮人穿戴着兵甲，排列成队伍，跟着韦朗一起出门。韦朗的哥哥占卜后说，我弟弟将来会做到刺史。后来果然应验。

40. 贾谧伏诛

晋贾谧字长渊，充子也。元康九年六月夜，暴雷震谧斋屋①。柱陷入地，压毁床帐。飘风吹其朝服上天数百丈，久之，乃坠于中丞台。又蛇出其被中，谧甚恐。明年伏诛。

=注释= ①斋屋：家居的房屋。

<解说> 当西晋处于贾后专权之下时，贾后的侄子贾谧是当时炙手可热的人物，《晋书》说他“权过人主”，过着极尽奢华的生活；而且他“好学，有才思”，身边依附着号称“二十四友”的文人小团体，石崇、陆机、潘岳、左思等人均位列其中。

凭着这样的权势与地位，贾谧经常出入东宫，与愍怀太子玩到一起。不过贾谧平时骄横惯了，与太子下棋时一点也不甘落下风，当时的成都王司马颖为此很不高兴，说了贾谧几句，结果被贾后外放。

但话又说回来，愍怀太子“为人刚猛”，本来就不是个好脾气，两人在一起总是摩擦不断。时间一长，贾谧被一种危机感所笼罩。而且他家总是发生怪异的事情。比如说，暴雷击中他的屋子，柱子陷入地下，压坏了他的床帐。有风把他的朝服吹到几百丈高的天上，过了好久掉到中丞台。要么就是他的被子里爬出蛇来。所有这些事情搅得贾谧心神不宁，越来越恐惧。

就在贾谧家里频频发生怪事的这一年，贾后害死了愍怀太子，引起众怒。一个月后，赵王司马伦起兵废黜贾后，召贾谧于殿前，将其诛杀。

41. 刘氏狗妖

晋孝武太元年，刘波字道则，移居京口。昼寝，闻屏风外悒咤[1]声，开屏风，见一狗蹲地而语，语毕自去。波，隗孙也。后为前将军，败，见杀。

＝注释＝ ①悒咤：忧愁不安，慨叹。

<解说> 狗作为坏事的征兆不是第一次了，前面有孙恩之乱前“狗常夜吠”，这回狗干脆说起话来。

刘波是东晋的一名将军，他在午睡的时候，听见屏风外面有发愁感叹的声音。出来一瞧，是一只狗蹲在外面，这只狗还在说着什么，说完就离开了。后来刘波做了前将军，因为战事失败而被杀。

但是《晋书》有另外的记载。所谓“前将军”，是刘波死后赠予他的。刘波去世之前，东晋朝廷本想把他派到北方镇守，但是因为其身体抱恙而未能成行。刘波感到自己病情并不乐观，恐大限将至，便上疏指陈弊政，论述自己对国家治理的看法。奏疏呈上去不久，刘波就病逝了。

42. 人头窥户

晋太始中，豫州刺史彭城刘德愿镇寿阳。住内屋，闭户未合，辄有人头进门扉[1]，窥看户内，是丈夫露髻团面。内人[2]惊告，把火搜觅，了不见人。刘明年竟被诛。

＝注释＝ ①门扉：门扇。②内人：妻子。

<解说> 刘德愿是南朝刘宋时期的官员，他性情直率，常常被宋孝武帝刘骏捉弄。比如说给殷贵妃上坟时，刘俊让刘德愿哭坟以获得重赏。刘德愿真的当场哭天抢地，涕泗交流，让刘骏好不开心。刘德愿擅长驾车，是个技术娴熟、颇有风度的老司机，刘骏就让他驾驶装有彩色轮子的车子，载着自己去江夏王刘义恭家里玩。

但是到最后，这样一位实在的大臣也免不了牺牲于朝廷内斗。宋孝武帝去世后，柳元景等人密谋废掉前废帝刘子业，最终因迟疑观望，事情败露，反而被皇帝所杀。当时刘德愿是柳元景的好朋友，也因此受到牵连，下狱被诛。

“人头窥户”这一则，讲的是刘德愿被诛之前发生的怪事：有一个梳着发髻、圆圆脸的人脑袋伸进刘德愿的屋门，往门里瞧。刘德愿的妻子发现之后，吓得连忙相告，并举着火搜寻，但是什么也没找到。第二年，刘德愿就受牵连被杀死了。

43. 北伐败征

河南褚裒字季野，将北伐。军士忽同时唱言：『可各持两楯①。』复相谓曰：『一人焉用两楯为？』及败北，抛戈弃甲，两手各持一楯，蒙首而奔。

注释 ①楯：盾牌。

＜解说＞ 东晋的褚裒是个气度非凡的人，年轻时便冠绝一时，被桓温他爹桓彝评价为“皮里春秋”，意思是这个小哥虽然嘴上不评价别人，但是心里跟明镜似的，自有褒贬。

褚裒后来镇守重镇京口。赶上后赵皇帝石虎去世，北方大乱。褚裒上表请求趁机北伐。这时便有了上面这件怪事。出征前，士兵忽然间莫名其妙地开唱：“一人手里拿着两个盾呀呀呼—呼嘿。”唱完大家都觉得可笑，明明是一人一盾，两盾像什么话？结果，褚裒的军队遭到了失败，将士们丢盔弃甲，果然是一人手里抓着两个盾，蒙在脑袋上狂奔。

44. 照镜无面

晋安帝义熙三年，殷仲文为东阳太守。尝照镜，不见其面。俄而难及①。

注释 ①及：到达。

＜解说＞ 史载殷仲文是桓玄的姐夫，但是亲戚之间走动比较少，关系一般般。自桓玄起兵占据京师、控制朝政后，殷仲文前来投靠，得到小舅子的极大信任。桓玄准备篡位时，命殷仲文总领诏命，即掌管皇帝的命令发布。

桓玄失败后，殷仲文反水，投靠义军。晋安帝复位之后，殷仲文请求辞职，回家待罪。哪有那么简单？皇帝没有答应，任命他去做东阳太守。但是殷仲文心里非常不快，因为他自恃是主持朝政的人才，如今在朝廷却是进也进不得，退也退不能，每日里神情恍惚，郁郁不得志。

有一天就发生了怪事。殷仲文照镜子却看不到自己。不久，祸事降临。

因殷仲文失约，得罪了上司何无忌。恼怒之下，何无忌向刘裕说了殷仲文的坏话，说此人乃心腹之患，比北方的敌人更甚。刘裕便以谋反之名杀死了殷仲文。

45. **盼刀相** 元帝永昌元年，丹阳甘卓将袭王敦，既而中止。及还家，多变怪：自照镜，不见其头。乃视庭树，而头在树上。心甚恶之。先时，历阳陈训私谓所亲曰：『甘侯头低而视仰，相法名为「盼刀」。又目有赤脉，自外而入。不出十年，必以兵死。不领兵则可以免。』至是果为敦所袭。

<解说> 甘卓镇守襄阳时，外柔内刚，施政宽大，得到“惠政”的“五星好评”。后来王敦起兵，派人通报甘卓，想拉拢他一起干大事。甘卓一开始假装答应，但是心里一万个拒绝。几经考虑之后，甘卓站在朝廷一边，公开讨伐王敦。王敦大为恐惧，又派人过来向甘卓谢罪，企图重结旧好。当时，朝廷的军队处于劣势，甘卓担心王敦急眼了去劫持天子，就主动退兵，班师回襄阳。下属苦苦相劝，让他不要半途而废。甘卓却像换了一个人似的，异常固执强硬，就是不回头。回到襄阳后，甘卓更是“意气骚扰，举动失常”。在这种反常的状况下，甘卓又遇到了照镜子而不见头，却在庭院的树上看见自己头的灵异事件，心境更加糟糕。他甚至放弃了军事防御，把军队解散，让士兵们去耕地。襄阳太守等人私下与王敦相勾结，想要刺杀甘卓，诈称湖里有鱼，趁甘卓左右侍臣去捕鱼时，结果了他的性命。

其中还有一个小插曲，擅长道术的陈训在观察了甘卓之后，跟身边的人说，甘卓头虽低，但目光是向上的，这在相法上称作“盼刀”。而且他眼中有红血丝，自外而入。不出十年，甘卓就会死于兵事，如果不领兵打仗就可以免去祸事。结果，甘卓真的就是在讨伐王敦之后被害死的。

46. 安石薨兆

东晋谢安字安石，于后府接宾。妇刘氏见狗衔谢头来，久之乃失所在。妇具说之，谢容色①无易②，是月而薨。

=注释= ①容色：表情，容貌。②易：改变。

<解说> 谢安是东晋极具个性的名士，他处事不惊，镇定自若，为旁人所不及。《晋书·谢安传》记载，苻坚率领百万大军压境，京师震动，朝廷命谢安为征讨大都督。形势紧急，谢安的侄子谢玄前来询问应敌之策。但见谢安毫无惧色，回答说："另有别旨。"意思是让侄子把心放肚子里，他自有打算。谢玄不放心，又撺掇别人来问。谢安干脆拉着侄子和其他亲朋好友，一起游山玩水，还以别墅做赌注和谢玄下围棋，完全一副放飞自我的样子。玩到晚上回来后，谢安才派兵点将，一一部署下去。等到苻坚溃退，捷报文书传来时，谢安还是在和客人下棋。他接过文书看了一眼，就放到一边，"了无喜色，棋如故"。客人非常好奇，忍不住问起来。谢安超级淡定地说："小儿辈遂已破贼。"客人告辞后，谢安回到自己的屋子里，才释放出内心的狂喜，高兴得把鞋都弄坏了。

遇大事而宠辱不惊，也包括面临死亡的时候。正如《异苑》这一则所讲，这一天，谢安在接待客人。媳妇刘氏看见一只狗衔着谢安的脑袋跑过来，很久才消失。妈呀，真是活见鬼了。刘氏不放心，把这件事跟谢安详详细细地说了一遍。谢安"容色无易"。当月，谢安就去世了。

47. 青衣女子

晋阮明泊舟西浦，见一青衣女子，弯弓射之，女即轩①云而去。明寻②被害。

＝注释＝ ①轩：乘。②寻：不久。

＜解说＞ 四海之内皆有“直男”，古代也不例外。阮明停船靠岸时，发现一个身着青衣的女子。二话不说，便朝着女子搭弓射箭。青衣女子也很神奇，乘云而去，不做纠缠。不久，阮明便丢掉了性命。

48. 王绥伏诛

义熙中，王愉字茂和，在庭中行。帽忽自落，仍乘空①如人所著。及愉母丧，月朝②上祭③。酒器在几上，须臾下地，复还登床。寻而第三儿绥怀贰④伏诛。

＝注释＝ ①乘空：腾空。②月朝：每月初一。③上祭：祭奠。④怀贰：怀有二心，不忠。

＜解说＞ 王愉三儿之死，固然有上文所述种种预兆，但更大程度上牵扯的是政治问题。

王愉家是东晋真正的名门望族，他的父亲王坦之是辅佐晋孝武帝的重要大臣。桓玄篡晋时，王愉也是支持者，在朝中任尚书仆射。风水轮流转，桓玄被刘裕打败，苟延残喘的东晋政权捏在了刘裕手中。刘裕出身寒微，曾被出身显贵的王愉父子所轻侮。因此王愉一家惴惴不安。而在刘裕看来，不仅出于个人恩怨，即使是从政治利益上考虑，王愉一家也必须铲除。《晋书》记载，王愉“潜结司州刺史温详，谋作乱，事泄，被诛，子孙十余人皆伏法”。

49. 鼠孽兆亡

晋隆安中，高惠清为太傅主簿。忽一日，有群鼠更相衔尾，自屋梁相连至地。清寻得喑①疾，数日而亡。

注释 ①喑：哑。

<解说> 东晋隆安年间，太傅主簿高惠清看见一群老鼠，互相咬着尾巴，从屋梁一直挂到地面上。不久，高惠清就病得说不出话来，几天后就去世了。

50. 桓振将灭

晋桓振在淮南，夜间人登床声，振听之，隐然有声。求火看之，见大聚血。俄为义师所灭。桓振，玄之从父弟也。

<解说> 桓振是桓玄的侄子，也是桓家的一个坏小子。他果断敏锐，在战场上是一员猛将，但是品行太差，还曾因太凶横而丢掉江夏相的职位。他的叔叔桓玄篡晋失败后，桓振藏了起来。后来他找准时机反攻晋安帝所在的江陵，获得成功。占有了江陵又挟持了晋安帝，桓振洋洋得意，肆意酒色，暴虐无道，开启了腐化生活模式。后来江陵一度失守。在争夺江陵的战斗中，桓振被流箭射中，死在阵中。

51. 刘毅作逆 义熙中，刘毅镇江州，为卢循所败，惼懆①逾剧。及徙荆州，益复②怏怏③。尝伸纸作书，约部将王亮连兵作逆④。忽风展纸，不得书，毅仰天大诟⑤，风遂吹纸入空，须臾碎裂，如飞雪纷下。未几，高祖⑥南讨，毅败擒斩。

═ 注释 ═ ①惼懆：急躁。②益复：更加。③怏怏：不高兴的神情。④作逆：造反，作乱。⑤诟：辱骂。⑥高祖：指刘裕。

<解说> 桓玄篡晋时，以刘裕为首的北府军起兵反对。当时起事的将领除刘裕外，还有刘毅、何无忌等人。刘毅、何无忌等人起事，志在兴复东晋。而对于具有野心的刘裕来说，动机就不那么单纯了。桓玄失败后，刘裕因功劳最大，控制了朝政。当时刘毅的地位仅次于刘裕，被称为“亚相”。对这种排名，刘毅是非常不服气的，尤其是刘裕对于东晋政权的觊觎，让这位亚相心生不满。于是在义熙年间，两人展开了对权力的争夺。

事情还要从卢循说起。当时刘裕率军北伐慕容超，栖身在广州的天师道继承者卢循在徐道覆的劝说下，乘虚北上，直指都城建康。卢循和徐道覆的队伍进展得相当顺利，甚至打败了前来阻拦的何无忌。

在这种形势下，刘毅准备南征卢循。明眼人都知道，刘裕出征在外，赶回朝中尚需时日，而刘毅平日里战功不及刘裕，总是矮了一头，如果抓住这次征讨卢循的机会，对于他提升威望有大大的好处。

刘裕也不傻，他可不想被刘毅抢了功劳。他先是给刘毅一封书信，劝说道：“老刘呀，和这帮邪教分子打仗，俺是最有经验的。等这场仗打完了，会有更重要的任务交给你哒！”为保险起见，刘裕还打了一副亲情牌，派刘毅的堂弟去阻拦其出征。

刘毅气愤异常，把信扔在地上说：“我因一时的功劳推崇刘裕，你们还真以为我不如他啦！”随即率两万水军从姑孰出发。

刘毅在桑落洲与卢循的军队相遇，结果大败，刘毅扔下战船，带着几百人狼狈而归。功劳最后还是落在刘裕手中。从北伐的战场返回朝中后，刘裕在建康击败了卢循。而后卢循南逃，刘毅请求追击。刘裕听从部下王诞的建议，不给刘毅立功的机会，拒绝了他的请求。

《晋书》记载，刘毅“及败于桑落，知物情去已，弥复愤激”。义熙八年，刘裕任命刘毅为荆州刺史，刘毅任职之处离都城建康远了许多，以此削弱刘毅的地位。这种变动进一步刺激了刘毅的造反之意。

刘毅到达荆州后，开始了各种动作。他擅自调拨旧部，培植自己的党羽，壮大自己的兵力，又请求派堂弟刘藩为自己的副手。

几个月后，刘裕以此为借口，西征刘毅，干掉了这个对手。

52. **傅亮被诛** 永初中，北地傅亮为护军。兄子珍住府西斋。夜忽见北窗外树下有一物，面广三尺，眼横竖，状若方相①。珍遑遽②以被自蒙，久乃自灭。后亮被诛。

═注释═ ①方相：上古传说中驱除疫鬼和山川精怪的神灵。②遑遽：惊惧不安。

＜解说＞ 在古代，若是看见什么凶神恶煞的怪物或怪人，就会说“状若方相”。方相，也称方相氏，最初是驱鬼的职官。据《周礼》记载，方相的形象是蒙着熊皮，戴着“黄金四目”的面具，身着黑色上衣、红色裙子，一副狰狞可怖的形象。凭借驱鬼逐疫的一技之长，方相不但在傩仪（古代驱鬼仪式）中大展身手，还在葬礼中为亡者保驾护航，服务项目包括为送葬队伍开路，下葬时用戈赶跑周围的恶鬼，以保护亡者的魂灵。

上面这则写道，子珍看见一个“状若方相”的怪物，不久他的弟弟傅亮就被杀身亡。大概这类模样的怪物现身，都会带来祸事。《搜神记》记载，庾亮镇守荆州时，在厕所看见一个怪物，“若方相，两眼尽赤，身有光耀”，慢慢从土里钻出来。庾亮可比傅子珍勇猛多了，他二话不说，撸起袖子将其一顿暴揍。怪物被打得退回了土里。第二年庾亮就挂了。《杂鬼神志怪》也记载了一个胆大的人物顾邵。顾邵是豫章郡的长官，他在当地推行教化，禁止不必要的鬼神祭祀，还下令拆毁庙宇。其中在庐山庙上班的鬼神就找上门来。这个自称是“庐山君”的“状若方相”的鬼见顾邵元气旺盛，自己伤害不了他，就客客气气地请求他修复庙宇，顾邵笑而不答。鬼撂下狠话，说三年之后再来报复。三年后，顾邵果然得了重病，常常梦见这个鬼来打他，要求他修复庐山庙。顾邵抗衡到底，不久便死去了。

53. 檀道济凶兆

元嘉中，高平檀道济镇浔阳，十二年，入朝，与家分别，顾瞻城阙，歔欷①逾深。识者是知道济之不南旋也。故时人为其歌曰：『生人作死别，荼毒②当奈何。』济将发舟，所养孔雀来衔其衣，驱去复来，如此数焉。以十三年三月入伏诛。道济未下少时，有人施罟于柴桑江，收之得大船，孔凿若新。使匠作舴艋③，勿加断斧。工人误截两头。檀以为不祥，杀三巧手，欲以塞愆④。匠违约加斫，凶兆先构矣。

＝注释＝ ①歔欷：悲泣，叹息。②荼毒：悲痛。③舴艋：小船。④愆：过失。

＜解说＞ 刘宋王朝初期，发生了一件堪称“自毁长城”的大事——名将檀道济被杀。

檀道济是北府军的重要将领，英勇善战，忠诚可靠，深受刘裕赏识。刘裕病重之际，特意将檀道济与徐羡之、傅亮、谢晦一道任命为顾命大臣来辅佐太子。但是政治总是充满了未知的变数。徐羡之、傅亮、谢晦等人废掉凶顽的宋少帝，又派人杀掉应当即位的刘义真。一番血雨腥风后，拥立刘义隆做了皇帝，是为宋文帝。这一系列政变，檀道济虽然表示了反对，但是最后仍然参与了行动。

宋文帝刘义隆当上皇帝之后，并没有对这几位顾命大臣心怀感激，反而对废立之事耿耿于怀。为了加强皇权，宋文帝除掉徐羡之、傅亮、谢晦三人，对于檀道济倒是采取了拉拢、安抚的手段。不过，好景不长，随着宋文帝身患重病，他对檀道济的防范与猜忌也越来越重，最终，将檀道济召入朝中诛杀。

据史书记载，檀道济被逮捕时，愤怒异常，目光如炬，一斛酒一饮而尽，把头巾往地上一摔，说：“乃坏汝万里长城。”之所以这样说，是因为檀道济是刘宋对抗北魏最有实力的将领，是刘宋军事力量的保证，犹如一道长城护卫国家政权。他一死，北魏一片欢呼雀跃，高兴地说：“檀道济死了，再也不怕吴国那帮孙子了！”

北魏没有了忌惮，连年南下，大有饮马长江之志。十几年后，北魏大军攻打到离刘宋都城不远的瓜步。宋文帝登上石头城眺望，后悔地说：“要是檀道济还活着，哪会到了这一步呀！”

54. 扬州青

檀道济居清溪①，第二儿夜忽见人来缚己，欲呼不得。至晓乃解，犹见绳痕。在此宅先是吴将步阐②所居。谚云：『扬州青，是鬼营。』清溪，青扬是也。自步及檀，皆被诛。

注释 ①清溪：位于都城建康城东，是六朝时建康最大的河流，此处聚集着达官显贵的园林豪宅。②步阐：三国时吴国大将，后投降西晋。

<解说> 檀道济被杀之前有各种各样的征兆。前面一则介绍了三种，其一是檀道济入朝前与家人分别，心有所感而悲痛叹息不已；其二是檀道济登船之后，家养的孔雀衔着他的衣服跟了过来，怎么轰也轰不走；其三发生的时间稍早，那时工匠没有按檀道济的要求改造大船，而被檀道济认为是不祥之兆。

这一则所写的征兆，和一处“鬼营”相关。所谓“鬼营”，是檀道济在都城建康的住宅。这个住宅是个二手房，它本是三国时期吴国大将步阐的房产。步阐镇守西陵，却突然叛变，投降西晋。吴国将领陆抗立即率军开赴西陵，打败步阐，灭其三族。而步阐在建康的住宅自然也就成了充满凶险意味的“鬼营”。

住在这间“鬼营”中，檀道济的二儿子遇到了灵异事件。那天晚上，突然有人用绳子绑住小檀。小檀想呼救，却喊不出声来。到了天亮，小檀才被松绑，身上还留有被绑缚的痕迹。

后来檀道济和他的七个儿子被杀，这处住宅的“鬼营”头衔戴得更稳了。

55. 黑龙无后足

东海徐羡之，字宗文。尝行经山中，见黑龙长丈余，头有角，前两足皆具，无后足，曳[1]尾而行。后文帝立，羡之竟[2]以凶终。

注释 ①曳：拉，牵引。②竟：终了。

<解说> 徐羡之虽然通过“埋钱免祸”，得以位极人臣，但是终究也没有逃过“凶死”的厄运。

有一回，徐羡之跟随任县令的堂兄徐履之赴任，路过一座大山时，看见一条数丈长的黑龙，头上长着角，只有前足，却无后足，正拖着尾巴行进。徐羡之拜为司空将要入朝时，有彗星出现在危宿南面。正当他接受司空的职位时，又有两只鹳鸟落在太极殿东面的屋脊上鸣叫。

这些都是史书认为的徐羡之凶死的征兆。

元嘉三年，宋文帝因为徐羡之、傅亮、谢晖等顾命大臣发动政变害死自己两位兄弟，下诏公布他们的罪行。这一天，宋文帝召见徐羡之，当时值班的正好是谢晖的弟弟谢皭，他向傅亮透露此次召见非比寻常。傅亮乘快马告知了准备入宫的徐羡之。徐羡之心如死灰，自知别无选择，在城外的一处陶窑中自杀身亡。

56. **借头** 太元中，王公妇女必缓①鬓倾髻，以为盛饰。用发既多，不可恒戴。乃先于木及笼上装之，名曰『假髻』，或名『假头』。至于贫家不能自办，自号『无头』，就人借头。

＝注释＝ ①缓：松散。

＜解说＞ 自先秦时期开始，假发作为高档首饰，就已经在时尚界屹立不倒了。那时假发有专属的称呼，叫作“髢”“髲”。为了得到这种美丽的装饰，古代还发生过抢夺别人头发的事情。据《左传》记载，卫庄公看见别人的妻子一头秀发，喜欢得不行，就令人把人家的头发剪下来给自己的媳妇吕姜做“髢”。

佩戴假发的爱美行为，在《晋书》中被当作“服妖”的一种，是国家动乱衰败的征兆：东晋太元年间，有钱有势的公主、妇女拥有很多假发，但是不能时时刻刻戴在头上，所以平时把它们放置在木头上或笼子上，称之为“假发”或“假头”。贫穷人家很难拥有假发，就自称“无头”，只能向别人借假发来装扮自己。不多久，孝武帝去世，时局动荡，生灵涂炭，被杀的人大多没有头，下葬的时候要用木头或者草做成“假头”代替。这就应了之前“假发”“假头”的征兆。

57. **炙变人头** 文帝元嘉四年，太原王徽之字伯猷，为交州刺史。在道，有客，命索酒炙①。言未讫而炙至，徽之取自割，终不食，投地，大怒。少顷，顾视向炙，已变为徽之头矣。乃大惊愕，反属目②睹其首在空中，挥霍而没。至州便殒。

＝注释＝ ①炙：烤肉。②属目：注视。

＜解说＞ 刘宋元嘉四年，发生了一件与烤肉有关的离奇死亡事件。太原王徽之要去交州上任，路上遇见客人。他命人准备好酒好肉招待。首先端上来的是烤肉，王徽之用刀割肉，却怎么也切不好，一气之下把肉扔在地上。过了一会儿，再看那块肉，居然变成了自己的脑袋。王徽之当场吓呆。这还不算，回头一看，又是自己的脑袋！还飘在半空中！空中的这个脑袋闪了一下就不见了。

我们很难想象王徽之是带着怎样惊惧的心情赴任交州的。不久，他就去世了。

58. 刘敬宣败

彭城刘敬宣，字万寿。尝夜与僚佐宴坐。空中有投一只芒履[1]于座，坠敬宣食盘上，长三尺五寸，已经人著[2]，耳鼻间并欲坏。顷之而败。

注释　①芒履：草鞋。②著：穿着。

＜解说＞　东晋大将刘敬宣出身将门，祖父刘建为征虏将军，以勇猛著称。父亲刘牢之为镇北将军，是北府军的早期将领。刘敬宣武艺高强，曾随父亲刘牢之征战，讨伐孙恩，颇有战功。刘裕对刘敬宣百般优待，很是重用。即使刘敬宣一度被免官职，失业在家，刘裕也多次邀请他游玩宴饮，赐给他的钱帛车马没人能比得上。

义熙十一年，刘裕征讨有谋反之意的晋宗室司马休之。当时刘敬宣手下有一位参军，名为司马道赐，论起血缘来，也是晋宗室的一个远房亲戚。司马道赐也欲响应谋反，就暗中联络了两个同伙。一是他的同事辟闾道秀，一是刘敬宣手下的小将王猛子。这天，刘敬宣喊辟闾道秀商议要事，令闲杂人等回避。辟闾道秀一看，机会来啦！他鬼鬼祟祟地跟在刘敬宣身后，趁人不注意，抽出刘敬宣的备身刀（*护身刀*）将其杀死。

但是这种无长远眼光的刺杀行动犹如螳臂当车。事发之后，刘敬宣的文武佐吏立即征讨辟闾道秀、王猛子等人，将他们一网打尽，全部斩首。

话说刘敬宣被杀害之前是有预兆的。那天他与僚佐宴饮，空中掉下来一只草鞋，正正好好砸在他的食盘上。他定睛一瞧，这只草鞋长三尺五寸，而且已经被人穿过了，破破烂烂的。没过多久，就发生了刘敬宣被刺身亡的事情。

59. 狗作人言 安国李道豫，元嘉中其家狗卧于当路，豫蹴①之，狗曰：『汝即②死，何以蹋我！』未几豫死。

═注释═ ①蹴：踢。②即：即刻。

＜解说＞ 都说好狗不挡道，李道豫家的狗偏偏就挡住了主人的去路。李道豫嫌弃地踢了自家的狗一脚，不想狗子开口说话了：“你马上就要死了，踢我干什么！”不久，李道豫卒。

60. 鸡突灶火 卞伯玉作东阳郡，灶正炽①火，有鸡遥从口入，良久乃冲突而出，毛羽不憔②，鸣啄如故。伯玉寻病殒。

═注释═ ①炽：（火）旺。②憔：烧焦。

＜解说＞ 卞伯玉生平不详，只知道他是山东人氏，曾在东晋做官。后来改朝换代到了刘宋，做了东阳太守。他病死之前发生了一件怪事。有一只鸡掉进烧着火的灶里，扑腾了老长时间才逃出来，却毫发无损，咋也没咋的。由此可见，这只鸡不是无缘无故在灶火里走一遭的，它是卞伯玉命不久矣的预兆。

61. 张司空暴疾

张仲舒为司空，在广陵城北，以元嘉十七年七月中，晨夕间辄见门侧有赤气赫然[1]。后空中忽雨绛罗[2]于其庭，广七八分，长五六寸，皆以笺纸系之。纸广长亦与罗等，纷纷甚驶[3]。仲舒恶而焚之，犹自数生，府州多相传示。张经宿暴疾而死。

注释 ①赫然：醒目、兴盛的样子。②绛罗：红色纱罗。③驶：迅速。

＜解说＞　刘宋元嘉十七年七月的一天，广陵城，司空张仲舒患暴疾而亡。在此之前，也发生了一件离奇的事情。

张司空住在广陵城北，每到早晚间，其家门侧就会出现大片赤色不明气体。后来，空中还纷纷扬扬掉下来很多七八分宽、五六寸长的红色纱罗，这些纱罗都系着精美的笺纸。张司空并没有感到惊喜，相反心生厌恶，想把这些乱七八糟的东西一把火都烧掉，但是怎么也烧不尽。只过了一晚，张司空就去世了。

62. 谢临川被诛

谢灵运以元嘉五年，忽见谢晦手提其头，来坐别床，血色淋漓，不可忍视。又所服豹皮裘，血淹满箧①。及为临川郡，饭中欻②有大虫。谢遂被诛。

注释　①箧：箱子。②欻：忽然。

<解说>　谢灵运是如何死的？说来可就话长了。

东晋到南朝时期，陈郡谢氏是很有社会地位的大家族。所谓“旧时王谢堂前燕”，“谢”指的就是老谢家。这一家族盛产高级官员、高级知识分子。公元383年是谢氏家族最为风光的一年。这一年，北方前秦来犯，气势汹汹，在淝水之畔拉开架势。能不能延续东晋王朝的命运，就在于这一仗的胜负。以谢安为首的谢氏家族，不负众望，带领军队，大获全胜。战后论功行赏，朝廷“追封谢安庐陵郡公，封谢石南康公，谢玄康乐公，谢淡望蔡公”。谢氏家族出现一门四公的局面，何其风光！

晋宋易代，政治环境变迁，谢氏家族开始衰落。这个时期发生了几件颇有影响的大事。属于谢氏家族中积极有为一派的谢晖，因为与顾命大臣废立皇帝而招致一门八人被诛。血淋淋的教训令谢氏族人心存余悸，以致后人在官场中多因循守旧，顺其自然，采取退让的处世态度。

谢晖死后，谢灵运成为谢家的门面担当。谢灵运也想有所作为，但他走的是狂狷路线。谢灵运为人心高气傲，经历过家族最鼎盛的时期，瞧不起靠军功起家的宋武帝刘裕。刘裕当然也不喜欢他。宋文帝刘义隆即位后，谢灵运仍只是一个边缘化的人物。《宋书·谢灵运传》记载，宋文帝征召谢灵运入京为官。虽然有丰厚的赏赐，但谢灵运在宋文帝眼中也不过是一个才华横溢的文士而已。宋文帝经常乐不可支地与他奇文共欣赏，但是从不给他参与朝政的机会。谢灵运非常不满，常常请病假翘班，还经常兴师动众地外出游玩，也不跟皇帝打声招呼。皇帝心有不满，但又怕伤了和气，就暗示他消停一会儿。谢灵运干脆请了病假回会稽郡始宁县休养。在会稽自己的庄园里，谢灵运仍然夜以继日地游玩。因此，元嘉五年他被弹劾免官。

谢灵运家大业大，奴仆众多，还有数百个宾客和朋友跟随左右。他在会稽一旦出游，整个县城都为之惊动。谢灵运还干过很多不着调的事，比如说带着几百人从始宁的南山出发，见山开路，遇水搭桥，一直游玩到隔壁的临海县，动静大得使临海太守误以为是山贼来了。谢灵运还跟朋友在会稽城东的千秋亭饮酒，光着身子大喊大叫。谢灵运如此这般骄横放纵，加之又得罪了当地太守孟顗，便被告发有反叛的意图。谢灵运赶紧跑到京城自证清白。宋文帝知道这是诬告，但是也不想让他回会稽了，就任命他为临川内史。到了临川郡，谢灵运仍不知检点，和以前一样撒欢地玩，结果又被其他官员举报。就在官府派人来拘捕他时，谢灵运起兵叛逃。不过最终还是被擒获。按照罪行，谢灵运当斩，但是宋文帝实在爱惜他的才华，想免官了事，将他流放广州。

赶巧这时秦郡捉拿到一伙可疑分子，他们招供说谢灵运之前曾给予资助，要他们在谢灵运流放的路上前去搭救。事情被报告到了朝廷，宋文帝忍无可忍，下令将谢灵运在广州斩首示众。此时是元嘉十年，离同族的谢晦被杀仅七年之隔。

63. 赤鬼

谢晦在荆州，见壁角间有一赤鬼，长可三尺。来至其前，手擎铜盘，满中①是血。晦得，乃纸盘。须臾而没。

注释 ①满中：其中充满。

<解说> 谢晦被宋文帝除掉之前，掌管着荆、湘、雍、益、宁、南秦、北秦七州的军事大权，并且是荆州刺史，“精兵旧将，悉以配之”，这令谢晦十分得意。但是得意背后，潜藏着谢晦万万料想不到的危机。“见壁角间有一赤鬼”便是这种危机的预兆。宋文帝密谋诛杀谢晦等人的消息走漏，谢晦却认为不可能。直到元嘉三年，朝廷终于下了狠手，谢晦才不得已在荆州起兵。后来被檀道济击败，押到都城建康斩首。

64. 蜈蚣

元嘉五年秋夕，豫章胡充有大蜈蚣，长三尺，落充妇与妹前，令婢挟掷。婢才出户，忽睹一姥，衣服臭败，两目无睛①。到六年三月，合门时患，死亡相继。

注释 ①睛：眼珠。

<解说> 流行的急性传染病称为“疫”，东汉《释名》的解释为“有鬼行疫”，可以说是古代普遍的看法了。这种导致瘟疫的鬼也叫作“疫鬼”。疫鬼名目繁多，比如说五帝之一颛顼的三个儿子夭折后，就成了疫鬼。一个住在长江，是为虐鬼，专门使人得重病；一个住在若水，是为魍魉鬼，是山川中的精怪；一个住在宫室的犄角旮旯里，专门吓唬小孩。

上面这则材料中胡充全家患病而相继去世，就是因为遇上疫鬼了，而且遭遇到的还不止一个。首先是一只长三尺的巨型蜈蚣，吧唧！落在胡充的媳妇和妹妹面前。惊悚之后，麻溜使唤婢女把大蜈蚣扔出去。而这个婢女刚一出门，就遇上一个老太太，穿得破破烂烂，浑身臭味，而且双目无睛。过了大约半年，胡充一家就相继得病死去了。

65. 魂卧曝席 新野庾寔妻毛氏尝于五月五日曝荐席[1]，忽见其三岁女在席上卧，惊怛[2]便灭。女真形[3]在别床如故。不旬日而夭，世传仲夏[4]忌移床。

═注释═ ①荐席：垫席。②惊怛：惊恐。③真形：真实的形体。④仲夏：即农历五月。

<解说> 庾寔的媳妇在五月五日这天晒席子，发现自己三岁的女儿躺在上面，眨眼间又不见了，而真实的女儿依然在别的床上好好的。不到十天，孩子就夭折了。所以五月晒席就成为民间禁忌。

五月的禁忌何止于此，从先秦开始，这一个特殊的月份就不受广大群众待见。《礼记》解释说，五月是一年当中白昼最长的一个月，阳气上升到极致，阴气即将萌发，所以是阴阳相争之时，也是万物死生之界。这时需要斋戒，居家不可裸露身体，不可急躁，要平心静气，停止娱乐，百官也不可动用刑罚，以此来稳定阴阳的秩序。此外，在五月五日出生的小孩也被认为是不吉利的，即“俗说五月五日生子，男害父，女害母”。战国四大公子之一孟尝君就恰巧在这一天出生，被他的老爸田婴嫌弃，要不是因为母亲护犊子，孟尝君早就成了弃婴。

卷伍

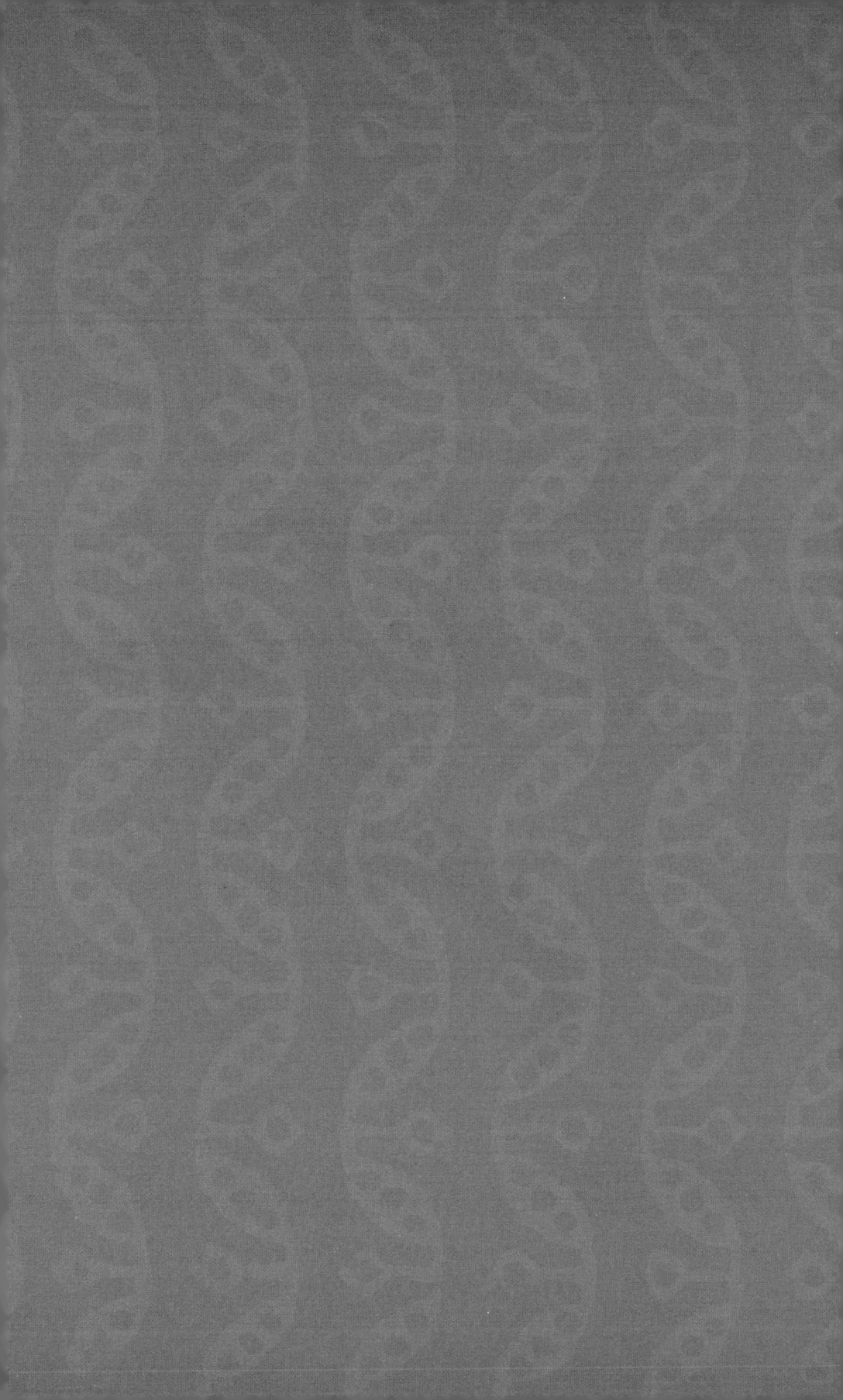

1. 梅姑庙　秦时丹阳县湖侧有梅姑庙。姑生时有道术，能著履①行水上。后负②道法，婿怒杀之，投尸于水，乃随流波漂至今庙处铃下③。巫人当令殡殓，不须坟瘗④，即时有方头漆棺在祠堂下。晦朔⑤之日，时见水雾中暖然有著履形。庙左右不得取鱼、射猎，辄有迷径没溺之患。巫云：姑既伤死，所以恶见残杀也。

═注释═ ①履：鞋。②负：失。③铃：祭祀器物。铃下：管辖的地区。④瘗：掩埋。⑤晦朔：农历月末一日及月初一日。

<解说>　梅姑即是大名鼎鼎的梅姑——中国道教中的女神仙，也是女寿星。传说梅姑长得十分俊俏，大概也就是十八九岁的光景，但是实际年龄难以言说。据她自己介绍，自打得道成仙以来，“已见东海三为桑田”。所以以往给女性祝寿时，时兴赠送《梅姑献寿图》，寄托美好祝福。

但是，美丽的神仙也有“黑历史”，比如上面这一则记载。

梅姑生前就具有神奇本领，能穿着鞋在水面上行走。后来失去了神通，被丈夫杀死，抛尸水中。梅姑的尸体就这样漂流到庙宇，也就是后来“梅姑庙”的地界。当地巫师为她处理了后事。从此以后，每到晦朔之日，人们就会在朦朦胧胧的水雾中看见一个疑似梅姑的身影。当地人民对于梅姑也颇为敬畏，巫师警告说：梅姑是被杀身亡的，所以见不得残杀之举。此后便立下一个规矩，梅姑庙附近不得捕鱼、打猎，否则就会迷路、淹死。

2. 宫亭湖庙　宫亭湖庙神，甚有灵验。商旅经过，若有祷请，则一时能使湖中分风①，沿溯②皆举帆，利涉无虞③。

〓注释〓①分风：神仙把风分为两个方向。②沿溯：泛舟。③无虞：平安无事。

<**解说**>　宫亭湖是江西鄱阳湖的别称，乃是当今中国第二大湖、第一大淡水湖。唐代诗人韦庄言其大曰：“四顾无边鸟不飞，大波惊隔楚山微。”所谓“宫亭湖庙神，甚有灵验”，指的是当地人相信，该湖之中有一股神秘力量掌控着难以捉摸的风浪，关乎过往船只的安全。宫亭湖神就是其中的代表。商旅经过时，如果向宫亭湖神虔诚地做一番祷告，就会顺风顺水，平安无事。但是如果戏耍宫亭湖神本尊，那可就坏菜了。西晋志怪小说《神异记》就写了这样一个故事：江夏太守陈敏曾向宫亭湖神许诺进献一根银杖，但事后他出尔反尔，只进献了一根铁杖，还画蛇添足地在铁杖表面涂了一层银。宫亭湖神好歹也是个神仙，哪受得了凡人这顿欺骗！他宣称：“陈敏之罪，不可容也。”然后把铁杖扔进湖里。陈敏乘坐的船随即遇上风浪而倾覆。

3. 江神祠

秦时中宿县十里外有观亭江神祠坛，甚灵异。经过有不恪①者，必狂走入山，变为虎。晋中朝有质子②将归洛，反路见一行旅，寄其书云：『吾家在观亭，亭庙前石间有悬藤即是也。君至但扣藤，自有应者。』及归，如言。果有二人从水中出，取书而没。寻还云：『河伯欲见君。』此人亦不觉随去，便睹屋宇精丽，饮食鲜香，言语接对，无异世间。今俗咸言观亭有江伯神也。

＝注释＝ ①恪：恭敬。②质子：派往别处或别国去作抵押的人质。

<解说>　秦朝时，宿县有一个供奉着观亭江神的祠坛，特别灵验。打这儿路过的人如果不恭敬，就会变成山中的老虎。但这并不意味着神仙的世界如森严壁垒般不可接近，神仙也讲究人情，也有需要凡人帮忙的时候。晋朝时，有一个叫“质子”的人被一位神秘路人拦住。路人一副外出旅行的打扮，看起来已经离家多日。他将一封书信托付给质子，恳求质子把信送到他的观亭家中。质子倒也是热心肠，他按路人所说，找到观亭庙，扣动庙前石头缝中的悬藤。有两个小人从江水中钻出来，接过了书信。江水中的神仙非常高兴，邀请质子入神仙府游览。就这样，质子的善举打破了人间与仙境的“次元壁”，人们也更加笃信观亭江中确有神仙。

4. 竹王祠

汉武帝时，夜郎竹王神者，名兴。初，有女子浣于豚水，见三节大竹流入足间，推之不去。闻其中有号声①，持破之，得一男儿。及长，有才武，遂雄夷獠氏，自立为夜郎侯，以竹为姓。所破之竹，弃之于野，即生成林。王尝从人止石上，命作羹。从者曰：『无水。』王以剑击石，泉便涌出。今竹王水及破竹成林并存。后汉使唐蒙开牂牁郡，斩竹王首。夷獠②咸诉，以竹王非血气所生，甚重之，求为立后。太守吴霸以闻帝，封三子为侯。死，配食父庙。今夜郎县有竹王三郎祠，是其神也。

═注释═ ①号声：大哭声。②夷獠：指西南少数民族。

<解说>　西汉时，西南地区最强盛的国家是夜郎。夜郎的首领姓竹名兴，是带有神话传说光环的神奇人物。最初，有女子在水边浣洗，捡到一根三节的大竹子，听见里面有哭声。把竹子劈开，发现在里面哭的是一个小男孩。这个小男孩长大后不一般，本领高强，成为西南少数民族地区的老大，自立为夜郎侯，还以竹为姓。

汉武帝时，唐蒙建议开通去夜郎的道路。朝廷遂任命唐蒙为中将，率领万余人的队伍来到夜郎，拜见夜郎侯多同。唐蒙不负众望，成功将夜郎收编入大汉帝国的版图。至于“斩竹王首”，并没有其他记载说唐蒙干过这事。只是在西汉成帝时，当时的夜郎王兴与鉤町王禹、漏卧侯俞发生矛盾，几家打得不可开交。牂牁太守请求朝廷讨伐夜郎王兴等人。因为山高路远，长途奔袭前去征讨并非上策，朝廷派遣使者去当和事佬。夜郎王兴才不管呢，不仅不听从汉朝使者的命令，还雕刻了汉朝官吏模样的木头人，立在路边当靶子射击。朝廷无奈只好换人，任命在当地很有威信的陈立为牂牁太守。陈立对夜郎王晓之以理，动之以情，但是依然没有什么作用。既然稀泥和不成，那就别怪本官不客气了。陈立等不及朝廷批复他讨伐夜郎的请求，提前下手杀死夜郎王兴，把他的头割下来示众。

5. 徐君祠

吴郡桐庐有徐君庙，吴时所立。左右有为劫盗、非法者，便如拘缚，终致讨执①。东阳长山县吏李瑫，义熙中遭事在郡。妇出料理②，过庙，请乞恩③拔银钗为愿。未至富阳，有白鱼跳落妇前。剖腹，得所愿钗。夫事寻散④。

═注释═ ①执：逮捕罪人。②料理：处理，安排。③乞恩：乞求施恩。④散：灾祸免除。

<解说>　吴郡有一处徐君庙，堪称比张学友还厉害的罪犯克星。如果胆敢在徐君庙的地界胡作非为，就会像被捆住了一样动弹不得，最后被官府绳之以法。另外一件灵验的事发生在东晋义熙年间，一个叫李瑫的县吏犯了事，处境十分危险。他媳妇为了救丈夫，拔下自己的银钗，贡献到徐君庙，祈求拯救李瑫。结果半路上有一条白鱼跳到李瑫媳妇面前。她剖开鱼肚，发现了自己的银钗。银钗物归原主，不久李瑫的灾祸也免除了。

6. 伍员祠

晋永嘉中，吴相伍员庙。吴郡人叔父为台郎①，在洛。值京都倾废，归途阻塞。当济江，南风不得进。既投奏，即日得渡。

＝注释＝ ①台郎：指尚书郎。

＜解说＞　伍员庙是祭祀伍子胥的庙宇，最早可以追溯到春秋末期。据《史记》记载，因吴国太宰伯嚭离间，吴王夫差逼死伍子胥，又将他的尸首装入皮袋，扔进江中。吴人同情伍子胥的遭遇，在江边为他立祠祭祀。大约在春秋战国之际，钱塘江开始出现潮涌现象。这种现象在形成初期尚不稳定，破坏力巨大。吴越之人联系到伍子胥之死，认为是伍子胥冤魂不散，在江水中兴风作浪。西晋人刘渊林在《吴都赋注》中说："昔吴王杀子胥于江，沉其尸于江，后为神，江海之间莫不尊畏子胥。将济者，皆敬祠其灵，以为性命。"可见，渡江一旦不慎，就会被伍子胥收了性命。临行前到祠堂里拜一拜，是必不可少的保命之举。

不过也有胆大的。《后汉书》就记载了这样一件事。永平八年，扬州刺史张禹要渡长江巡视。身边的官吏一再劝他说，长江中有伍子胥的神灵，渡江十分危险，你可别送命呀。张禹不是个听劝的人，义正词严地宣布："伍子胥如果真的有灵，就知道我渡江是去处理冤案诉讼的，他能把我怎么着？"然后平安过江。

伍子胥也不是时时刻刻扮演"凶神"的角色，有时也会保佑过江者，满足他们的愿望。按照上文这则材料记载，西晋永嘉年间，中原动乱，吴郡人叔父避乱归家，途中因为没有南风而被耽搁在济江。他向江水中投入文书，请求风来，结果非常灵验，当日就启程了。

7. 厕神后帝

陶侃曾如厕，见数十人悉持大印，有一人朱衣、平上帻[1]，自称后帝，云以君长者，故来相报。三载勿言，富贵至极。侃便起，旋失所在，有大印作公字当其秽处，《杂五行书》曰：厕神曰后帝。

＝注释＝ ① 平上帻：平顶头巾。

<解说>　厕所也配置有神仙，而且不止一位。男厕神称为后帝，传说在陶侃上厕所的时候，厕神特意拉着数十人的神仙队伍前来相见。厕神特别客气，跟陶侃说，您是长者，所以专门来看您。先不论正在解手的陶侃有多尴尬，厕神接着又爆料了一个大秘密：今天的事情保密三年，您将大富大贵，走向人生巅峰。陶侃听了，惊得连忙站起来。厕神等神仙随即消失，无影无踪，只见污秽处有一个大印印作的“公”字，昭示着陶侃今后的命运。

8. 海山使者

侃家童千余人，尝得胡奴[1]，不喜言，尝默坐。侃一日出郊，奴执鞭以随，胡僧见而惊礼，云此海山使者也。侃异之，至夜失奴所在。

＝注释＝ ① 胡奴：为奴的胡人。

<解说>　陶侃家有一个沉默寡言的胡奴，被一名胡僧认出是“海山使者”后，当晚就不见了。对于这桩奇事，清人陈廷敬有自己的推测。他在《午亭文编》中认为，“陶侃”当是“陶岘”之误，“海山使者”的原型是一个叫作“摩诃”的昆仑奴。陶岘是陶侃的后代，喜欢浮游于江湖之上，享受自然之美，人称“水仙”。他豢养的昆仑奴摩诃特别善于泅水。陶岘将一把宝剑投入江水之中，命摩诃入江找寻。过了很久都不见动静，最后在江面发现了摩诃残缺的尸体。陶岘大为悲痛，“流涕回棹，赋诗自叙，不复游江湖”。

9. 丹阳袁双

晋丹阳县有袁双庙，真第四子也。真为桓宣武所诛，便失所在。灵在太元中，形见于丹阳。求立庙，未既就功，大有虎灾。被害之家，辄梦双至，催功甚急。百姓立祠堂，于是猛暴用息。今道俗常以二月晦鼓舞祈祠。尔日，风雨忽至。元嘉五年，设奠讫，村人邱都于庙后见一物，人面鼍[1]身，葛巾，七孔端正而有酒气，未知双之神为是物凭也。

=注释= ①鼍：扬子鳄。

＜解说＞　东晋桓温北伐前燕，铩羽而归。因为损失实在惨重，桓温把兵败这口大锅甩给了手下将领袁真，怪他没有做好水运交通工作，导致“军粮竭尽”，还上表要贬袁真为庶人。袁真申冤不成，据守寿春投降了前燕。太和五年，袁真病逝。

以上是史书的记载。《异苑》则另有故事。

袁真死后（被桓温所诛？又是一种说法），他的四公子袁双不知所踪。太元年间，袁双在丹阳显灵，让当地百姓为他立庙。建庙需要时间，袁双却等得不耐烦，他大兴虎灾，要挟民众加快进度，直到工程结束才罢手。后来民间便有了习俗，在二月的最后一天到袁双庙祭祀祈祷，而且这一天总会有突然而至的风雨。

10. 青溪小姑　青溪小姑庙，云是蒋侯第三妹庙，中有大榖①扶疏②，乌尝产育其上。晋太元中，陈郡谢庆执弹乘马，缴杀数头，即觉体中栗然③。至夜，梦一女子，衣裳楚楚，怒云：『此鸟是我所养。何故见侵？』经日，谢卒。庆名奂，灵运父也。

‖注释‖ ①榖：即构树。②扶疏：枝叶繁茂分披貌。③栗然：战栗。

<解说>　关于谢灵运的父亲谢奂，史书中记载不多，只知道他是个普通的官员，“生而不慧，位秘书郎，早亡”。上面这一则内容，言及其死因，乃是说他射杀了青溪小姑庙的几只鸟，得罪了青溪小姑。

这么不好惹的女神仙是什么来头？

文中已有揭示，青溪小姑是蒋侯的三妹。蒋侯即蒋子文，据《搜神记》记载，蒋子文是汉末时期的一个县尉，平时轻薄放纵，还总吹牛说自己骨骼清奇，死后肯定会当神仙。终于，蒋子文在追捕强盗的行动中光荣殉职。到了三国时期，蒋子文显灵，说自己要做当地的土地神，逼迫百姓为他建祠。后来又以疾病、火灾威胁孙权。孙权最终认栽，封他为中都侯，为其建祠立庙，还把钟山改称蒋山。蒋子文这才善罢甘休。

蒋子文的妹子青溪小姑后来也成为被人祭祀的神仙。她对谢奂的报复，看起来和她哥一样自私，不过在其他志怪里，青溪小姑也有多情的一面。《续齐谐记》记载了她和凡人的一段情缘：会稽人赵文韶月夜思乡，倚门唱起《西乌夜飞》，青溪小姑派丫鬟前来表达了好感。赵文韶遂邀请她的主人来家中做客。青溪小姑带着丫鬟应邀而至，以音乐会友，一直玩到四更。临别时，双方还互赠礼物。第二天，赵文韶偶然来到青溪庙休息，忽然在庙中发现昨夜赠送给姑娘的礼物，仔细看姑神像和青衣婢女像，竟然就是来家中做客的两位姑娘。

11. **仇王** 余杭县有仇王庙，由来多神异。晋隆安初，县人树伯道为吏，得假将归。于汝南湾觅载①，见一朱舸②，中有贵人，因求寄。须臾如睡。犹闻有声，若剧甚雨。俄而至家，以问船工，亦云仇王也。伯道拜谢而还。

＝注释＝ ①载：交通工具。②舸：大船。

＜解说＞ 东晋隆安年间，余杭籍小吏树伯道请假归家。正在汝南湾觅船时，看见一艘红色大船，当中还有显贵之人。树伯道请求让自己上船。登船不久，树伯道就昏睡过去，迷迷糊糊中还听见很大的雨声。不一会儿树伯道就到家了。汝南湾在建康城东八里，欲到达余杭，即使如今乘坐高铁加地铁外加汽车，少说也要折腾七八个小时。而树伯道只是在船上睡了一觉就到达了目的地，况且，从汝南湾到余杭是没有水路可以通达的。莫猜，准是遇到神仙了。树伯道向船工打听，得知是仇王显的神通，顺道把他这个小老乡带回老家。于是树伯道满心欢喜地拜谢而回。

12. **圣公** 隆安中吴兴有人年可二十，自号圣公，姓谢，死已百年。忽诣①陈氏宅，言是己旧宅，可见还，不尔，烧汝。一夕火发荡尽，因有鸟毛插地，绕宅周匝数重，百姓乃起庙。

＝注释＝ ①诣：到。

＜解说＞ 逼迫生者立庙建祠的袁双尚且算是知名人物，而做法如出一辙的“圣公”则是不知打哪来的神祇。除了他姓谢、死已百年，其他信息一无所知。圣公欲霸占陈家的住宅，纵火把陈家烧得一干二净，还在住宅周围的地上插了好几层的鸟毛。当地百姓见识了圣公的神威后，只好为他建庙祭祀。

13. 驱除大将军

晋义熙中，虞道施乘车出行。忽有一人，著乌衣，迳来上车，云：『令寄[1]载十里许耳。』道施试视此人，头上有光，口目皆赤，面悉是毛，异于始时。既不敢遣，行十里中，如言而去。临别语道施曰：『我是驱除大将军，感汝相容。因赠银铎[2]一双而灭。』

＝注释＝①寄：委托，依靠。②铎：大铃。

＜解说＞　好在不是所有的神祇都像袁双、圣公那般一身黑社会习气，虞道施就遇上一个讲义气的“驱除大将军”。这位驱除大将军长相怪异，头上有光，红眼红嘴，满脸的毛，也不打招呼就直接上了虞道施的车。到达目的地后，很豪爽地留给虞道施一对银铎作为报答。

14. 命囊一挺炭

晋时信安郑徽年少时，登前桥，仿佛见一老翁，以一囊与徽云：『此是君命，慎勿令零落。若有破碎，便为凶兆。』言讫，忽失所在。徽密开看，是一挺[1]炭。意甚秘之，虽家人不之知也。后遭卢龙寇乱，恒保录之。至宋永初三年，徽年八十三，病笃，语子弟[2]云：『吾齿尽矣，可试启此囊。』见炭悉碎折，于是遂绝。

＝注释＝①挺：量词，用于挺直物。②子弟：泛指年轻后辈。

＜解说＞　人到底能活多长？真是个难以回答的问题。把抽象的寿命可视化，算是个聪明的解决方法。郑徽有幸得到一个神秘的口袋，里面装着一块象征自己寿命的炭。瞒过了家人，躲过了战乱，郑徽把这块炭保存得好好的，不过最终还是败给了时间，炭碎了，寿命也到尽头了。

15. **鬼子母** 陈虞字君度，妇庐江杜氏，常事鬼子母，罗[1]女乐以娱神。后一夕复会，弦管无声，歌者凄忾[2]。杜氏尝梦鬼子母遑遽[3]涕泗云：『凶人将来。』婢先与外人通，以梯布垣[4]，登之入。神被服将剥夺，毕加取影象，焚刬[5]而后去。

〓注释〓 ①罗：罗列。②凄忾：悲叹。③遑遽：惊惧不安。④垣：矮墙。⑤刬：同『铲』。

<解说> 可怜的神仙鬼子母，即使向崇奉她的杜氏托梦求救，也免除不了被人剥去被服、烧毁画像的劫数。别以为鬼子母这般软弱好欺负，其实在佛教中，她本是一个恶神。

《杂宝藏经》中记载，鬼子母有上万个儿子，个个力大无比，其中最小的儿子叫“嫔伽罗”。鬼子母常盗杀人子以自食，因此被告到佛祖跟前。佛祖为收服鬼子母，将她的小儿子嫔伽罗收入钵中。失去爱子的鬼子母找到佛祖，问儿所在。佛祖以此教化：“你有一万个儿子，失去了一个尚且忧愁苦恼，世间百姓只有一个或几个儿子，你怎么忍心将其无辜杀害！”鬼子母遂弃恶从善，甘心受戒，成为佛门弟子。

16. **紫姑神**

世有紫姑神，古来相传云是人家妾，为大妇[1]所嫉，每以秽事相次役，正月十五日感激[2]而死。故世人以其日作其形，夜于厕间或猪栏边迎之，祝曰：『子胥不在』，是其婿[3]名也。『曹姑亦归』，曹即其大妇也。『小姑可出戏』。捉者觉重，便是神来。奠设酒果，亦觉貌辉辉有色，即跳躞不住。能占众事，卜未来蚕桑。又善射钩，好则大舞，恶便仰眠。平昌孟氏恒不信，躬试往投，便自跃茅屋而去。永失所在也。

注释　①大妇：正妻。②感激：感伤激愤。③婿：丈夫。

＜解说＞　前面已经介绍了厕神后帝，是个男性形象。女性形象的也有一位：紫姑神。南朝时，相传紫姑神生前是小妾，地位不如正妻，还总被打发去干脏活累活。某年的正月十五，紫姑在悲伤中死去。世人把逝去的紫姑视为神仙，按照她生前的样子做了一个人偶，夜晚在厕所或者猪圈旁祭祀，祷告说：你丈夫不在，家里的正妻也不在，可以出来玩啦！显灵的紫姑神能掐会算，预测蚕桑收成也不在话下。她还擅长猜度隐微难知之事，结果好就手舞足蹈，不好就仰头睡觉。

到了唐代，紫姑神的个人信息得到进一步完善，《显异录》说她姓何名媚，字器卿，自幼读书习字。唐代垂拱年间嫁给寿阳刺史李景做小妾。因为正妻嫉妒，在正月十五那天被害死于厕所。北宋的时候就更神了，苏轼专门写过一篇《子姑神记》，说自已曾目睹子姑神（即是紫姑神）在黄州的郭氏宅第显灵。子姑神自诉身世，甚至还为苏轼赋诗数十篇，并为苏轼与围观群众跳了一段舞蹈。最后，子姑神为实现“登头条，上热搜”的愿望，请求才华横溢的苏轼为之作文：“公文名于天下，何惜方寸之纸，不使世人知有妾乎？”

17. 左苍右黄　乌伤陈氏，有女未醮[1]，著屐径上大枫树颠，了无危惧，顾曰：『我应为神，今便长去。惟左苍右黄，当暂归耳。』家人悉出见之，举手辞诀。于是飘耸轻越，极睇乃没。人不了苍黄之意，每春辄以苍狗、秋黄犬，设祀于树下。

═注释═ ①醮：女子出嫁。

＜解说＞　紫姑神本是平民女性，之所以成神，多半是因为人们同情她悲惨的身世而加以祭祀。而同样出身普通的乌伤陈氏，她的成神成仙则毫无征兆，令人摸不着头脑。那天，还未出嫁的陈氏爬上枫树顶，毫无惧色地跟家人宣布：“我要离开家去做神仙了。要是想我了，牵一只白狗或者黄狗，我就会回家暂时停留。”说完，陈氏越飘越远，越飘越远，消失在家人的视野中。从此以后，这棵枫树就成为陈氏的专属祭祀场所。人们每年春天以白狗、秋天以黄狗祭祀神仙陈氏。

18. 杨明府

剡县西乡有杨郎庙，县有人一先事之，后就祭酒侯褚，求入大道[1]。遇谯郡楼无陇诣[2]褚，共至神舍，烧神座器服，无陇乞将一扇。经岁，无陇闻有乘马人呼『楼无陇』数四声云：『汝故不还杨明府扇耶！』言毕回骑而去，陇遂得痿病[3]死。

‖注释‖ ①大道：即天师道。②诣：到。③痿病：肢体动作不便之病。

<解说> 这么多出名的、不出名的，情愿的、不情愿的民间祭祀愈演愈烈，被统称为“淫祀”，却很少受到官府限制。南朝时兴起的天师道自认为是正统信仰，对民间淫祀相当反感。道士陆修静指出，这些民间祭祀的神灵，不过是一帮“败军死将”，根本上不得台面，死后成了鬼也不消停，擅行威福，逼迫百姓倾家荡产为他们建庙立祠。即使得到好处，这些鬼神也不做庇护百姓的好事，害得不计其数的人枉死横夭。所以，天师道有责任“伐庙杀鬼”，使宇宙明正，使天地间不复有淫邪之鬼。

在这种号召下，有相当一部分的民众放弃了原先的民间祭祀传统，转而信奉道教，此之谓“背俗入道”。南朝梁的道教经典《真诰》就记载了这样一则事件。说的是地方官吏华侨世代供奉俗神，他本人也颇通神鬼，常常梦见和鬼神一起吃饭喝酒，每次都喝得酩酊大醉，醒来之后醉吐狼藉。华侨作为官吏，有举荐人才的职责，但是却被鬼神干预，一旦违背他们的意志，就会受到谴责。终于，华侨忍无可忍，背俗入道。原先那些鬼神各自消散，并没有再纠缠华侨。

那么具体如何背俗入道呢？《异苑》在这里举了一个“伐庙杀鬼”的生动例子。皈依的道民与祭酒侯褚一起来到原先侍奉的杨郎庙，将神座器服烧毁，以示与俗神决裂。同去的还有楼无陇，他与祭酒侯褚相识，多半也是道友。楼无陇相中了庙里的一把扇子，便私藏起来，归为己有。一年后，楼无陇遇到一个骑马人喊他的名字，还质问他为何占有杨郎的扇子。可怜的楼无陇因此得痿病而死。可见“伐庙杀鬼”时，俗神的旧物件是万万不可保留的。

19. **卞山项庙** 晋武太始初，萧惠明为吴兴太守。郡界有卞山，山下有项羽庙。相传云：羽多居郡厅事，前后太守不敢上厅。惠明谓纲纪曰：『孔季恭曾为此郡，未闻有灾。』遂命盛设筵榻接宾。未几，惠明忽见一人长丈余，张弓挟矢向之。既而不见。因发背，旬日而殒。

<解说> 卞山项羽庙的神异，卷一就见识过了。话说项羽不仅在卞山作威作福，甚至还把威风耍到了当地政府机关。

孔季恭是东晋时的官员，很受刘裕的重用。在他任吴兴太守时，面临一个惊悚的局面。之前的几任吴兴太守都离奇死亡，当地人说是因为项羽的神灵在郡府厅堂作祟。因此赴任的太守都不敢来办公。但是孔季恭不管，他大摇大摆地稳坐厅堂，直到离任也没出什么事。

东晋太初年间，孔季恭的继任者萧惠明来到吴兴，面临同样的问题。上厅？还是不上厅？想到孔季恭在任期间平安无事，萧惠明也自信起来，不仅登上郡府厅堂，还在那里大摆宴席，接待客人。不多时，项羽显灵，朝萧惠明张弓射箭，但是马上又不见了。萧惠明因此背上长疮，十天后就见了阎王。

20. **张舒受秘术**

元嘉九年二月二十四日，长山张舒奄见①一人，著朱衣，平上帻②，手捉青柄马鞭，云：『如汝可教，便随我去。』见素丝绳系长梯来下，舒上梯，乃造大城。绮堂洞室，地如黄金。有一人长大，不巾帻，独坐绛纱帐中，语舒曰：『主者误取汝，赐汝秘术卜占，勿贪钱贿。』舒亦不觉，受之。

＝注释＝ ①奄见：忽见。②平上帻：帻的一种，魏晋时武官戴的头巾。

<解说> 在鬼神崇拜盛行的魏晋六朝，如何成为一名优秀的方士？除了掌握术数、方药等必备的专业干货，还要具备威望以服众。通常，方士们会以一些神异故事给自己打广告。没有点神秘感，怎么在圈儿里混！

东晋张舒、钱祐就这样开始了他们的表演。

张舒也许从来没想过自己会成为擅长占卜的方士。元嘉九年二月二十四日，对他来说是个转机。一个穿着红色衣服、武官模样的人称张舒是个潜力股，把他带到一座大城，面见神秘人物。但是却被告知：找错人了。好尴尬呀。不过张舒并没有被为难，作为补偿，他还得到机会学习“秘术占卜”，从此一脚踏入方士圈。

21. 钱祐受术数

元嘉四年五月三日，会稽余姚钱祐夜出屋，后为虎所取。十八日，乃自还。说虎初取之时，至一宫府，入重门，见一人凭几而坐，形貌伟壮，左右侍者三十余人，谓曰：『吾欲使汝知术数之法，故令虎迎汝。汝无惧也。』留十五昼夜，语诸要术，尽教道之方。祐受法毕，便遣令还而不知道；即使人送出门，乃见归路。既得还家，大知卜占，无幽不验。经年乃卒。

<解说> 钱祐与张舒是同行，据他本人介绍，他的本领也是由神人亲授。在元嘉四年五月三日的晚上，钱祐被一只大老虎叼走，五月十八日，钱祐平安回家。他声称自己被老虎带到一个宫府，穿过层层宫门，见到一位相貌堂堂的神人，三十多个侍从立于左右，气场相当强大。神人向钱祐悉心传授术数之法，十五天速成之后，钱祐被送出门，回到家中。光荣毕业的钱祐实力爆表，但凡是占卜预测，从没有失手的时候。

22. 十二棋卜

十二棋卜出自张文成①，受法于黄石公，行师用兵，万不失一。逮至东方朔，密以占众事。自此以后，秘而不传。晋宁康初，襄城寺法味道人忽遇一老公，著黄皮衣，竹筒盛此书，以授法味，无何，失所在。遂复传流于世云。

=注释= ①张文成：即张良。

<解说>《十二棋卜》指的是《灵棋经》，教人如何用棋子占卜，此书现今仍有流传。最早提到它的就是《异苑》的这则记载：最初，《十二棋卜》由黄石公传给张良，用来指导行军打仗。汉代的东方朔则用它来占卜众事。此后，这部占卜书消失了一段时间。直到东晋宁康年间，襄城寺的法味道人从一个老人手中得到《十二棋卜》，这部经典才得以再次流传于世。

23. 太山府君

历阳石秀之。倏①有一人，著平巾裤褶，语之云：『闻君巧侔②班匠，刻几③尤妙。太山府君④相召。』秀之自陈云：『刘政能造。』其人乃去。数旬而刘殒，石氏犹存。刘作几有名，遂以致毙。

=注释= ①倏：忽然。②侔：相等。③几：小或矮的桌子。④太山府君：即泰山府君。

<解说>以往有“泰山治鬼”的说法，说的是泰山府君有主人生死、掌管鬼魂的职责。这种信仰最晚在汉代出现，那时候还没有阎王什么事，人死后成鬼，立马就去泰山府君那儿报到。所以当石秀之接到邀请去为泰山府君做家具时，就留了一个心眼，推荐另外一名工匠刘政。几十天后，刘政去世，石秀之毫发无损。

泰山府君征召生者为自己服务之事，在唐代的志怪小说《玄怪录》中也有记载：隋朝大业年间，兖州的官员董慎被泰山府君征召，帮助审判疑难案件。董慎诚惶诚恐，谦虚地说自己水平有限，并推荐了常州府秀才张审通。在经历了两番波折后，案件得到妥当的处理，作为报答，泰山府君送给张审通一只耳朵，给董慎多加了一年阳寿，然后把二人放回人间。董慎苏醒后，他的妻子说他已经失去魂魄十几天了。

24. **鳣父庙** 会稽石亭埭有大枫树，其中空朽，每雨，水辄满溢。有估客①载生鳣②至此，聊放一头于朽树中，以为狡狯③。村民见之，以鱼鳣非树中之物，咸谓是神，乃依树起屋，宰牲祭祀，未尝虚日，因遂名鳣父庙。人有祈请及秽慢，则祸福立至。后估客返，见其如此，即取作臛④。于是遂绝。

=注释= ①估客：行商。②鳣：鲟鳇鱼的古称。③狡狯：玩笑。④臛：肉羹。

<解说> 南朝时的淫祀有多邪乎呢？一个路过的商人把一条鳣放进树洞中，当地村民惊异无比，视作神物，甚至专门建庙祭祀。商人回来时，发现场面如此搞笑，干脆搞笑到底，把树洞里的鱼拿出来炖汤喝。村民见此，也就该干吗干吗去了。

25. **龙载船** 吴猛还豫章，附载①客船，一宿行千里。同行客视船下，有两龙载之，船不着水。

=注释= ①附载：搭乘。

<解说> 吴猛是东晋时的方士，四十岁时向同乡丁义学习了一身的本领，绝技之一就是“划船不用桨”。《晋书》记载，在江波甚急的长江，吴猛仅用白羽扇拨拉拨拉，就潇洒渡江了。《异苑》又补充说，那是因为下面有两条龙驮着船身，船根本没挨着江面，所以又快又稳。吴猛，真不愧是能够召唤神龙的老手！

26. **王子晋** 陶侃字士行，微时①，遭父艰②。有人长九尺，端悦通刺③，字不可识。心怪非常，出庭拜送。此人告侃曰：『吾是王子晋。君有巨相④，故来相看。』于是脱衣帢⑤，服仙羽，升鹄⑥而腾飏⑦。

‖注释‖ ①微时：卑贱而未显达的时候。②父艰：丧父。③刺：名帖。④巨相：贵相。⑤衣帢：便衣与便帽。⑥鹄：水鸟。⑦腾飏：飞升。

＜解说＞ 各路神仙对陶侃果真是青睐有加。前有厕神率众观摩，现有仙人王子晋递帖求见。陶侃打眼一瞧，名片上的字奇奇怪怪，不知道写的是啥，忙出门迎接。这个自称是王子晋的人物表示，听说陶侃有贵人之相，特意前来观看。实现见面的愿望后，王子晋脱去衣帽，换上羽衣，骑鹄而去。

王子晋是著名仙人，有时也叫“王子乔”。王子晋与王子乔，确实经常让人傻傻分不清楚。

王子晋，历史上确有其人，他是周灵王的太子晋，人很聪慧，可惜英年早逝。要说太子晋有什么神异之处，大概就是他知晓自己的去世时间。《逸周书》记载，晋国派乐官师旷面见太子晋。经过亲切友好的论辩后，王子晋向师旷询问自己年寿如何，因为江湖传言师旷有预测寿命的本事。师旷直言不讳：“你的声音散而不收，脸色发白而带有红色，不是长寿之相。”王子晋非常坦然，说是呀是呀，再过三年我就要找上帝报到了，你可别泄露天机，小心对你不利。果然，三年后太子晋就去世了。

到了汉代的《列仙传》，又声称周灵王的太子晋是“王子乔”。但其实，王子乔是另外一位神仙。王子乔很长寿，擅长养生，而且能化为大鸟。洛阳出土的西汉卜千秋墓就有王子乔的壁画，正是一个“鸟人”的形象。《水经注》记载有“仙人王子乔碑”，把王子乔描述得更加扑朔迷离，说他是远古时代的仙人，曾在东晋永和元年的一个下雪天现身在自己的墓旁。据目击者称，王子乔戴着大冠，身穿红色单衣，拄着一根竹杖，嘱咐砍柴人不要动自己坟上的树，然后就忽然不见了。

27. **鸟迹书** 晋太元末，湘东姚祖为郡吏。经衡山，望岩下有数年少，并执笔作书。祖谓是行侣[1]休息，乃枉道[2]过之。未至百许步，少年相与翻然飞飏，遗一纸书在坐处，前数句古时字，自后皆鸟迹。一作篆。

‖注释‖ ①行侣：出行的伴侣。②枉道：绕道。

<解说> 神仙在人类面前玩“飞升”，可不是一次两次了，除了王子晋“脱衣帢，服仙羽，升鹄而腾飏”，在衡山，有几个神仙少年也小露了一手。

东晋太元年间，郡吏姚祖途经衡山时，老远就望见山岩旁有几个少年，拿着笔好像在写东西。姚祖也没当回事，打算绕过他们，正常前行。然而还未走到百余步远时，几位少年都扑啦啦飞走了，只在原地遗留了一张纸书。姚祖拾起来一看，前几句用古时的字体书写，后面则是鸟的痕迹，另有说写的是鸟篆，应该也不错。因为鸟篆最大的特点就是“鸟迹”，即在篆书的基础上以鸟形作为主要装饰，写字像画鸟一样。这种繁复奇诡的艺术字体在先秦时期就有了，在楚国等南方诸侯国相当流行。南方的神仙写鸟篆，这种技能配置得挺合理。

28. **徐公遇仙**

东阳徐公居在长山下，常登岭，见二人坐于山崖对饮。公索之，二人乃与一小杯。公饮之遂醉，后常不食，亦不饥。

<*解说*>　如果遇见的神仙不飞升会怎样？

不仅不飞升，还送我等凡人酒喝，又会发生什么奇怪故事？

居住在东阳长山下的徐公会说，哎呀呀，那天我登山，遇见两人在对饮。两个人喝酒多没意思，于是乎我强烈要求加入他俩的酒局。哪承想只嘬了一小杯就不胜酒力，上头得很。打那时起，我就不怎么吃饭了，也不感觉饿，倒是很省粮食。

说到“不食”“不饥”，与之类似的应该就是辟谷术了。

辟谷即不食五谷，以替代物来节食、慎食。这种养生术由来已久，后被追求长生的道教吸收发展为修炼大法。东汉《太平经》就专门讲到辟谷“不食而饱”的好处：大而言之，可以富国存民；就个人而言，饥荒年份不至于饿死，而且能够祛病健身，美容养颜。为了给广大信徒“种草”，《太平经》信誓旦旦宣称：“食者命有期，不食者与神谋。食气者神明达，不饮不食与天地相卒也。”到了东晋，葛洪在《抱朴子》中耿直地认为，辟谷的好处顶多就是节约粮食，并不能使人长生不老，不过据实践此术的人说，辟谷确实能减少疾病，比吃谷物强。葛洪还总结了几种辟谷术，例如服食石药（*矿物类药物*）以守中，可以保持四五十日不饥饿，炼服松柏、白术也可以，只是效果不及金丹大药。有时在服药的同时，还要服石，如果要恢复五谷的进食，则需先喝葵子汤泻下石子才可以。还有的连服药的步骤都省略了，使用“丹砂曾青水”把石头泡柔软，直接吃下去以饱腹。至于服（*符*）水、服气，葛洪也拉拉杂杂介绍了一堆，总之是玄之又玄。

而我们的徐公，饮仙人美酒一小杯，便省去服药服石等啰唆事，实现不食亦不饥，获得“辟谷”体质，真真令人羡慕。

29. **樗蒲仙** 昔有人乘马山行，遥望岫里有二老翁相对樗蒲①，遂下马造②焉。以策③注地而观之。自谓俄顷，视其马鞭，摧然已烂。顾瞻其马，鞍骸枯朽。既还至家，无复亲属。一恸而绝。

＝注释＝ ①樗蒲：古代博戏。②造：到，去。③策：马鞭。

<解说> 仙界的时间流速是慢于人间的。但是具体慢了几拍，也没个标准说法。比如《神仙传》中所讲凡人费长房，到仙人壶公那里待了大概一天，回来后发现人间已过了一年。《幽明录》中刘晨、阮肇误入仙界，流连半年后回到家中，发现村落和房屋已面目全非，亲戚朋友早就去世，打听半天才找到自己的七世孙。

这种时间差的梗在古代小说中都要被用烂了。“樗蒲仙”就是一例。

曾有人骑马入山，看见两个老人在玩樗蒲。这种赌博游戏正流行，想不到在山中也能碰见。主人公被吸引过去，下马观看。看了一会儿，却猛然发现马鞭已经腐朽，回头再看坐骑，马鞍和马骨头也烂得差不多了。可以想象主人公是何等地大惊失色。待他回到家中，亲戚们早已不在人世。悲痛之下，一命呜呼。

而最经典的例子非烂柯人王质莫属。这个故事见于《述异记》，也是南朝时的志怪小说。讲的是晋代时，王质入石室山伐木，遇见几个童子下着棋还唱着歌。王质也不伐木了，在旁边卖呆儿傻乐呵。童子递过来一枚枣核状的东西，王质含在嘴里，肚中便不觉得饥饿。乐呵了一会儿，童子问：“你咋还不回去？”王质起身一瞧，斧柄已经全烂了。回到家中，早已物是人非。

30. 梵唱

陈思王曹植字子建，尝登鱼山，临东阿。忽闻岩岫里有诵经声，清通深亮，远谷流响，肃然有灵气。不觉敛衿祗敬①，便有终焉之志。即效而则之。今之梵唱②，皆植依拟所造。一云陈思王游山，忽闻空里诵经声，清远遒亮。解音者则而写之，为神仙声。道士效之，作步虚③声也。

注释 ①祗敬：恭敬。②梵唱：梵呗。佛教作法事时歌咏颂赞之声，常有乐器伴奏。③步虚：道士诵经礼赞时的一种腔调。

＜解说＞　中国佛教音乐始祖是谁？流传很广的一种说法，认为是曹植。

曹植满脸一个大写的“懵”字，并发出否认三连：

我不是！

我没有！

别瞎说啊！

然后，大家翻出《异苑》这条记载的前半部分：“今之梵唱，皆植依拟所造。”

曹植表示很无辜，翻出《三国志》，找到自己的传记说：你看，上面写得清清楚楚，当时我确实登上了东阿鱼山，但只是觉得景色大好，适合做自己的安葬之所，所以提前在那儿修了坟墓，哪来的受诵经声启发制梵呗的说法？况且音乐我也不甚擅长的呀。

于是又有人指着《异苑》这一条后半截的“神仙声”“步虚声”说，这讲的明明是道教音乐的起源，是解音者和道士仿效诵经声创作出来的，诵经声打哪来的？曹植从山里听来的。

曹植内心：

我既不信佛也不修仙，这两家的音乐跟我有啥关系？

31. **慧远咒龙**

沙门释慧远栖神庐岳，常有游龙翔其前。远公①有奴，有石掷中，乃腾跃上升。有顷，风云飚煜。公知是龙之所兴，登山烧香，会僧齐声唱偈，于是霹雳回向②投龙之石，云雨乃除。

＝注释＝①远公：即慧远。②回向：佛教徒将自己的功德回转，投向众生和佛果。

＜解说＞　慧远是东晋佛教的领袖人物，他带领自己的僧团来到庐山定居传教。然而此时庐山已有道教势力，还有以山神为代表的民间信仰。要想在这样的环境中打开局面，站稳脚跟，神异故事是不可缺席的。

“咒龙”是其中之一，讲的是慧远在庐山时，经常有游龙在他面前飞来飞去。他的奴仆嫌碍事，拿石头砸它。被砸中的游龙腾跃至上空，搅得风云兴起。慧远知道这是游龙不高兴了，就带着僧人登山烧香唱偈，才把事情摆平。

为了与其他信仰力量竞争，慧远的弟子也是拼尽全力了。《高僧传》记载，义熙年间，新阳县闹虎灾，即使境内供奉着神庙也无济于事。慧远的弟子法安看在眼里，便在神庙前的社树下通夜坐禅。天快亮时，老虎出现，跳到法安面前。法安毫无惧色，为它说法受戒。“虎踞地不动，有顷而去。”追虎的村民赶来，大惊，以为法安是神人。从此一县的百姓开始信奉他，虎患亦绝。后来人们干脆把神庙拆了，改建成寺庙。法安以此使佛教在与民间信仰的竞争中胜出。

32. **慧炽见形**　沙门竺慧炽，新野人，住江陵四层佛寺。永初二年卒。弟子为设七日会。其日将夕，烧香竟。沙门道贤因往视炽弟子，至房前，忽暖暖若人形，详视乃慧炽也。容貌衣服，不异生时。谓贤曰：『君旦食肉，美否？』曰：『美』。炽曰：『我生不能断肉，今落饿鬼地狱。』道贤惧詟①，未及得答。炽复言：『汝若不信，试看我背后。』乃回背示贤，见三黄狗，形半似驴，眼甚赤，光照户内，状欲啮炽而复止。贤骇怖闷绝，良久乃苏。

=注释= ①惧詟：恐惧。

＜解说＞　和尚因为吃肉而下地狱，然后鬼魂现身，劝说同道不要吃肉。这样的故事现在看起来有些奇怪，难道以前他们不是吃素的？还真是。在南朝梁武帝颁布《断酒肉文》之前，汉地佛教对于吃素还是吃荤没有严格要求。古印度佛教对此也没有明确规定，特别是僧众日常乞食，给什么就吃什么，三种净肉也是允许食用的。待佛教传入中国后，情况发生了一些变化。南朝时，一些僧侣为了去除世俗欲望从而更好地修行，或是出于提升形象的考虑，出现素食的行为。社会上呼吁佛教徒素食的声音也越来越多，乃至志怪小说中出现以因果报应理论宣扬食素的故事。

33. 灵味

灵味寺在建康钟山蒋林里。永初三年，沙门法意起造。晋末有高逸沙门，莫显名迹，岩栖谷隐，常在钟山之阿①。一夜，忽闻怪石崩坠，声振林薄②。明旦履行③，惟见清泉湛然。聚徒结宇，号曰：『灵味。』

＝注释＝ ①阿：山阜凹曲处。②林薄：交错丛生的草木。借指隐居之所。③履行：巡视。

<解说> 南朝佛教兴盛，寺庙越建越多，所以唐代杜牧感慨：“南朝四百八十寺，多少楼台烟雨中。”灵味寺正是这“四百八十寺”之一，位于建康钟山。

这一则说，灵味寺是在刘宋永初三年由僧人法意建造的，在晋末已经有了雏形。当时，有一位不知姓名的僧人隐居于钟山，一天夜里听见巨大的石崩之声。早上起来巡视，却只看见清冽的泉水汩汩流淌。僧人在那里聚集了一帮徒弟，并建造了一处屋宇，取名“灵味”。

34. 双屐

武陵宗超之，奉经好道，宋元嘉中亡。将葬，犹未阖棺①。其从兄②简之来会葬，启盖视之，但见双屐在棺中云。

＝注释＝ ①阖棺：盖棺。②从兄：堂兄。

<解说> 道教追求长生不老，得道成仙。要想打败死亡，实现这个终极愿望，那就要来一波硬核操作。按照《抱朴子》的说法，共有三个层次：顶级硬核的是“举形升虚”，也就是整个人飞升上天成为“天仙”。次一等的是“游于名山”，成为“地仙”。最低一种层次是“先死后蜕”，看起来是人死了，但其实只是把尸体留在人间而已，本人已经成仙，称为“尸解仙”。还有干脆连尸体也不见了，“寄一物而后去，或刀或剑，或竹或杖，及水火兵刃之解”。显然，奉经好道的宗超之实现的是尸解成仙。当哥哥宗简之打开棺材板，想见弟弟最后一眼时，棺材里已经是空空荡荡，只有一双鞋留在里面。

35. 恶戏报

元嘉中，丹阳多宝寺画佛堂、作金刚。寺主奴婢恶，戏以刀刮其目眼。辄见一人甚壮，五色彩衣，持小刀挑目睛①。数夜眼烂，于今永盲。

注释 ①目睛：眼睛。

<解说> 南朝刘宋元嘉年间，丹阳多宝寺曾发生一件因果报应的故事。多宝寺的奴婢使坏，用刀刮塑像的眼睛。然后就出现一个穿着五彩衣裳，长得很壮的人，拿着刀要挖奴婢的眼睛。这件事过去之后，奴婢的眼睛就遭殃了，烂了好几个晚上，最后永久失明了。

36. 天钵

汲都卫士度，苦行居士也。其母尝诵经长斋①，非道不行。家常饭僧。时日将中，母出斋堂，与诸尼僧逍遥②眺望。忽见空中有一物下，正落母前，乃是天钵。中满香饭，举坐肃然，一时礼敬。母自分行斋，人食之皆七日不饥。此钵犹云尚存。士度以惠怀之际得道。

注释 ①长斋：佛教徒长期坚持过午不食。后多指长期素食。②逍遥：从容散步。

<解说> 卫士度是西晋时期的苦行居士，“安贫乐道，常以佛法为心”。卫士度在中国佛教史上也是颇有影响的人物，因为他和他的老师阙公则是有文献可考的中国最早的西方净土信仰者。

卫士度的母亲也是虔诚的佛教徒，经常在家招待僧人吃斋。精诚所至，灵异之事也随之发生。当卫士度的母亲与僧尼走出斋堂，优哉游哉地散步眺望时，一个钵从天而降，“哐当”落在她面前，里面还装满香饭。大家非常庄重地表示礼敬。卫士度的母亲把香饭分给僧众，吃下之后七天都不感到饥饿。

37. 诵经停刑

太原王玄谟，字彦德。始将见杀，梦人告曰：『诵《观世音》千遍则免。』玄谟梦中曰：『何可竟也。』仍见授。既觉诵之，且得千遍。明日将刑，诵之不辍。忽传唱①停刑。

=注释= ① 传唱：高声传讲。

＜解说＞　刑场之上，一片肃杀。

等待行刑的将军王玄谟口中喃喃，不停念诵《观世音经》。因为在前一晚的梦中，有人跟他说，念诵千遍《观世音经》就可免死。都到临死的份上了，有办法总比没办法好，王玄谟从醒来就开始念经，一直念到上法场。最终果如梦中所示，传来刀下留人、停止行刑的命令。王玄谟一定觉得自己非凡的运气是感天动地的结果，其实他最应该感谢的是同事沈庆之将军。

事情还要从宋文帝北伐说起。王玄谟随军出征，在辅国将军萧斌帐下任宁朔将军。他率领前锋军来到黄河边上，围困滑台二百多天。最后，终极大佬太武帝拓跋焘竟亲自披挂上阵，带领号称百万的大军前来解围。

王玄谟的军队实力并不处下风，人数众多，装备精良，该齐刷的都齐刷了，偏偏就是主将本人太不给力。王玄谟在军中横行霸道，自以为是，部下的良策一概不听，导致人心涣散。拓跋焘的大军一到，王玄谟的将士就四散逃亡，他自己也趁夜色跑路了。

萧斌看着败将气得牙痒痒，扬言要杀死王玄谟。幸亏身旁的沈庆之好言相劝，说拓跋焘那个实力大家都知道，必须爆表呀，搁谁谁也打不过。杀死王玄谟管什么用呢？只会白白损害自己的实力。萧斌这才打消杀王玄谟的念头，王玄谟才捡回一条命来。

38. **折鸭翅报**

释僧群清贫守节，蔬食持经，居罗江县之霍山。构立茅屋，孤在海中。上有石盂，水深六尺，常有清泉。古老相传是群仙所宅。群因①绝粒②。其庵舍去石盂隔一小涧，日夕往还，以木为梁，由之以汲水。年至一百三十，忽见一折翅鸭，舒翼当梁头就唼③。群永不得过。欲举锡杖④拨之，恐有转伤。因此回，遂绝水。经数日死。临死向人说，年少时曾折一鸭翅，验此以为现报。

═注释═ ①因：依靠。②绝粒：绝食。③唼：（鱼、水鸟等）呷食。④锡杖：僧人所持的禅杖。

＜解说＞ 绝粒辟谷，不单是道教，也是佛家的修炼方法。释僧群在海中茅屋绝粒修行，饮水靠的是附近一处石盂的清泉，相传那是群仙的居住之所。后来《高僧传》补充说，神仙喝的正是石盂的清泉，一喝泉水，就不会感到饥饿。曾有太守陶夔想要取水，神仙们好心相赠，结果泉水一运出山就发臭了。尝试了三四次，皆是如此。陶夔只好亲自去寻水。怎奈山中天气不佳，风雨晦暝，耽搁了好些天也无法到达。陶夔感慨：“俗内凡夫，遂为贤圣所隔。”

释僧群则不然。他的住处和石盂之间隔着一个小涧，有一根木头作为桥梁沟通两边。释僧群要花一天时间去取水，以维持自己的体力修行。有一天在取水的路上，一只折了翅膀的鸭子挡在桥梁之上。释僧群无法通过。举起锡杖驱赶吧，又怕伤害到它，只好空着手回来。然而，一百三十岁高龄的老僧人怎么能耐得住没吃没喝的日子？没过几天，释僧群就去世了。临死前，释僧群向人吐露，说自己年少时曾折断一只鸭子的翅膀，这是现世的报应呀。

卷陆

1. 王陵　晋宣帝①诛王陵，后寝疾②。日见陵来逼。帝呼曰：『彦云③缓④我。』身上便有打处⑤。贾逵亦为祟。少日遂薨。初，陵既被执，过贾逵庙。呼曰：『贾梁道，王陵——魏之忠臣。唯尔有神知之。』故逵助焉。

=注释= ①晋宣帝：即司马懿。②寝疾：卧病。③彦云：王凌的字。④缓：宽恕。⑤处：痕迹。

<解说>　史书载，司马懿发动高平陵之变，控制了曹魏中枢权力，但是地方上的曹魏势力尚未摆平。特别是位于东南的军事重地淮南，接连发生三次反对司马氏的叛乱。最先挑头的正是王陵。其实，老谋深算的司马懿早就注意到他了，在灭掉曹爽之后，就升任王陵为太尉，意图稳定人心。 而王陵已经开始密谋废立皇帝，却不想中途事情败露。司马懿一边下令赦免王陵，并派人写信放烟幕弹，一边率军以迅雷不及掩耳之势前来讨伐。王陵听闻司马懿的大军距已仅有百尺之遥，知大势已去，反绑自己投降。见到王陵，司马懿假装友好，一顿安慰，然后派兵将王陵押往京都。

路过老同事贾逵的庙，王陵情不自已，呼喊道："贾梁道啊，我王陵是魏国的忠臣，只有你和神灵知道呀！"到项城时，王陵心态彻底崩盘，饮鸩自杀。

王陵死后不久，司马懿身染疾病，甚至梦见王陵和贾逵前来作祟，心里厌恶非常，当年的八月就去世了。

2. **夏侯玄** 晋夏侯玄，字太初。以当时才望，为司马景王[1]所忌而杀之。宗族为之设祭，见玄来灵坐，上脱头，置其傍。悉取果食鱼肉之属，以内颈中，毕，还自安其头。既而言曰：『吾得诉于上帝矣。司马子元无嗣也。』寻有永嘉之乱。军还，世宗殂[2]而无子。后有巫见帝，涕泗云：『国家倾覆，正由曹爽、夏侯玄诉怨得伸故也。』爽以势族[3]致诛，玄以时望被戮。

═注释═ ①司马景王：即司马师，字子元，庙号世宗。②殂：死亡。③势族：有权势的家族。

＜解说＞ 曹爽、夏侯玄皆是曹魏势力，先后被司马懿、司马师父子消灭。据说两人死后阴魂不散，申诉怨气，所以司马氏建立的西晋王朝命运充满坎坷——贾后专政，八王混战，晋怀帝、晋愍帝被虏，安生日子屈指可数。夏侯玄甚至在被宗族祭祀时显灵，坐在供桌上，卸下脑袋，把供果食物塞进脖子里。享用完毕，再把脑袋安上，然后宣布：我已经跟上帝告过状了，司马师不会有后代了。历史上司马师果真是膝下无子，唯一的继子司马攸是司马昭的次子，还是司马懿张罗过继给他的。

3. 嵇中散

晋嵇中散常于夜中灯火下弹琴。有一人入室，初来时面甚小，斯须[1]渐大，遂长丈余，颜色甚黑，单衣草带。嵇熟视良久，乃吹火灭曰：『耻与魑魅[2]争光。』

注释 ①斯须：片刻。②魑魅：鬼怪。

<解说> 魏晋名士嵇康精通音律，尤善抚琴。他曾作有《琴赋》，并在序文中说，自己从小就喜欢音乐，长大后成了玩音乐的发烧友。此言不假。就连在刑场之上，人生最后一刻，他还回头看了看日影，从容索琴，弹奏了一首《广陵散》。

就算是死之将至也要过弹琴的瘾，嵇康对音乐的痴迷由此可见一斑。

小说家还写了个他弹琴而遇鬼的故事。这个故事其实早于今本《异苑》，见于东晋裴启的《语林》，情节也是一致的，讲的都是嵇康于灯下弹琴时，一个鬼影进入他的房间，一开始鬼的身形很小，继而变得庞大，面色发黑，穿着单衣，扎着草带。嵇康仔细观察了好久，把灯吹灭，于黑暗中傲娇地说："我可不想和鬼分享灯光，丢人！"

4. **土瓦中人** 晋邹湛，南阳人。初，湛常见一人，自称甄舒仲，余无所言。如此非一。久之乃悟曰：『吾宅西有积上败瓦，其中必有死人。甄舒仲者，予舍西土瓦中人也。』检之，果然。乃厚加殡殓毕。梦此人来谢。

<解说> 《晋书·邹湛传》载“湛少以才学知名”，他凭借聪明才智完成鬼之嘱托的故事也被收入史书中。

最初，邹湛总是能遇见一个人，自称“甄舒仲”，别的什么也不说。久而久之，邹湛终于悟出其中含义。“甄舒仲”三个字拆解开，为“西土瓦舍予人中”，重新组合，就是“予舍西土瓦中人”。原来这个鬼的意思是：我是屋子西边土瓦中的人。

邹湛命人把住宅西侧的破瓦堆扒开，果然有一个死尸。厚葬之后，邹湛梦见此人在梦中道谢。

5. 山阳王辅嗣 晋清河陆机初入洛，次河南之偃师。时久结阴，望道左若有民居，因往投宿。见一年少，神姿端远，置《易》投壶[1]。与机言论，妙得玄微。机心服其能，无以酧抗，乃提纬古今，总验名实，此年少不甚欣解。既晓便去，税骖[2]逆旅，问逆旅妪。妪曰：『此东数十里无村落，止有山阳王家冢尔。』机乃怪怅，还睇昨路，空野霾云，拱木蔽日，方知昨所遇者，信王弼也。

一说陆云独行，逗宿故人家，夜暗迷路，莫知所从。忽望草中有火光，云时饥之，因而诣前。至一家，墙院甚整，便寄宿。见一年少，可二十余，丰姿甚嘉，论叙平生，不异于人，寻共说《老子》，极有辞致。云出，临别语云：『我是山阳王辅嗣[3]。』云出门，回望向处，止是一冢。云始谓俄顷已经三日，乃大怪怅。

注释　①投壶：一种娱乐活动。②税骖：解下骖马。③王辅嗣：即王弼。

<解说> 做了鬼的王弼偶遇陆机、陆云兄弟，相互切磋学问。第一个故事讲王弼之鬼和陆机聊天，在言论的方面使陆机折服，但是对古今知识却提不起兴趣。第二个故事讲王弼之鬼和陆云讨论《老子》，聊得口吐莲花。

这两个故事要说明什么呢？这就涉及魏晋时期的学术史了。

陆机、陆云兄弟自小在孙吴长大，出于将相之门。史载兄弟俩少年时便表现出过人的才华，号称“二陆”。其中哥哥陆机“少有异才，文章冠世，服膺儒术，非礼不动”，弟弟陆云“六岁能属文，性清正，有才理”。

西晋太康末年，兄弟俩收拾好行李，一起到京都洛阳发展。既然决定北上中原，就得设法融入当地的学术圈，因此两地的学术差异是必须要面对的问题。在吴地，儒学是绝对的老大，具体而言，吴地一带传承的仍是汉代的学问，学风相对保守，解读经典时需要钻研训诂文字、名物考证，注重知识积累。而洛阳在曹魏政权后期就已经开始发展出新的学问——玄学。这种学问的特点是，对于儒家经典的解读注重发挥义理，而且是把道家的思想掺进来一起发挥，清通简要，注重思想识见。

王弼正是玄学早期的奠基人物，别看他只活了二十四岁，却对老庄思想、儒家学说手到擒来，注释过《老子》《周易》。有学者推测，在入洛之前，兄弟俩对于玄学专门有过深入研究，王弼作为玄学名家，必然是研究的对象。有了这番前期准备，二陆在中原方能入乡随俗，谈玄说理。大概这令当地学人感到诧异，所以生发出二陆与王弼鬼魂交流学问的小说段子。

6. 朱彦胆勇

晋永嘉中，朱彦居永宁。披荒入舍，便闻管弦之声及小儿啼呼之音。夜见一人，身甚壮大，呼杀其犬。彦素胆勇，不以为惧，即不移居[①]，亦无后患。

＝注释＝ ①移居：迁居。

<解说> 西晋永嘉年间，永宁开荒客朱彦家一直不太消停。先是屋子里总能听见奏乐和小孩哭闹的声音，后来一天夜里，出现一个高大强壮之人吆喝着要杀他的狗。朱彦胆大，完全没放在眼里，也不搬家，结果也没咋的。

7. 鬼唱佳声

晋永嘉中，李谦素善琵琶。元嘉初，往广州。夜集坐倦悉寝，惟谦独挥弹未辍。便闻窗外有唱佳声，每至契会[①]，无不击节[②]。谦怪，语曰：『何不进耶？』对曰：『遗生已久，无宜干突[③]。』始悟是鬼。

＝注释＝ ①契会：指精彩处。②击节：打拍子。③干突：唐突，冲犯。

<解说> 南朝刘宋元嘉初年，琵琶好手李谦前往广州。晚上，大家都累得睡着了，只有李谦冒着扰民被揍的危险在弹琵琶。

这时，窗外传来悦耳的歌声，唱到出彩的地方还会打拍子。李谦以为是一位同好，乐不可支地邀请对方进屋一起嗨。对方却回答说，我已经去世很久了，不便打扰。李谦这才明白自己是遇上鬼了。

8. **麻子轩** 刘聪建元三年，并州祭酒桓回于途遇一老父，问之云：『昔乐工成凭今居何职？我与其人有旧，为致清谈①，得察孝廉。君若相见，令知消息。』回问姓字，曰：『我吴郡麻子轩也。』言毕而失。回见凭，具宣其意。凭叹曰：『昔有此人，计去世近五十年。』中郎荀彦舒②闻之，为造祝文，令凭设酒饭，祀于通衢③之下。

═ 注释 ═ ① 清谈：清议。② 荀彦舒：荀勖之孙，博学有才能。③ 通衢：四通八达的道路。

＜解说＞ 大概在魏晋时期，官府乐工成凭终于摆脱了终日吹拉弹唱的工作，通过察举逆袭，担任了比乐工更加体面的官职。

察举制是产生于汉代的人才选拔制度，由地方长官以孝廉为主要标准向中央推举人才，而推举离不开世家大族的评议（**也称“乡间评议”“清议”**）。魏晋选官虽然力推九品中正制，但察举制仍有保留。九品中正制注重门第出身，所以对于寒门等一般阶层出身的人才来说，察举真的是为数不多的出路了。成凭就是幸运儿之一。

几十年过去了，确切地说是在十六国前赵建元三年，并州祭酒桓回忽然找到成凭，说自己路上遇见一位自称吴郡麻子轩的人，曾通过清议帮助成凭举孝廉。成凭听闻，感慨不已，因为这位恩人已经去世近五十年了。中郎荀彦舒知道这件事后，写了一篇祝文，令成凭在大马路上设下酒饭祭祀麻子轩。

9. **形见慰母** 晋太元中，桓轨为巴东太守，留家江陵。妻乳母姓陈，儿道生，随轨之郡，坠濑①死。道生形见云：『今获②在河伯左右，蒙假二十日，得暂还。』母哀至，辄有一黑乌，以翅掩其口。舌上遂生一瘤，从此便不得复哭。

〓注释〓 ①濑：急流。②获：得到机会。

<解说> “归煞”是古代丧葬习俗中的一种观念，认为亲人去世后，鬼魂会回到家里作祟，对生者不利。对付这种情况，古人自有一套“避煞”的办法。根据《颜氏家训》的记载，消极的办法就是躲出去，不在家待着，万事大吉。主动的办法也有，比如借助符咒镇压。或是出殡当天，在门前燃火，于屋外撒灰，以监测鬼的行踪；举行仪式送走家鬼，还写奏章向上天祈求与死者一刀两断，千万别来祸害生者。

但是在世之人与死者之鬼的关系，在志怪小说中并不都是紧张兮兮，人鬼情未了的情况是存在的。例如上面这一则《形见慰母》体现的母子情：

东晋太元年间，巴东郡守的公子道生随父亲前往巴东，不料途中坠河而亡。道生死后成为河伯的随从，趁着二十来天的假期，来看望母亲。母亲本就沉浸在丧子之痛中，一见爱子的鬼魂，悲伤痛哭起来。巧的是一只黑乌飞过来，用翅膀遮住道生母亲的嘴，她的舌头上长出一个瘤子，从此就再也不哭了。

10. 荀泽见形

晋颍川荀泽，以太元中亡，恒形见。还与妇鲁国孔氏嬿婉[1]绸缪[2]，遂有妊焉。十月而产，产悉是水，别房作酱。泽曰：『汝知丧家不当作酱而故为之。今上官责我数豆，致劬[3]不复堪。』经少时而绝。

=注释= ①嬿婉：欢好，和美。②绸缪：形容缠绵的男女恋情。③劬：过分劳苦。

<解说> 夫妻之情同样超越生死，可有时也经不住考验。颍川的荀泽虽去世，但仍然显形，与妻子孔氏继续恩爱。孔氏怀上身孕，十月怀胎后生产下的却是一摊水。而且当时家里其他房间在做酱。荀泽抱怨说：“你明明知道居丧之家不该做酱却非要做。这下好了，上级罚我数豆子，累得我一塌糊涂。”不多久，荀泽的鬼魂就再也不出现了。

11. 亡妇免夫

晋时会稽严猛妇出采薪，为虎所害。后一年，猛行至蒿中，忽见妇云：『君今日行，必遭不善，我当相免也。』既而俱前。忽逢一虎，跳踉[1]向猛。猛妇举手指㧑[2]，状如遮护。须臾，有一胡人荷戟而过。妇因指之，虎即击胡。婿乃得免。

=注释= ①跳踉：跳跃。②㧑：挥动。

<解说> 会稽人严猛的妻子不幸为虎所害，成为伥鬼。当严猛也要遭遇虎祸时，去世的妻子及时出现，发出预警，还陪着他一起前行。因为卷三“虎标”的故事已经说明了，老虎吃什么，伥鬼说了算。所以当老虎真的蹿出来时，严猛的妻子举起手挥舞，挡住丈夫。恰巧一个胡人路过，她用手一指，老虎就转身去袭击胡人了。严猛这才脱离危险。

12. 庾绍之见形

晋新野庾绍之，字道遐。与南阳宋协中表①之亲，情好②绸缪③。桓玄时，庾为湘东太守，病亡。义熙中，忽见形诣④协。一小儿通云：『庾湘东来。』须臾便至，两脚著械。既至，脱械置地而坐。协问：『何由得顾？』答云：『暂蒙假归，与卿亲好，故相过耳。』协问鬼神之事，绍辄漫略⑤，不甚谐对。具问亲戚，因谈世事。末复求酒，协时时饵茱萸酒，因为设之。酒至，执杯还置，云：『有茱萸气。』协曰：『卿恶之耶？』绍云：『上官皆畏之，非独我也！』绍为人语声高壮，此言论时不异恒日。有顷，协儿邃之来。绍闻屐声，极有惧色。乃谓协曰：『生气见陵，不得复住。与卿三年别耳。』因贯械而起，出户便灭。协后为正员郎，果三年而卒。

注释　①中表：中古时期特指与姑、舅之子女的亲戚关系。②情好：交情，感情。③绸缪：紧密貌。④诣：到。⑤漫略：文辞模糊简略。

<解说> 所谓“世间最难得者兄弟”，鬼对人世间念念不忘的，除了母亲、妻子、丈夫，还有自己的好哥们。所以庾绍之病逝为鬼后，特意来看望兄弟宋协之。但是，庾绍之在阴间似乎过得并不好，双脚戴着刑具，卸下来之后才坐下。看着眼前略显狼狈的庾绍之，宋协之关切地问：“你怎么来了？”庾绍之说：“我正好放假，和你关系又好，所以特意来看看。”宋协之好奇鬼神之事，但是庾绍之不愿多谈，只是一再打听在世亲戚的情况。聊了一会儿，庾绍之要酒喝。宋协之把家里现成的茱萸酒拿出来。可是他忘了一件事，茱萸，乃辟邪之物。《风土记》记载，九月九日，茱萸生长到气味最为浓烈的阶段，将其插在头上，可以“辟恶气，御冬”。

所以庾绍之端起酒杯后，马上放下，说有茱萸的气味。“你怕这个味道？”“何止我怕，我上司们也都怕。”两人越聊越嗨，庾绍之语声高壮，和生前一样。过了一会儿，宋协的儿子回来了。庾绍之听见他的脚步声，害怕至极，说这娃的生气太重，我得走了，要跟你分别三年。庾绍之戴上刑具离开，一出大门就不见了。宋协后来当上了正员郎，果然三年之后去世，和庾绍之团圆。

13. **山阴徐琦** 晋义熙三年，山阴徐琦每出门，见一女子，貌极艳丽。琦便解银铃赠之。女曰：『感君佳贶①。』以青铜镜与琦，便结为伉俪。

＝注释＝ ①贶：赠，赐。

＜解说＞ 古代没有高科技的社交软件，没有可以随时诉说情话的平台，但那都不是事儿！广大单身男女有最原始、最含蓄、最打动人心的表白方法——送礼物呀！

有送花草的。《诗经·溱洧》写道，小伙子和姑娘一起嬉戏，互赠芍药。《楚辞·山鬼》写山鬼乘车赴约，笑脸盈盈，等待情郎，手里拿着“芳馨”准备送给对方。

有以果实、玉器互赠的。《诗经·木瓜》说，投我以木瓜、木桃、木李，报之以琼琚、琼瑶、琼玖。

有送首饰的。汉乐府《有所思》：“有所思，乃在大海南。何用问遗君？双珠玳瑁簪，用玉绍缭之。”情人不在身边，心里却在想送什么礼物表达心意。那就送他一根双珠玳瑁的簪子吧，用玉缠绕的那种。

还有送殊方异物的。《世说新语·韩寿》讲，西晋大臣贾充的属官韩寿颜值出众，令贾充的女儿怦然心动。通过婢女牵桥搭线，两个年轻人暗地里私通。后来事情之所以败露是因为贾女偷偷将御赐的外国香料送给韩寿，韩寿身上的奇香之气引起贾充的怀疑，一再追查下，终于撞破两人的秘密。

再看东晋义熙年间的这对小情侣。徐琦见女子那么俊俏，二话不说解下身上的银铃，赠予美人。女子道谢，将自己梳妆的青铜镜送给徐琦，表达爱慕。郎有情，妾有意，世上就多了一对恩爱的人儿。

14. 葛辉夫妖死

晋义熙中，乌伤葛辉夫在女家。宿至三更，竟有两人把火至阶前，疑是凶人，往打之。欲下杖，悉变为蝴蝶，缤纷飞散。忽有一物冲辉夫腋下，便倒地，少时死。

<解说> 东晋义熙年间，乌伤的葛辉夫住在媳妇家。夜晚，发现台阶前有两个举着火把的人影。三更半夜跑到别人家门口，非贼即盗！葛辉夫抄起棍子就要打上去，却见得那两人变成蝴蝶，扑扑棱棱飞走了。忽然间，一个不明物体冲到葛辉夫的腋下，葛辉夫随即倒地，不久身亡。

这起普通民宅离奇死亡事件的一大看点就是：化蝶。

蝴蝶本身是从蛹羽化而成的，这个变化经过人为脑洞，就成了人化蝶，衣服化蝶，花化蝶，剪纸化蝶，还有肉化蝶的。

据《酉阳杂俎》言，秀才顾非熊少年时，曾目睹粪土里的一件绿色的破烂裙幅化为蝴蝶。工部员外郎张周封甚至还掌握了使百合花化为大蝴蝶的方法。

《桂苑丛谈》记载了唐代咸通初年的一位落第进士张绰，此人颇有道术，又喜饮酒。如果喝得高兴，就会给大家表演剪纸化蝶的魔术：用纸剪二三十只蝴蝶，以气吹之，纸蝴蝶就变成真蝴蝶，成列而飞。

《夷坚志》收录了一则童贯的轶事，说这位恶贯满盈的宦官在倒台的前一年，家里正在烹饪的肉化为上万只蝴蝶，飞舞自如，从后厨一直飞到堂屋，仆人们怎么抓也抓不到。最后有两只穿着妇人衣裳、能开口说话的狗出现，用棍棒把蝴蝶消灭殆尽。

15. **团扇梦别** 义熙中，高平檀茂崇丧亡。其母沛郡刘氏昼眠，梦见崇手执团扇云：『崇年命未尽，横被灾厉①，上永违离。今以此扇奉别②。』母流涕惊觉。果于屏风问得扇，上皆如蜘蛛网络。抚执悲恸。

〓注释〓 ①灾厉：病灾。②奉别：敬辞，告别。

<解说> 物不自贵，以人而贵。扇子本是平常物，而作为礼物赠予他人时，就不那么平常了。

生离死别，以扇相赠。檀茂崇因疾病意外死亡，托梦给母亲刘氏，说自己如何遭遇不测，阴阳两隔总要留个念想，所以送给母亲一把扇子。刘氏流着泪惊醒，果然在屏风后面找到扇子。睹物思人之下，悲伤痛哭。

送友赴任，以扇相赠。《晋书》载，东晋时，袁宏将要出任东阳郡守，谢安等人为之送行。群贤毕至，谢安有意在众人面前考验袁宏，就从随从那儿取过一把扇子递给他，说："聊以赠行。"袁宏立马联想到德政如风之流布，应声答道："辄当奉扬仁风，慰彼黎庶。"

恋人传情，以扇相赠。一首六朝民歌写道："含桃已中食，郎赠合欢扇。深感同心意，兰室期相见。"姑娘本就心有好感，小伙也不失时机地送来爱情的象征物——合欢扇，既然"实锤"了这段感情，那就期待着约会相见吧！

16. **朱衣吏滥取** 义熙中，长山唐邦闻扣门声，出视，见两朱衣吏云：『官欲得汝。』遂将至县东岗殷安冢中。冢中有人语吏云：『本取唐福，何以滥①取唐邦？』敕鞭之，遣将出。唐福少时而死。

＝注释＝ ①滥：肆意妄为。

<解说> 作为冥间基层鬼吏，勾魂鬼负责勾摄寿命已尽之人的魂魄，将其送到阴间。但是他们的工作条件差了点儿，无图无参考，单单按照姓名去寻人，所以稍一疏忽就整岔劈。比如上文所讲，本来要找唐福，却抓来唐邦。两个勾魂鬼因办事不力，挨了一顿鞭子，唐邦被发还人间。

《录异记》里也记载了类似的错误：一个体型高大、浑身蓝色的勾魂鬼抓住僧人惠进不放，惠进无论怎样挣扎也挣脱不掉，苦苦哀求。鬼问惠进："你姓什么？"惠进说："姓王。"哎呀，同名不同姓。惠进不是勾魂鬼要找的人，就被放走了。

《稽神录》里的勾魂鬼则是把名与字弄混了。南唐时，两个勾魂鬼来取仓库管理员陈德遇的魂魄，却找到了陈居让的家。原来德遇是陈居让的字。他们要找的"陈德遇"另有其人。幸亏陈居让的妻子及时提醒，才避免了一桩性命关天的误会。

17. 鬼歌子夜

晋孝武太元中，琅琊王轲之家有鬼歌《子夜》。殷允为章郡，侨人庾僧度家，亦有鬼歌《子夜》。

<解说> 《子夜歌》组诗是中国文学史上鼎鼎有名的吴歌代表作，收录在南宋郭茂倩《乐府诗集》中。所谓吴歌，也叫“吴声歌曲”。《晋书·乐志》记载，这类曲子出自江南，东晋之后逐渐增多。包括《子夜歌》在内，吴歌一开始是清唱，后来有了乐器伴奏；也有的是先有曲子，后填的词。

关于《子夜歌》背后的故事，最早的记载就出自《异苑》，说的是东晋孝武帝时期曾有鬼唱《子夜歌》。其一发生在太元年间位于琅琊的王轲之家；其二是在殷允做豫章太守时，发生在当地侨人庾僧度家。

那么，被鬼纵情歌唱的《子夜歌》是什么内容呢？

简而言之，《子夜歌》说的是一个女子痴情、男子负心的爱情故事。

日落之后，情郎来找姑娘约会。郎哥夸赞姑娘漂亮，姑娘说不敢当，“天不夺人愿”，我终于见到你了。两人卿卿我我，姑娘还依偎在郎哥膝上撒娇说情话：“我哪里不可爱啦。”分别之后，姑娘每天唉声叹气，朝思暮想。好不容易盼来了郎哥，却画风有变：“小喜多唐突，相怜能几时？”“郎为傍人取，负侬非一事。”虽然发觉情郎隐约有二心，但姑娘仍旧心有纠结，夜里以泪洗面。她甚至搬到情郎家的乡里，试图挽回这段感情。但是写信不见回复，亲自登门也不见郎哥出面。最后只能在失落怅惘中结束这段情缘。

18. 许氏鬼祟

晋太元中，吴兴许寂之，忽有鬼于空中语笑，或歌或哭，至夜偏盛。寂之有灵车，鬼共牵走，车为坏。寂之有长刀，乃以摄置瓮中，有大镜，亦摄①以纳器中。

==注释== ①摄：拿。

<解说> 东晋太元年间，许寂之家有鬼作祟，虽然不是害人的那种，但是也不让人省心。比如说，他家的上空回荡着鬼怪说说笑笑、时而唱歌时而哭泣的诡异声音，而且越到晚上闹得越欢。不仅是噪声污染，鬼还在许寂之家捣乱，把他的车牵走，弄坏；把他的长刀藏进瓮中，家里的大镜子也被藏了起来。

19. 床下老公

晋元兴中，东阳太守朱牙之。忽有一老公，从其妾董床下出，著黄裳衿帽。所出之坎①甚滑泽，有泉。遂与董交好。若有吉凶，遂以告。牙之儿疾疟，公曰：『此应得虎卵服之。』持戟向山，果得虎阴，尚余暖气。使儿炙啖，疟即断绝。公常使董梳头，发如野猪毛。牙之后诣祭酒上章②，于是绝迹。乃作沸汤，试浇此坎。掘得数斛大蚁。不日，村人捉大刀野行。逢一大夫，见刀，操黄金一饼，求以易刀。及授刀，奄失其人所在。重察向金，乃是牛粪。计此，乃牙之家鬼。

注释　①坎：坑穴。②上章：道士上表求神。

<解说>　东晋元兴年间，东阳太守朱牙之家的儿子得了疟疾。焦头烂额之时，家里的小妾董说，这种病要吃虎卵才能治愈。朱牙之赶紧派人上山捉虎，得到虎卵，烤熟后令儿子吃下，结果立马见效。眼见儿子恢复健康，老父亲在喜悦之余心生疑惑，小妾是如何知晓这等灵验的方子？不知中间经过怎样的盘问，小妾和盘托出。原来是她背地里的相好出的主意。

就在小妾的床下，忽然有一天钻出一个老头，穿着黄色的衣裳，戴着一顶帽子。他是从床下的洞穴里钻出来的，洞穴里有泉水，湿漉漉的。这个老头能预知吉凶，经常指点小妾。他还总让小妾帮他梳头，头发硬得像野猪毛一样。

作为一家之主的朱牙之感受到了威胁，他先请来道士作法驱赶，使之绝迹。然后对其藏身的洞穴下手，用烧得滚开的沸水往床下的地洞里浇，并挖出几斛大蚂蚁。

这个神秘老头就此销声匿迹了吗？不见得。

此后的某天，村里有村民拎着大刀在野外走，遇见一人拿着黄金要换刀。村民把刀递过去后，眼前这个人就不见了，村民手里接过来的黄金也变成一坨牛粪。大家猜测，这个人应该就是在朱牙之家作祟的鬼。

20. 秦树冥缘

沛郡人秦树者，家在曲阿小辛村。尝自京归，未至二十里许，天暗失道。遥望火光，往投之宿。见一女子秉烛出云：『女弱独居，不得宿客。』树曰：『欲进路，碍夜，不可前去。』乞寄外住。女然之。树既进坐，竟以此女独居一室，虑其夫至，不敢安眠。女曰：『何似过嫌？保无虞①，不相误也。』为树设食，食物悉是陈久。树曰：『卿未出适，我亦未婚。欲结大义，能相顾否？』女笑曰：『自顾鄙薄，岂足伉俪？』遂与寝止。向晨，树去。乃俱起执别，女泣曰：『与君一睹，后面无期。』以指环一双赠之，结置衣带，相送出门。树低头急去数十步，顾其宿处，乃是冢墓。居数日，亡其指环，结带如故。

═注释═ ①无虞：太平无事。

<解说> 沛郡人秦树与女鬼经历了一场后会无期的艳遇。

天色已暗，秦树离家却仍有二十里路，在外过夜是必然的了。遥望远处有灯火的光亮，定是一处人家。秦树前去投宿。

一女子秉烛而出，自言独居在家，不能留客。秦树好说歹说，女子才同意他住在外屋。

秦树坐定后，害怕她丈夫回来，心里惴惴不安。

女子对他好言安慰，还准备了食物，但都不大新鲜。

尴尬气氛稍稍缓解。

秦树提出与女子“欲结大义”。女子客气了一下，就与他共度春宵。

次日清晨，秦树要上路了。女子哭泣相别，说我们再无见面的机会了。然后送给秦树一对指环，还在他的衣带上打了结。秦树低头急急走出去几十步，再回头看女子的住处，竟是一处墓冢。

几日后，秦树的指环丢了，但是衣带上的结仍保持原样。

21. 灵侯

南平国[1]蛮兵在姑孰，便有鬼附之。声呦呦细长，或在檐宇之际，或在庭树上。每占吉凶，辄先索琵琶，随弹而言。事事有验。时郄倚为长史，问当迁官，云：『不久持节[2]也。』寻为南蛮校尉。予为国郎中，亲领此土，荆州俗谚或云是老鼠所作，名曰灵侯。

注释 ①南平国：即姑孰，因刘毅被封为南平郡开国公，镇守姑孰，故名。②持节：指奉命出行。

<解说> 刘敬叔曾于东晋末年任南平国郎中令，他记下了一则南平国以琵琶占卜的鬼故事。

当时，在姑孰驻扎的南平国蛮兵中有鬼跟随。这个鬼能够占卜吉凶，每次占卜时都要弹琵琶，一边弹一边预言，事事灵验。当时的长史郄倚向鬼询问自己的职位变动，也得到了验证。

琵琶占卜之法在唐代仍然存在，张鷟于《朝野佥载》中记载了两则琵琶占卜的故事，不过占卜者不是鬼，而是巫婆，而且场面看起来很搞笑。

张鷟在江南洪州时，听说当地何婆的琵琶卜很厉害，就与郭司法一同前去围观。何婆的生意好得不得了，家门口熙熙攘攘，挤满了来占卜的男男女女，道路上摆满了各种礼物。郭司法奉上金钱，拜了又拜，询问官运事业。何婆调好琵琶弦柱，唱道："要说这位先生的富贵路呀，今年得一品，明年得二品，后年得三品，更后年得四品。"郭司法一听，这哪是富贵路呀，提醒何婆："品少者官高，品多者官小。"何婆马上改口唱曰："今年减一品，明年减二品，后年减三品，更后年减四品，过五六年就减到没品。"气得郭司法破口大骂。

张鷟还围观过长安崇仁坊擅长琵琶卜的阿来婆，同样是不靠谱得很，连祷告词都是瞎掰的。他亲眼见一位器宇轩昂的将军，送给阿来婆一匹细绫求占卜。阿来婆调好弦，烧香合眼唱道："东告东方朔，西告西方朔，南告南方朔，北告北方朔，上告东方朔，下告东方朔。"将军恭敬地顶礼，说："既然告请了这么多，那就请细细占卜，以解决我的疑惑。"阿来婆便随意指点，胡说八道一通。

22. **沸户外应声**

昔有老姥①雨夜纺绩，断失其𬭤②所在。姥独骂③云：『何物鬼担去？』户外即有应声言：『暂借避雨，实不偷𬭤。宜就觅之。』姥惊惧窥外，略无所见，𬭤亦寻获。

═注释═ ①老姥：老妇人。②𬭤：织布的梭子。③独骂：大骂。

＜解说＞ 某个雨夜，吱吱嘎嘎，老妇人仍在纺织，却不见了𬭤。

“哪个鬼给偷走了？”老妇人气不打一处来，忍不住骂。

“我只是来避雨的，没偷你的𬭤，你再找找看。”

老妇人吓坏了，不知搭话的是人是鬼，往外瞅瞅，什么也没有，倒是把𬭤给找到了。

23. 妒鬼

吴兴袁乞妻临终，执乞手云：『我死，君再婚否？』乞言：『不忍也。』既而服竟更娶。乞白日见其死妇语之云：『君先结誓，云何负言？』因以刀割其阳道①。虽不致死，人性永废。

＝注释＝ ①阳道：男性生殖器。

<解说> 袁乞因为没有遵守承诺，在妻子去世后另娶新欢，被妻子的鬼魂割了阳道，落得个终身残疾。这个惊悚的故事看着就让人心里一疼。要知道，在魏晋南北朝时期，女子受到的约束比较小，吃醋吃出天际是常有的事。史家曾在《晋书》中评价这种风尚，说晋代的妇女“不拘妒忌之恶”，不仅父兄不加以责怪，天下之人也没觉得有何不妥。北齐也是如此，女子出嫁前，父母和姑姐要教她忌妒，“以制夫为妇德，以能妒为女工”，不然受了欺负会让人笑话。

南朝刘宋时，皇室的公主们也个个都是醋坛子，甚至有临汝公主嫉妒丈夫王藻和侍女的暧昧关系而向宋废帝进谗言，害得王藻入狱身亡的事情发生。宋明帝因这些皇家妒妇们伤透了脑筋。他命大臣虞通之撰写《妒妇记》，希冀这部专讲妒妇的小说集能发挥劝诫教化的作用。美好的愿望尚未实现，便传来臣子江斅要迎娶临汝公主的消息。宋明帝很不满，为了拆散这桩婚事，特意派人替江斅写了一篇长长的奏表让婚。

奏表以江斅的口吻说，这门亲事虽是一番荣耀，但更是一场灾难。晋代以来，虽然有很多贵族子弟迎娶了帝王或诸侯之女，但是婚后的生活并不如意，公主的专横忌妒使丈夫没了朋友，疏远了兄弟。权势之家又好面子，夫妻之事不便张扬，丈夫只好忍气吞声，无处逃避也无人倾诉。公主的专妒，还往往导致宗族毁灭，断子绝孙。就像王藻那样，因嬉笑之事，丢了性命。像我这样平凡柔弱的人，实在是承受不起。所以希望圣上免除这桩婚事。

宋明帝把这篇奏表遍示诸公主，临汝公主只好上表表示忏悔，请求回到王藻家，养育幼小的儿子。

24. 花上盈盈 临川聂包死数年，忽诣南丰相沈道袭作歌①。其歌笑甚有伦次②，每歌辄作『花上盈盈正闻行，当归不闻死复生』。事异辞怪。

‖注释‖ ①作歌：唱歌。②伦次：条理。

<解说> 北宋时，王稚川在京都流连不归，盼望着能得到一官半职。黄庭坚知道后，有意揶揄这位好友，就以王稚川妻子林夫人的口吻写了两首绝句，催他快快回家。其中第一首的第一句就写道：“花上盈盈人不归。”按照黄庭坚跋文的解释，这一句化用了典故。典源即是《异苑》中“事异辞怪”的聂包鬼歌：聂包已去世数年，忽然有一天，他的鬼魂到沈道袭处唱歌，唱的正是“花上盈盈正闻行，当归不闻死复生”。

25. 亡儿慰母

琅琊王凝之，字叔平。妻左将军夫人谢氏，奕之女也。尝频亡二男，悼惜甚过，哭泣累年，若居至艰。后忽见二儿俱还，皆若锁械①，慰免其母：『宜自宽割②。儿并有罪，若垂哀怜，可为作福③。』于是哀痛稍止而勤功德。

〓注释〓 ①锁械：戴着刑拘之具。②割：割舍。③作福：赐福。

＜解说＞　谢道韫出自陈郡谢氏大家族，嫁给了王羲之的次子王凝之。虽然门当户对，但是谢道韫对自己的夫君并不满意，觉得他比不上自己的叔父和堂兄弟们，回家后跟叔叔谢安抱怨：“想不到天地间还有王郎这种人！”

林语堂分析：“我想凝之定不难看，况且又是门当户对，大概还是王郎太少风趣”，“我个人断定，王郎是太不会说话，太无谈趣了”。的确，谢道韫风韵高迈，能言善辩，堪称“女中名士”，而王凝之除了继承老爸的书法特长外，很难说有什么高光之处。而且，据史书记载，他的死还透着一股迷信的蠢劲儿。想当年爆发孙恩之乱，担任会稽内史的王凝之面对兵临城下的形势，没有主动出谋划策、带兵抵挡，而是寄希望于天师道的法力，入靖室祈祷，然后对各位将领说：“吾已请大道，许鬼兵相助，贼自破矣。”结果可想而知，孙恩大军攻陷会稽，王凝之与诸子丧命黄泉。

得知丈夫、儿子们的死讯，谢道韫拔刀出鞘，命婢女将她抬出家门，与乱兵搏命。谢道韫手刃数人后，被孙恩的士兵捉住。当时她的外孙仅有几岁，乱军意图害死这个小孩儿。谢道韫说，王家的事与其他家族没有关系，如果非要杀人，宁可自己先被杀掉。孙恩为人狠毒，却也为之动容，最终没有动手。

《异苑》中记载的谢道韫则是另外一种形象。当她接连失去两个儿子后，几年里都以泪洗面，痛不欲生。后来，她忽然看见了两个儿子回来，身上戴着刑具。儿子们劝慰母亲不要过于悲伤，并说自己在世时犯下罪过，请求母亲为他们祈福。谢道韫这才稍微摆脱负面情绪，为儿子们勤做功德。

26. 鬼作嗔声

琅琊王骋之妻陈郡谢氏，生一男，小字奴子。经年后，王以妇婢招利为妾。谢元嘉八年病终。王之墓在会稽，假瘗①建康东冈。既窆②反虞，舆灵入屋。凭几忽于空中掷地，便有嗔声曰：『何不作挽歌，今我寂寂③上道耶？』骋之云：『非为永葬④，故不具仪耳。』

〓注释〓 ①假瘗：瘗，葬。即非正式、非永久性的安葬。②窆：下葬。③寂寂：孤单，冷落。④永葬：正式的丧葬。

<解说> 假瘗即假葬，两晋六朝时指暂时性的下葬，待条件允许后改葬祖坟。特别是晋代大批南迁的侨民，仍对北方老家心心念念，所以去世后假葬于侨居之地，希望有朝一日能正式归葬故土祖坟。当然也有祖坟本就在南方的，客死他乡后，作为权宜之计，先行假葬。

王骋之葬妻应该属于第二种情况。他的妻子谢氏病逝，先被葬在建康东冈，准备日后迁往会稽境内的王家祖坟。虽然想法不错，但是做了鬼的谢氏不甚满意，因为在葬礼中，未按礼仪为她作挽歌。谢氏把自己的灵牌扔在地上，没有现身，只是很生气地质问王骋之：“为什么不作挽歌？这黄泉路走得也太寂寞了！”王骋之解释说，因为这不是正式的下葬，所以仪式没有做全乎。

27. 打鼓称冤

沙门有支法存者，本自胡人，生长广州。妙善医术，遂成巨富。有八尺毾㲪①，光彩耀目，作百种形象。又有沉香八尺板床，居常香馥②。太原王琰为广州刺史，大儿邵之屡求二物，法存不与。王因状法存豪纵③，乃杀而籍没④家财焉。法存死后，形见于府内，辄打阁下⑤鼓，似若称冤，如此经日。王寻得病，恒见法存守之。少时，遂亡。邵之比至扬都，亦丧。

=注释= ①毾㲪：有花纹的细毛毯。②香馥：馨香馥郁。③豪纵：骄横跋扈。④籍没：登记所有的财产，加以没收。⑤阁下：官署之中。

<解说> 孙思邈《备急千金要方·风毒脚气》记载，晋代很多南渡至岭南的士人不习水土，患上“脚弱”，即“脚气”。这种疾病在发病初期，症状并不明显，饮食嬉戏，一如平常。可一旦严重起来，则“脚屈弱不能动”。当时很多庸医不识此疾，当成其他疾病治疗，结果导致患者病情加重，最后死亡。多亏岭南本地擅长治疗脚弱的两位名医——支法存、仰道人，“晋朝仕望多获全济，莫不由此二公”。

翻完医书再来看志怪。

广州人，胡人裔，僧人，名医，巨富，冤死，复仇。这是《异苑》提供的有关支法存的基本信息与称奇的人生轨迹。

话说支法存因擅长医术而发家致富，并且拥有了两件宝贝，一件是光彩耀目的毯子，另一件是散发浓郁香气的沉香床板。广州刺史王琰的大公子王邵之早就惦记上了，屡次索求，均遭拒绝。没想到王琰好大的官威，以“豪纵”为名，杀死支法存，抄了他的家。

支法存冤死后，到王府中作祟，打鼓称冤。折腾了几天，王琰病倒了。最可怕的是，他能够看见支法存一直守在自己身边。连病带吓之下，一命呜呼。王邵之离家去扬都，也死在了他乡。

28. **司马家奴**　河内司马惟之奴天雄死后还，其妇来喜闻[1]体有鞭痕而脚著锁。问云：『有何过，至如此？』曰：『曾因醉，窃骂大家[2]，今受此罪。』

＝注释＝ ①闻：看见。②大家：主人。

<解说>　这一条像是专门为警告家奴而作。司马惟的家奴天雄死后，鬼魂回到自己家中。媳妇来喜见天雄身上有被鞭打的痕迹，脚上还有锁链，问是怎么回事。天雄说："有一回喝大了，偷偷骂主人，所以如今这个样子。"

29. 颜延之妾

陈郡颜延之字延年，有爱妾死。延之痛惜甚至。以冬日临哭，忽见妾排①屏风，以压延之。延之惧，坠地。因病卒。

=注释= ①排：推开。

＜解说＞ 南朝刘宋元嘉时期，文坛上熠熠生光的人物有三位，号称“元嘉三大家”，颜延之就是其中之一。史书记载，颜延之“好读书，无所不览，文章之美，冠绝当时”。除了深厚的学问根基与文学才华，他的口才也堪称一流。宋武帝曾征召以儒学著称的周续之来京城讲学，并安排颜延之与其辩论《周礼》的学问。周续之虽然雅仗辞辩，但是颜延之言约理畅，更胜一筹，在座之人，莫不称善。

颜延之又是一个刺头，放荡不羁，意气用事，总是冒犯权要。有一回甚至当着大臣刘湛的面，说自己官位不见升迁，就是因为年少时做过他家小吏。气得刘湛通过关系，把他外放为永嘉太守。性情狂放也就算了，偏偏颜延之又是个不拘小节的酒精爱好者，喝多了之后更加口无遮拦，所以大家叫他“颜彪”。

但在教育子女的问题上，颜延之一点也不“彪”，严厉非常。他的儿子颜竣权倾一朝，颜延之并未以此为荣，倒是经常敲打提醒儿子。看见颜竣建新宅子，颜延之说：“你好自为之，别让后人笑话你。”看见颜竣早上赖床不起，不去接待到访的宾客，就非常生气地说：“骄横傲慢会惹祸上身，何况是出身一般而后身居高位的人，这样放纵下去是走不远的。”

颜竣可不是个“乖乖男”，颜延之的话听没听进去另当别论，杀了老父亲心爱的小妾这种不孝之事倒是做出来了。颜延之备受打击，后来就去世了。

这中间还有一段奇异故事，载于《异苑》，后来也被《南史》采用：爱妾被杀后，颜延之心痛不已，冬日里对着灵位哭泣，却忽然看见妾推倒屏风压过来。颜延之被吓得摔倒在地，由此一病不起，走向人生终点。

30. 鬼食粔籹

永初中，张骥于都丧亡。司马茂之往①哭，见骥凭几②而坐，以箸③刺粔籹④食之。

‖注释‖ ①之往：到，去。②凭几：凭靠几案。③箸：筷子。④粔籹：古代一种食品。

<解说> 地狱空荡荡，美味在人间。

南朝刘宋永初年间，张骥卒。即使做了鬼，他也不忘坐下来，当着人的面，气定神闲地吃粔籹。西汉长沙王丞相利苍夫妇也是粔籹的拥趸，他们的随葬品清单中所罗列的“居女”，其实就是粔籹。不过在更早的先秦时，粔籹就已经在楚地饕餮客的菜单上留有姓名，《楚辞·招魂》所描写的招魂仪式里，粔籹被当作祭品，为的就是把四方流浪的魂魄招回来。

粔籹究竟是什么美食，竟能收割阴阳两界的味蕾？

简单地说，它是一种甜食，南方的。东汉王逸的解释是：“以蜜和米面，熬煎作粔籹。”即以蜜、米面为食材，用油煎干或炒干的一种食物。形状说法不一，有说是环形，有说是圆形。另外，粔籹肯定不太好夹，不然张骥吃的时候怎么会用筷子刺它呢？

31. 厩香辟恶

元嘉二十六年，豫章胡庇之尝为武昌郡。入厩①中，便有鬼怪。中宵②笼月，户牖少开。有人倚立③户外，状似小儿。户④闭，便闻人行如著木屐声，看则无所见。如此甚数。二十八年三月，举家悉得时病⑤，既而渐差。

〓注释〓 ①厩：泛指牲口棚。②中宵：半夜。③倚立：站立。④户：门。⑤时病：流行病。

<解说> 两年来，胡庇之家一直生活在恐惧之中。静谧夜晚的来临，对这一家来说，一点也不美好。因为在半夜时分，如果门窗微启，就能在朦胧月色中看见一个小孩似的人影站在外面。如果门窗紧闭，就会听见穿木屐人的脚步声，起身查看，却什么也没有。后来胡庇之全家又染上流行病，不过渐渐就好起来了。

这个故事还没完，另一部志怪小说《述异记》补充了长长的后续。

胡庇之家不仅遭遇了恐怖之夜，还经常有瓦片石块从空中扔进来。无奈之下只好请道士来斋戒转经，不料瓦片石块扔得更火热了，而且还砸到人身上，甚至还出现鬼叫声。胡庇之家里的老太太气得破口大骂，结果被鬼恐吓。胡庇之又请来道士上表求神驱鬼，也仅仅消停到第二年，家里平时不是起火就是有鬼叫，乱成一锅粥。后来有一个自称受陶御史派遣的鬼告诉胡庇之，来作祟的鬼叫沈公，是胡宅原来的主人，因为思念旧宅所以来看看，扔瓦片石块也只是恶作剧，没别的意思。但是胡庇之一家对他不够友好，还请道士求神告状，沈公很生气。况且他现在还是佛门弟子，不从佛家请福就罢了，居然请个异教徒来搅局。胡庇之接受批评，专意侍奉佛法，但是第二天又被告知，沈公已经上天去告状了，事情不太乐观，如果能一心皈依佛门，习经持戒，就可以辟除一切邪祟。

32. 刘元入魏

刘元字幼祖，少与武帝善，而轻何无忌，遂不相得①。乃去。游吴郡虎邱山，心欲留焉。夜临风长啸，对月鼓琴于剑池上。忽闻环珮音，一女子衣紫罗之衣，垂钿带，谓元曰：『吴王爱女，愿来相访。』元曰：『吴王爱女，岂非韩重妻紫玉耶？』遂与元偕行，谓元曰：『闻君与刘裕相得，裕是王者。然与何无忌不美，此人恐为君患。若北还仕魏朝，官亦不减牧伯②。』言讫，忽不见。乃在一大陵松树下，约去虎邱三里许。元乃北去仕魏，累官青州刺史。

=注释= ①相得：彼此投合。②牧伯：州郡长官。

<解说> 多年以后，入魏做官的青州刺史刘元，肯定会想起在虎邱剑池边遇见紫玉的那个夜晚。彼时的刘元，与未来南朝刘宋的开国皇帝刘裕从小就是好兄弟，但是对与刘裕共事的何无忌并无好感。这种左右为难的友谊该如何延续？刘元心有芥蒂，出游到吴郡虎邱山散心。

虎邱山乃江左丘壑之表，泉石奇诡，尤以剑池为最。据传，虎邱山剑池下为吴王阖闾之墓，有扁诸、鱼肠等三千把宝剑陪葬，故称“剑池”。刘元在剑池畔临风长啸，对月鼓琴。忽见一位女子，自称是吴王爱女。刘元猜测，眼前的这位莫不是韩重之妻紫玉？

紫玉与韩重的事迹出于东晋志怪《搜神记》，讲的是吴王夫差的小女儿紫玉与韩重相好，许诺做他的妻子，但遭到夫差的反对。紫玉气结而死。韩重游学归来，得知紫玉已经下葬，满心悲伤，前往紫玉的坟墓凭吊。紫玉的鬼魂现身，与韩重见面，把他带到坟墓里完成夫妻的仪式，临别时赠予他一颗明珠。

虽然知道这位吴王爱女非在世之人，但刘元并没有恐惧。相反，两人一边散步一边畅聊起来。女子劝刘元说：“听说你与刘裕是好朋友，但与何无忌合不来。刘裕是称王之人，而何无忌恐怕是你将来的祸患。如果你能北上魏朝做官，未来的前景也会一片大好。”说完，这个女子就不见了。刘元这才发现，这一路已经走出三里多。受到紫玉的启示，刘元北上魏国做官，仕途得意，一直做到了青州刺史的位置。

33. 麝香辟恶

元嘉二十年，王怀之丁母忧。葬毕，忽见树上有妪，头戴大发，身披白罗裙，足不践柯①，亭然虚立。还家叙述，其女遂得暴疾，面乃变作向树杪②鬼状。乃与麝香服之，寻复如常。世云麝香辟恶，此其验③也。

注释 ①柯：草木的枝茎。②树杪：树梢。③验：缺。

<解说> 麝香是原产于中国的药材，其“辟恶”之功效最早记载于《神农本草经》：“主辟恶气，杀鬼精物”，“久服除邪，不梦寤魇寐”。南朝陶弘景补充说，睡觉时把麝香枕在头下，能够“辟恶梦及尸疰鬼气”。对此，王怀之一定举双手赞成，因为就是有着辟恶药效的麝香救了他女儿一命。当年，王怀之母亲去世，下葬之后，树上忽然出现一个身着白色罗裙、凭空而立的长发老太太。王怀之回家之后说了这件怪事。随即，他的女儿病来如山倒，而且脸部变成了那个老太太的样子，幸好及时服用麝香，驱除邪气，恢复如初。

34. 一足鬼

元嘉中，魏郡张承吉息①元庆年十二，见一鬼，长三尺，一足而鸟爪，背有鳞甲，来招。元庆恍惚如狂，游走非所。父母挞之，俄闻空中云：『是我所教，幸勿与罚。』张有二卷羊中敬书，忽失所在。鬼于梁上掷还一卷，少裂坏，乃为补治。王家嫁女，就张借□，鬼求纸笔代答。张素工巧，尝造一弹弓。鬼借之，明日送还，而皆折坏。

＝注释＝ ①息：子女。

<解说> 明代李时珍的《本草纲目·兽部》从《永嘉记》《玄中记》《抱朴子》《白泽图》《海录碎事》等文献中搜罗了很多“独脚鬼”，个个都是侵犯人类的祸害。李时珍还说，即使在他生活的那个时代，独脚鬼也是处处有之。它们能隐形进入家中淫乱，使人生病，放火盗窃，作恶多端。法术降服不了，药物也无济于事。

南朝刘宋元嘉年间，张承吉家也来了一个独脚鬼，一足而鸟爪，背有鳞甲，不仅作恶，而且还很皮。比如说，这个鬼能让张承吉的儿子像发了狂一样乱跑，害得小朋友被张承吉两口子胖揍。揍了一会儿，鬼通过隔空传音，承认是自己作怪让他们的儿子举止异常。这个鬼还偷了张家的两卷书，随后又从房梁上扔回来一卷，而且还有修补过的痕迹。甚至有一次，邻居王家来借东西，鬼擅自做主，索求纸笔，代替张家回复。张承志做了一把弹弓也被鬼借走，但是又不好好珍惜，第二天就被玩坏送了回来。

35. 鬼作五木

元嘉中，颍川宋寂。昼忽有一足鬼，长三尺，遂为寂驱使。欲与邻人樗蒱而无五木，鬼乃取刀斫庭中杨枝，于户间作之，即烧灼，黑白虽分明，但朴[1]耳。

注释 ①朴：不加修饰。

＜解说＞ 相比之下，宋寂家的一足鬼就十分点儿背了。自打它来到宋家，就成为被宋寂吆五喝六的服务员。不过这个鬼也真是勤勤恳恳，忠于职守。你看，宋寂和好邻居要玩樗蒱，但是缺少博具五木。一足鬼二话不说，到庭院中砍了杨树枝子，嘁里喀喳一顿操作，并烧出黑白分明的颜色。这个鬼一定对人间的娱乐生活颇有研究，是个行家，所以制作五木手到擒来。

樗蒱在本书可不是第一次出现了，卷五中神仙玩樗蒱的桥段就历历在目。现实中，这种赌博游戏在汉代已有记载，例如《西京杂记》提到，京兆有个叫“古生”的人学习过“樗蒱之术”。东汉马融还专门为樗蒱写了一篇赋。他介绍道，玩樗蒱要用到枰、筹、杯、矢、马、五木等博具。樗蒱的游戏在枰上进行，这是一种产自西部、带有花纹的毛织品。筹是计数工具。杯是树干制成的盛具。子有矢、马两种，矢由蓝田玉石制成，马由犀牛角、象牙打磨而成。所谓“马为翼距”，马用来抵御对手；“矢法卒数”，矢大概是用来标记步数，类似于棋盘的格子。游戏时，“排五木，散九齿，勒良马，取道里”。五木相当于五个骰子，每个都是黑白两色，用来掷采，以决定马的走法。采有卢、雉等种类，五木尽黑为卢，是为最高等级；五木尽白为雉，仅次于卢。

魏晋南北朝时，樗蒱更是大热，而且有时将游戏规则化繁为简，仅凭掷五木一决胜负。《晋书》就记载有刘裕与刘毅对决五木的名场面。当时刘毅掷出雉的好成绩，已经提前庆祝，还跟周围人矫情说：“不是我不能掷卢，不稀罕干这事罢了。”刘裕不服气，他把五木攥在手里好久，表示要应对挑战。五木一出手，四子俱黑，还剩一个转啊转啊就是停不下来。刘裕高声一喝，呔！五黑，卢也！刘裕胜。刘毅见局势反转，心里老大不高兴，脸色铁青，但又不好发作，只是温和地说：“亦知公不能以此见借。”

36. 七日假

元嘉十二年，长山郭悖病亡。后孙儿见悖著帻[1]布裙，在灵床[2]上呼孙与语，云：『今得七日假，假满将去。二小鬼捉幞在门，可就取也。』孙求幞，即得。又云：『汝叔从都还，得锽[3]犁鐴[4]。可试取看。』便以呈之，仍以两铁钳加，苍苍作声。语孙曰：『我无复归缘。从此而绝。』

＝注释＝①帻：头巾。②灵床：为死者虚设的坐卧之具。③锽：古代的一种兵器，形似剑，有三刃。④犁鐴：犁耳。

＜解说＞ 鬼的七天小长假是如何度过的呢?

郭悖选择了探亲。

恰巧孙儿在家中，听着郭悖鬼魂的吩咐。

“门口有两个小鬼拿着我的头巾，你去给我拿回来。”

孙儿照做。

“你叔叔从都城带回来的锽犁鐴我要看看。”

孙儿照做。

最后郭悖告知孙儿：“我以后再也没机会回来啦，这次就是永别。”

37. 黄父鬼

黄州治下[1]有黄父鬼，出则为祟。所著衣袷[2]皆黄，至人家，张口而笑，必得疫疠。长短无定，随篱高下。自不出已十余年。土俗[3]畏怖，惶恐不绝。

＝注释＝①治下：州府所在地。②袷：交叠于胸前的衣领。③土俗：当地人。

＜解说＞《神仙传》有记载称，早在东汉时，豫章郡“常患黄父鬼，为百姓害”。直到素有道术、能役鬼神的栾巴担任豫章太守，黄父鬼才收敛起来，不知所在。黄州的黄父鬼也是个超级祸害，黄州人民无不谈之色变。不仅仅因为它身形变化无常，最要人命的是谁看见它张嘴笑，谁就会染上瘟疫。哪怕这个疫鬼已销声匿迹十几年，在当地人心中仍旧余威不减。

38. **山灵**　庐陵人郭庆之，有家生婢，名采薇，年少，有美色。宋孝建年中，忽有一人，自称山灵，如人裸身，形长丈余，胸臂皆有黄色，肤貌端洁①，言音周正②，呼为『黄父鬼』，来通③此婢。婢云：『意事如人。』鬼遂数来。常隐其身，时或露形。形变无常，乍大乍小，或似烟气，或为石，或为小鬼，或为妇人，或如鸟兽。足迹或如人，长二尺许；或似鹅，迹掌大如盘。开户闭牖，其入如神。与婢戏笑，如人也。

注释　①端洁：端庄干净。②周正：端正。③通：往来。

<解说>　庐陵的黄父鬼是个恋爱高手，经常和名叫采薇的漂亮婢女约会。而且采薇也没把黄父鬼当作妖魔鬼怪，反倒觉得它待人接物、说话唠嗑和人没什么两样。

真的吗？才怪。

多半是情人眼里出西施了。

因为采薇喜欢的这个黄父鬼，虽然长得干干净净，口音也很标准，但是经常一丝不挂地出现在小姑娘面前。它身高一丈有余，手臂和脑袋有一些黄色，擅长多种变化，身体忽大忽小，能够变成烟气，变成石头，变成小鬼，变成妇人，变成鸟兽。足迹有时候像人，有时候像鹅。不经意间就开关门窗，如入无人之境。

39. 鬼避徐叔宝

元嘉十四年，徐道饶忽见一鬼，自言是其先人。于时冬日，天气清朗。先积稻屋下，云：『汝明日可曝[1]谷。天方大雨，未有晴时。』饶从其教，鬼亦助辇[2]。后果霖雨[3]。时有见者，形如猕猴。饶就道士请符，悬著窗中。见便大笑云：『欲以此断我，我自能从狗窦中入。』虽则此语，而不复进。经数日，叹云：『徐叔宝来，吾不宜见之。』后日果至，于是遂绝。

＝注释＝ ①曝：晒。②辇：拉的车。③霖雨：连绵大雨。

<解说> 徐道饶忽然遇见一个鬼，自称是他祖先，还预言说近期将有连续性大雨，让他明天趁着好天气晒稻谷。所谓听人劝，吃饱饭，徐道饶第二天就忙活起来。这个鬼还充分发挥雷锋精神，帮着徐道饶拉车。

后来果然下起连绵大雨。但是渐渐地，徐道饶感觉不对头了——这个鬼有时候现形成一只猕猴。祖先怎么会是猕猴？徐道饶没机会认识达尔文，所以对此非常不解，便请来道士驱邪镇妖。

道士亮出看家本事，画符挂在窗户上。鬼可不在乎，说自己还可以从狗洞进来呀。话虽这么说，但是这个鬼再也没成功进来过。几日后，鬼又预见了未来的危机，叹气说徐叔宝要来，听口气这徐叔宝是鬼的克星。后天，传说中的徐叔宝果然来了，鬼从此消失得无影无踪。

40. 梁清家诸异　安定梁清，字道修，居扬州[1]右尚方[2]间桓徐州[3]故宅。元嘉十四年二月，数有异光，仍闻擘[4]萝[5]声。令婢子松罗往看，见一人，问，云姓华名芙蓉，为六甲[6]至尊所使，从太微紫宫[7]下，来过旧居。乃留不去。或鸟头人身，举面是毛，掷洒粪秽。清引弓射之，应弦而灭，并有绛[8]汁染箭。

又睹一物，形如猴，悬在树标。令人刺，中其髀[9]，堕地淹没。经日，反从屋上跛行，就婢乞食，团饭授之，顿造二升。经日，众鬼群至，丑恶不可称论。松罗床帐。尘石飞扬，累晨不息。

婢采菊，路逢一鬼，著衣帻，乘马，卫从数十。谓采菊曰：『我是天上仙人，勿名作鬼。』问：『何以恒掷秽污？』答曰：『粪污者，钱财之象也。投掷者，速迁之征也。』顷之，清果为扬武将军、北鲁郡太守。

清厌毒既久，乃呼外国道人波罗氎诵咒文。见诸鬼怖惧，逾垣穴壁而走，皆作鸟声，于此都绝。

在郡，少时夜中，松罗复见威仪器械、人众数十，一人戴帻，送书粗纸，有七十许字，笔迹婉媚，远拟羲、献。又歌云：『坐依孔雀楼，遥闻凤凰鼓。下我邹山头，仿佛见梁鲁。』鬼有叔操丧，哭泣答吊，不异世人。鬼传教曾[10]乞[11]松罗一函书，题云：『故孔修之死罪』，白笺，以吊其叔丧，叙致哀情，甚有铨次[12]。复云：『近往西方，见一沙门，自名大摩刹，问君消息，寄五丸香，以相与之。』清先奉使燉煌[13]，忆见此僧。

清有婢产，于此遂绝。

═注释═ ①扬州：指建康。②右尚方：属少府监，掌管刀剑器物制造。③桓徐州：东晋桓冲，曾任徐州刺史。④擘：掰开，裂开。⑤萝：爬蔓的植物。⑥六甲：道教神名。⑦太微紫宫：太微、紫宫，星宿名，天帝宫室。⑧绛：赤色。⑨髀：大腿。⑩曾：竟，乃。⑪乞：与。⑫铨次：次序。⑬燉煌：敦煌，时属北魏。

<解说> 梁清家有一段时间也不是很太平。最开始，宅子中总是出现奇异的光亮，还能听见咔嚓咔嚓把藤萝之类的植物掰裂的声音。梁清让婢女松罗前去查看，原来是一个怪物，说自己名叫华芙蓉，受六甲至尊派遣，刚从太微紫宫下来，顺道看看以前的居所。这个怪物鸟头人身、满脸是毛，还乱扔粪便秽物。长得磕碜就算了，还这么缺乏环保意识，不懂得垃圾分类，梁清绝不能忍受，随即搭弓射箭，怪物消失，射出的箭头上留下红色不明液体。

树上还有一个猴一样的怪物，被梁清的手下刺中大腿后，掉在地上也不见了。过了几日，这个怪物再次出现，在房屋上一瘸一拐地行走，跟婢女要东西吃。婢女好心拿来饭团给它，这怪物却也不客气，一顿就造了两升米。几天后，梁清家又来了一群鬼捣乱，好几个早晨都不得安生。

梁清家的婢女采菊也遇见一个鬼，倒是衣冠楚楚，还骑着马，身边有几十个跟班。它纠正采菊说，别叫我鬼，我是天上的神仙。采菊问它为什么总是扔埋汰东西，这个自称神仙的鬼说，粪便这类污秽物是钱财的象征，投掷粪便寓意着马上要升官。不久，梁清就升为扬武将军、北鲁郡太守。

然而，升职加薪的喜悦还是抵不过家里成天闹鬼的糟心日子，梁清请外国道人波罗氎来家中念诵咒文。在法术的加持下，终于把诸鬼赶走了。

在北鲁郡，婢女松罗又看见数十个鬼，组成一个颇有威仪的队伍。其中一个戴着头巾的鬼送来一张粗糙的纸，上面写有七十余个笔体柔美，远胜王羲之、王献之父子的字。这个鬼还唱了一首歌："坐在我的孔雀楼上啊，听见远处的凤凰鼓。从我的邹山山头下来呀，仿佛看见鲁郡大地。"当时梁清的叔叔去世，鬼像人一样哭泣吊唁，并跟松罗要了一函书，在上面题字。鬼还传达了西方大摩刹和尚对梁清的问候以及赠送的礼物五丸香。原来梁清曾出使敦煌，见过这个僧人。

后来，梁清家有婢女生孩子，家中便再也没闹过鬼。

41. **青桐树** 句章人一无人字。吴平州门前，忽生一株青桐树，上有谣歌之声。平恶而斫杀。平随军北征，首尾三载，死桐欻①自还立于故根之上。又闻树巅空中歌曰：『死桐今更青，吴平寻②当归。适③闻杀此树，已复有光辉。』平寻复归如见。

‖注释‖ ①欻：忽然。②寻：不久。③适：刚才。

＜解说＞ 在吴平家门口作祟的是一株唱歌的青桐树。但是吴平不喜欢每天生活在背景音乐里，遂将其砍死。后来吴平随军出征，一走三年。青桐树突然间复活，生长在原来的树根之上，又开始唱歌，而且是关于吴平的歌：“死桐树更加青翠，吴平啊马上要把家回。刚才听说这树被砍死了，现在已然又充满光辉。”果然，吴平不久就回来了。

卷柒

1. 武帝冢中物

汉武帝冢里先有玉箱、瑶杖①各一，是西胡康渠王所献。帝平素常玩之，故入梓宫②中。其后四年，有人于扶风郿市买得此二物。帝左右识而认之。说卖者形状，乃帝也。

注释 ①瑶杖：玉饰的杖。②梓宫：皇帝、皇后的棺材。

〈解说〉 汉代帝王陵墓中，数汉武帝的茂陵最为宏伟庞大。潘岳《关中记》描述："汉诸陵皆高十二丈，方百二十步。唯茂陵高十四丈，方百四十步。"茂陵的随葬品也是极为丰富的。因为它修建的时间实在太长，从汉武帝即位第二年开始，一直修到汉武帝驾崩，历时整整五十三年。而且汉武帝的时代是西汉最为风光强盛的几十年，作为能挣也能花的典型，汉武帝在追求奢华的道路上一路狂奔，把自己的陵墓塞得满满当当，随葬的既有金钱财宝，也有鸟兽钱鳖牛马虎豹等生禽，以至于最后下葬时都装不下了。

集金库、超市、动物园于一体的茂陵，在历史上几次三番招致盗掘。例如西汉末年，赤眉军攻入长安，发掘诸汉陵，大肆掠夺宝货。但是据西晋大臣索綝讲述，实际上赤眉军在茂陵攫取的宝贝还不到其中所藏的一半，至今（**指西晋末**）那里还堆积着破烂的丝帛，以及没有被拿走的珠宝玉器。

而江湖传言，汉武帝下葬后不久，便有随葬品流入民间。《异苑》讲的武帝冢中的玉箱与瑶杖成为扶风郿市的商品，就发生在其驾崩四年后，并且说汉武帝亲自化身为倒爷兜售宝贝。《汉武帝内传》则记载，汉宣帝元康二年，也就是汉武帝死后二十来年，河东功曹李友入山中采药，偶获放在金箱里的《杂经》，上面题写着汉武帝时期的年月日。经书与金箱被河东太守张纯送到朝廷，汉宣帝令武帝曾经的侍臣辨认。典书中郎冉登见到实物，哭得稀里哗啦，说这是汉武帝的随葬品，本来是置于棺中的，怎么会出现在这里？宣帝大惊，赶紧将经书供在武帝的宗庙里。

2. 礜石冢

魏武北征蹋顿[1]，升岭眺瞩[2]。见一山冈，不生草木。王粲曰：『必是古冢。此人在世服生礜石[3]死，而石气蒸出外，故卉木焦灭。』即令凿看，果得大墓，有礜石满茔。仲宣博识强记，皆此类也。一说粲在荆州，从刘表登障山而见此异。魏武之平乌桓[4]，粲犹在江南，此言为谲[5]。

注释 ①蹋顿：东汉时辽西乌桓首领。②眺瞩：登高远望。③生礜石：未经炼制的礜石，性热，有毒，苍、白二种可入药。④乌桓：东胡族一支。汉初为匈奴所灭，退居乌桓山，因而得名。⑤谲：欺诈。

〈解说〉 山冈为何不生草木？王粲说下面一定有古冢，古冢的主人死于服食礜石，残余的礜石散发石气，因其性热，使植被焦枯死亡，山冈就成了秃冈。礜石毒性之大，由此可见一斑。

其实老早以前，人们就认识到这一点，并且还发现礜石具有耗子药的潜质，毒鼠效果杠杠好。《山海经》记载了皋涂山上的一种白石，名叫礜，可以毒鼠。郭璞对此补充说，虽然耗子吃了它会死，但蚕吃了却是肥肥壮壮，长势喜人。于是我们发现，这种矿石居然闪耀着辩证法的光芒。所以礜石入药，治疗疾病也不算什么稀奇的事。《神农本草经》曰："礜石味辛、大热，主寒热、鼠瘘、蚀疮、死肌风痹、腹中坚、邪气，除热。"但是礜石毕竟具有毒性，作为药物不能久服，因此被《神农本草经》列入下品。

3. **苍梧王墓** 苍梧王士燮，汉末死于交趾，遂葬南境。而墓常蒙雾，灵异不恒。屡经离乱，不复发掘。晋兴宁中，太原温放之为刺史，躬乘骑往开之。还，即坠马而卒。

<解说> 苍梧王在历史上有两位，一位是西汉时的南越国苍梧王赵光，南越灭亡后归附汉朝，被封为随桃侯；一位是南朝刘宋皇帝刘昱，为人凶残暴戾，被杀后追封为苍梧王。

士燮其人跟"苍梧王"的封号其实没什么瓜葛，倒是他的出生地广信和"苍梧王"擦点边儿。因为广信的前身是"苍梧王城"，那里正是苍梧王赵光建立的土城。

士燮于东汉末担任交趾太守，三国时期归属东吴。虽然只是交州之下一个郡级地方长官，但士燮及其家族在交州一带颇有威望，他的三个兄弟也在其推荐下担任交州另外三个郡的太守，史称"雄长一州，偏在万里，威专无上"。

到了东晋兴宁年间，呼风唤雨的士家早已成为过去。交州上任了一位新刺史，他就是东晋名将温峤之子温放之。《晋书》记载，温放之是因为贫穷而申请担任交州刺史的，不过史书中并无温放之大肆搜刮、坑害民众的记载，对其业绩也给予了好评，说他在当地很有威信，并击败了侵犯边境的林邑国军队。然而污点还是出现了，尽管不知真假，但《异苑》确实写下了这段故事：温放之亲自骑行到士燮墓地掘坟，回来的路上便坠马而亡。

4. 茗饮获报

剡县①陈务妻，少与二子寡居②，好饮茶茗。宅中先有古冢，每日作茗饮，先辄祀之。二子患之，曰：『古冢何知？徒以劳祀！』欲掘去之。母苦禁而止。及夜，母梦一人曰：『吾止此冢二百余年，谬蒙惠泽。卿二子恒欲见毁，赖相保护。又飨③吾佳茗。虽泉坏朽骨，岂忘翳桑之报？』遂觉。明日晨兴，乃于庭内获钱十万，似久埋者而贯④皆新。提还告其儿。儿并有惭色。从是祷酹⑤愈至。

=注释= ①剡县：即今浙江嵊县、新昌县。②寡居：丧夫独居。③飨：祭祀。④贯：穿钱的绳索。⑤酹：把酒洒在地上表示祭奠。

〈解说〉 饮茶往往讲究仪式感，剡县陈务妻正是如此。茶水下肚前，必做的一步就是用好茶祭祀。祭祀的对象非亲非故，乃是宅子中的一处古冢。儿子们觉得她多此一举，还打算把古冢给刨了。亏得老母亲苦苦相劝，才没有刨成。古冢的鬼受此恩惠，托梦给陈务妻表示感谢，还以金钱十万相报答。

茶这种“南之嘉木”最初只产于巴蜀，西周时作为特产向天子纳贡。魏晋南北朝时期，茶叶的产地伴随饮茶之风扩展到整个南方地区，所以居住于长江中下游的陈务妻才有机会享用这种饮料。

陈务妻喜欢喝茶，每日作茗饮，乐此不疲。如果不想自己动手，市井之中亦有卖茶的商贩。西晋傅咸在《司隶校尉教》中说，洛阳的南市就有“有蜀妪作茶粥卖”。《茶经》引用《广陵耆老传》记载，说东晋初有一位老妪，每天早上提着一器皿的茶出现在市场，引来顾客争相购买，场面火爆。茶不仅是平民生活中的寻常之物，上层社会好这口的也大有人在。比如东晋司徒长史王濛嗜茶，家里来了客人也不忘热情安利，非得请对方喝茶才行。所以士大夫们每次去王濛家都脑壳疼，发出“今日有水厄”的吐槽。除了真心喜欢，茶叶还被视为节俭的标志。东晋陆纳是有名的廉官，当时大咖级别的谢安来拜访他，陆纳不愿铺张，“所设唯茶果而已”。侄子陆俶觉得不妥，暗中准备了珍馐百味招待客人。谢安走后，陆纳大发雷霆，认为侄子玷污了他清白的名声。还有后来的南朝齐武帝，临终前发布诏令，要求薄葬，还特意交代：“我灵上慎勿以牲为祭，唯设饼、茶饮、干饭、酒脯而已。”

有茶喝的日子，就是这么朴实无华，且令人满足。

5. 金镜助赠

晋隆安中，颜从尝起新屋，夜梦人语云：『君何坏吾冢？』明日，床前亟掘之，遂见一棺。从便为设祭①，云：『今当移好处，别作小冢。』明朝，一人诣门求通②，姓朱名护，列坐乃言：『我居四十年。昨蒙厚贶③，相感何如？今是吉日，便可出棺矣。仆④巾箱中有金镜，愿以相助。』遂于棺头巾箱⑤中取金镜三枚赠从。忽然不见。

〓注释〓 ①设祭：陈设祭品。②求通：拜见主人时，请管门人通报姓名。③贶：赠。④仆：我，谦称。⑤巾箱：古时放置头巾的小箱子，后亦用以存放书卷、文件等物品。

〈解说〉 颜从遇到的奇事和陈务妻有些类似，都是得到鬼的回报，但是过程有那么一点点波折。

颜从建起新屋后，还没来得及高兴，就在梦中被鬼叱责。因为新屋毁坏了鬼的坟墓。醒来后，果然在床前挖出一具棺材。见此情景，颜从态度良好，麻溜陈设祭品，跟鬼保证说今天就找个好地方迁葬。第二天，这个自称朱护的鬼登门道谢，从巾箱中取出三枚金镜送给颜从，然后就忽然消失了。

6. 古坟鼓角

晋司空郄方回葬妇于骊山，使会稽郡吏史泽治①墓，多平夷古坟。后坏一冢，构制②甚伟，器物殊盛。冢发，闻鼓角声。

注释　①治：处理。②构制：建筑的规模。

〈解说〉　破坏他人坟墓的故事在《异苑》中还真不少。前面的曹操、温放之、颜从，有一个算一个，还有破坏未遂如陈务妻儿子的。他们有的是出于好奇心，有的也许是为了来钱儿改善生活，有的是嫌碍事儿，有的是为了印证梦境。这一则挖人坟墓的原因可就厉害了——为了建新坟。可能这些古坟当时还纳闷呢，咱家招谁惹谁了？所以当史泽打开一个规模甚为庞大、陪葬品特别丰盛的豪华坟墓时，现场传来鼓角之声，看来是逝者在抗议，表达不满。

《搜神记》也记载了一个类似的故事。京口的王伯阳为了埋葬妻子，平掉了鲁肃的坟。几天后，鲁肃现身，找上门来，指使手下把王伯阳打了几百下。随后王伯阳因伤口感染，把命给搭上了。

考察历史，古代确实有为建新坟而破坏古冢的现象。特别是魏晋时期，发生过盗用汉代墓葬材料，甚至霸占墓室的现象。例如 1972 年发现的山东邹城刘宝墓，这座西晋墓葬中就使用了东汉的画像石。1984 年发现的东苍山东高尧粮管所石室墓，被认为是西晋人占用了东汉的墓室。

7. 诸葛闾墓

颍川诸葛闾字道明，墓在扬州庄蒋山之西。每至阴雨，冢中辄有弦歌之声。

〈解说〉　诸葛闾的坟墓算幸运的，没被平也没被占。只是一到阴雨天气，就从墓中传出弦歌之声。

8. 鸡山雉涧

朱文绣与罗子钟为友，俱仕于梁。绣既死，子钟哭之，其夜亦亡。梁南七里有鸡山，绣葬于其中。北九里有雉涧，埋钟于其内。绣神灵①变为鸡，钟魂魄化为雉，清鸣哀响，往来不绝。故诗曰：『鸡山别飞响，雉涧和清音。』

＝注释＝ ①神灵：魂魄。

〈解说〉 朱文绣与罗子钟是一对好朋友，而且同在梁这个地方做官。朱文绣不幸去世，罗子钟为之哭泣，当晚殉情。二人被分葬异处，一个在梁之南的鸡山，一个在梁之北的雉涧。不过这点儿距离完全不是障碍，朱文绣的魂魄化为鸡，罗子钟的魂魄化为雉，他们在自由的天空往来不绝，重新团聚。

朱文绣与罗子钟之间跨越生死的情谊，一般被解读为同性之恋。这也不是夸张，因为男风正是魏晋南北朝时的社会风尚。《宋书·五行志》记载：“自咸宁、太康之后，男宠大兴，甚于女色，士大夫莫不尚之，天下皆相仿效。”试举两例：

北齐彭城王元韶有一副好容颜，性格温和，为人谦逊，生活讲究情调，工作有口皆碑。但是文宣帝觉得他柔弱得像个妇人，就剃掉他的胡子，饰以粉黛，让他穿着女人的衣服跟着自己，宣称：“我以彭城王作侍妾。”

梁长沙王萧韶少年时是庾信的男宠，吃穿都由庾信资助。庾信待客，萧韶也会帮忙递酒招待。萧韶长大后做了郢州刺史，庾信路过，便去看望昔日的情人。却不想萧韶待之甚薄，在酒宴上态度傲慢。庾信趁着酒劲，当着满座宾客的面，直接登上萧韶的床位，把一桌饭菜踩得稀巴烂，直视他说：“你今天这个样子和近日大不相同。”令萧韶难堪至极。

9. 戴墓王气

武昌戴熙，家道贫陋，墓在樊山间。占者云有王气。宣武①仗钺西下，停武昌。令凿之。得一物，大如水牛，青色，无头脚，时亦动摇。斫刺不陷，乃纵著江中。得水便有声，如雷向发长川。熙后嗣沦胥②殆尽。

注释 ①宣武：指桓温。②沦胥：互相牵连而受苦难。

〈解说〉 东晋王朝运转了还不到一个甲子的时候，差点被桓温截和。

这位拥有帝王梦的悍将权臣，一直在为实现自己的目标而孜孜不倦地努力：三次北伐，树立威望；专擅朝政，废立皇帝。对于终极权力的渴望，桓温毫不避讳，甚至因此有点儿焦虑。他曾躺着对属下抱怨：“像这样无所作为，要被汉文帝和汉景帝笑话啦。”这个比司马昭还司马昭的话头，在场众人没一个敢搭茬，场面一度十分尴尬。桓温干脆按着枕头起来，扬言：“既然不能流芳后世，难道还不能遗臭万年吗！”

然而，野心有多大，恐惧就有多深。桓温的神经被拉扯得纤细如发丝，哪怕是来自民间的威胁，都能使他虎躯一震。

武昌的戴熙家道贫穷，好在去世后被葬于一处风水宝地，占卜者说，这里有王气。所谓“王气”，就是天子之气，意味着墓主后代会大富大贵，当上皇帝。托名三国管辂的风水教科书《管氏地理指蒙》说：“天子之气，内赤外黄。或恒或杀，发于四方。葱葱而起，郁郁而冲。如城门之廓雾下，如华盖之起云中；如青衣而无手，象龙马之有容。名为旺气，此地兴王。”

“兴王”还了得？桓温气势汹汹来到武昌，下令刨坟，并在戴熙的坟墓中得到一个奇怪的活物：大如水牛，青色，无头无脚，时不时还动弹动弹。砍它，刀枪不入；扔进江里，活物发出雷鸣般的叫声，响彻长川。

似乎这个活物就是戴熙家日后显贵的象征，却被桓温无情消灭了。戴熙后代过得越来越潦倒。小人物的命运，反转起来可真难呀！

10. 古墓完尸 元嘉中，豫章胡家奴开昌邑王冢，青州人开齐襄公冢，并得金钩；而尸骸露在岩中俨然①。兹亦未必有凭而然也。京房尸，至义熙中犹完具。僵尸人肉堪为药，军士分割之。

=注释= ① 俨然：真切的样子。

〈解说〉 昌邑王冢，就是埋葬西汉刘贺的海昏侯墓。谢天谢地，胡家奴打开的只是海昏侯墓群中并不重要的一个，挖出的不知是谁的尸体，并未打扰到刘贺本尊。否则，我们就无缘在 2016 年见到已成为“沫沫”的刘贺遗骸了。

齐襄公是春秋时期致力于开疆拓土的齐国国君。据《左传》记载，他在鲁庄公八年（前 686）的冬天，被弟弟公孙无知弑杀。

京房是西汉人，著名易学专家，并通晓音律。建昭二年（前 37），时任郡守的京房遭人诬陷被杀，陈尸示众。

南朝元嘉年间已是公元 5 世纪，距离以上三位的死亡或埋葬时间已有几百年到上千年不等。这样长的时间跨度，依然能做到尸体不朽，甚至还能当药吃，可见保护措施不是一星半点儿的好。

除去外在的地理条件等有利因素，古代人在葬礼中对于尸体的珍视与保护是十分周到的。这不光是技术问题，信仰的重要性也不言而喻。

死亡意味着机体生命活动的终止，但是古代中国人对于死亡，除了伤感悲痛之外，还抱有一些期待。这个期待就是“死后不朽”，希冀生命在另一个世界延续，实现永恒。所以从先秦开始，装饰、保护逝者的身体就成为葬礼中的重要仪式。据《仪礼》《礼记》对丧礼的记载，光是小敛就要为逝者穿十九套衣服，大殓时根据士、大夫、国君的不同地位，分别继续穿上三十、五十或一百套衣服。著名的例子就是马王堆汉墓出土的轪侯夫人，身上足足裹了二十层衣服，被捆得严严实实，加之埋葬环境理想，她的尸体还真的保存了下来。

另一种办法是使用玉石。尤其是汉代人相信“玉能寒尸”，特别推崇用葬玉保存尸体。比如用玉覆面，用玉塞九窍，更土豪的办法是穿金缕玉衣。当然了，现代考古发掘证明，玉石能够永垂不朽，但是它对于保护尸体却一点儿用也不管。也许按照学者巫鸿的说法，这其实是一种“遗体的转化”，是用特殊的玉器“将尸体转化为超自然的存在”，实现的是比喻意义上的永生。

以上就是“古墓完尸”的故事。

11. 漆棺老姥

海陵如皋县东城村边海岸崩坏，见一古墓。有方头漆棺，以朱题上云：『七百年堕水，元嘉二十载三月坠于悬巘①，和盖从潮漂沉，辄溯流②还依本处。』村人朱护等异而启之，见一老姥，年可七十许。皤③头著袿④，鬓发皓白，不殊生人。钗髻衣服，粲然若新。送葬器物，枕履悉存。护乃赍酒脯，施于柩侧。尔夜，护归梦见姥云：『向获名贶⑤，感至无已。但我墙屋毁发，形骸飘露。今以值一千，乞为治护也。』置钱便去。明觉，果得。即用改殓，移于高阜。

注释 ①巘：大山上的小山。②溯流：顺着水势。③皤：形容白色。④袿：古代妇女的上等长衣。⑤贶：赠，赐。

〈解说〉 前面讲到东晋隆安年间，有自称朱护的鬼给起新屋的主人托梦，投诉自己的坟墓遭到破坏，事后不忘登门拜谢祭祀与迁葬之恩。巧的是南朝宋元嘉年间，又有朱护重现江湖。但这位朱护不是鬼，而是海陵如皋县东城村的村民。他和其他村民从水中捞出一口方头漆棺。

要说这“方头漆棺”，也就是长方形的木棺，在当时的南朝极为稀罕。因为这种形状是秦汉以前的木棺形制，魏晋之后则时兴一头略大、一头略小的梯形木棺。所以眼前这口漆棺，定是久远之物。

再看棺身之上题写的朱砂铭文，预言了何时落水，何时从山上坠下，还说最后会顺水势漂流于此处。略加分析，如果“七百年堕水”、元嘉二十年（前444）从山上坠落的说法确有其事，向前推个七百年，正好是周赧王去世、东周历史大结局的公元前256年。方头漆棺的年代想必不会晚于这一年了。

朱护等人对这口来历不明但显然很有年头的漆棺感到惊异，打开棺材查看，发现躺在里面的是一个七十来岁的老太太，穿得那叫一个带劲，尸体保存得非常之好，遗容和活人差不多，棺中的随葬品和其他物件也都还在。朱护不敢造次，在棺木旁以酒肉祭祀。朱护当晚就梦见老太太对他表示感谢，并许诺给一千钱请求他安葬自己。朱护醒来后，真的发现了梦中许诺的金钱。拿人手短，何况受鬼神的托付？朱护随即按照风水观念，把老太太迁葬到地势高敞的土山上。

12. **黄公冢** 广①陵郡东界，有黄公冢高坟二所。前有一井，面广数尺，每旱不竭。有人于其中得铜釜及罐各一。又云：江都郡东界有黄公坟三所，阴天恒闻有鞞角②之声。

【注释】①广：周长。②鞞角：鞞，同“鼙”，鼓名。角，号角。

〈解说〉 按说水井和墓葬的位置应该是分离的，一个在居住区，一个在墓葬区。黄公的坟丘前不知咋回事，挖有一口周长数尺的水井，即使是干旱天气也不枯竭，还有人从中捞出铜锅和罐子等器物。还有一说，阴天时黄公坟总会传出鼓角之声。

13. **即墨古冢** 即墨有古冢，或发之，有金牛塞埏门①，不可移动，犯之则大祸。

【注释】①埏门：墓门。

〈解说〉 逝者，尤其是带着成堆奢华随葬品的逝者，被埋在土里看似远离纷扰，但指不定被谁惦记着呢！传说中捣乱的地下神灵、魑魅魍魉，现实中怀揣致富梦想的盗墓贼，泯灭人性、居心叵测的暴徒……想拥有一片清静安全的彼岸世界，真是太难了。而且古代有一种观念，认为逝者如果不得安宁，就会反过来危害生者，让活着的人也跟着遭罪。

但是先民不会轻易服输，所谓“为之于未有，治之于未乱”，他们凭借智慧的火花，为墓葬行业贡献了镇墓神物这类奇特的随葬品。

比如镇墓券、镇墓瓶，就是通过在墓上书写或铭刻文字实现辟邪的效果。文字内容一般是为逝者解除罪过，拜托地下神灵多加关照，劝诫死者认识到生死殊途，别来祸害活人。为了增加法力，有时还画上道教符箓，与文字相得益彰。

镇墓兽走的是视觉系路子，靠犀利造型为墓主保驾护航。上面这一则记载有人在今山东境内打开一处古冢，被墓门前的金牛阻挡，不敢冒犯。这头金牛十有八九就是镇墓兽。牛形的镇墓兽在东汉就已零星出现，两晋乃至南朝时期一度成为爆款，而且往往有一两个武士俑作为辟邪镇墓的好搭档。正所谓人兽同心——不怕吓不退你。

14. **黄帝伶人** 嵇康字叔夜，谯国人也。少尝昼寝，梦人身长丈余，自称黄帝伶人①，骸骨在公舍东三里林中，为人发露，乞为葬埋，当厚相报。康至其处，果有白骨，胫②长三尺，遂收葬之。其夜，复梦长人来，授以《广陵散》曲。及觉，抚琴而作，其声正妙，都不遗忘。高贵乡公③时，康为中散大夫。后为钟会④所谗⑤，司马文王⑥诛之。

=注释= ①伶人：乐人。②胫：小腿。③高贵乡公：指曹髦。④钟会：三国时魏国大臣，司马昭的谋士。⑤谗：说别人的坏话。⑥司马文王：指司马昭。

<解说> 著名音乐发烧友嵇康的故事在卷六中就有所展示，而他与音乐最为人所知的典故，就是与《广陵散》的瓜葛。

刑场之上抚一曲《广陵散》以为绝唱，嵇康超淡定的心态与对《广陵散》的偏爱有目共睹。而《广陵散》与嵇康的关系，历来也是充满了种种谜团。尤其在小说家笔下，往往将其与神秘力量扯上关系。有的说《广陵散》是同好音乐的鬼传授给嵇康的，有的说是上古黄帝伶人之鬼为报答嵇康而传授的。反正不管咋地，《广陵散》的来历及与嵇康的关系不同寻常。因此，《广陵散》之谜成功跻身于古代迷惑事件大赏。

古代人之所以会有这样的脑回路，大概是因为他们对于《广陵散》的欣赏与崇拜，认为这样的旷世杰作非出自鬼神不可，挑选抚琴高手嵇康作为传承人也是理所应当。抛开怪力乱神的想象，现代学者一般认为，在嵇康之前就已经有《广陵散》，但只是徒有其名，不闻其声。嵇康当是借旧曲名而谱出了新的《广陵散》。嵇康死后，他所制作的《广陵散》也确实消亡，现在流传的《广陵散》乃是后人仿作的，正如南宋郑樵《通志》所言：“嵇康死后，此曲遂绝，往往后人本旧名而别出新声也。”

15. 梦得大象

晋会稽张茂字伟康，尝梦得大象，以问万雅。雅曰：『君当为大郡守，而不能善终。大象者，大兽也。取诸其音：兽者，守也。故为大郡。然象以齿焚其身后，必为人所杀。』茂永昌中为吴兴太守，值王敦问鼎①，执正不移。敦遣沈充杀之而取其郡。

注释 ①问鼎：图谋王位。

〈解说〉 张茂出道于西晋末年。当时陈斌的势力到会稽郡作乱，本地杰出青年张茂组织义军讨伐，保全一方。步入仕途后，他做到了权势很重的太子右卫率，负责保卫太子安全。

就在风光无限之时，一头大象闯入张茂的梦境。

古代人在没有现代科学辅助，没有心理咨询师疏导的条件下，对于梦常怀有疑惧心理，总要占梦以测吉凶。这种迷信在张茂生活的时代仍非常流行。按照当时《解梦书》的说法，梦是天神对人过失的预告，那么梦见大象是要预告什么呢？

张茂问万雅——一个查不出来更多个人资料的占梦者。

万雅倾听张茂的陈述后，脑海中一顿电光火石，对梦境做了很有意思的转释：大象是大兽，兽谐音“守”，所以指向的是大郡。象因为象牙而遭难，预示以后做梦人将有杀身之祸。

后来张茂真的出补为吴兴郡的太守。吴兴郡是实实在在的“大郡”，它毗邻都城建康，对东晋的政治、经济举足轻重。担任此郡太守者，十之八九出身于世家大族。而史书记载，张茂“少单贫”，并无显赫背景，能出任吴兴郡的太守，可称得上是实力与机遇叠加的结果。

好事既至，坏事也在不远处静静守候。王敦叛乱，吴兴人沈充起兵响应，作为郡长官的张茂在混乱中丧生。

“梦得大象”的预告全部应验。

16. 邓庙

邓艾庙在京口新城，有一草屋，毁已久。晋安北将军司马恬[1]，于病中梦见一老翁曰：『我邓公也。屋舍倾坏，君为治之。』后访之，乃知邓庙。为立瓦屋。

‖注释‖ ①司马恬：字元瑜，东晋司马氏宗室。

<解说> 邓艾蒙冤而被官方处死，不具备“正祀”的资格。但是他生前的业绩——开渠屯田、抵御姜维、伐蜀有功，广大人民群众看在眼里，记在心上，就自发为他立祠祭祀。

邓艾也不白受人供奉，显灵事迹有据可查。

欧阳修于《集古录跋尾》记有“魏邓艾碑”，称是西晋时兖州人所立。邓艾曾做过兖州刺史，确实是兖州人民的父母官。而改朝换代后仍被民众纪念，是因为兖州人奉命讨伐叛羌时，邓艾向巫者传授用兵之法，使破羌获得胜利。兖州人觉得，这太神奇了吧！遂为之立庙建碑。

京口也有一处邓艾庙，但是很寒碜，是个草屋不说，还长时间破败，无人问津。邓艾只好向司马恬托梦，要求修理屋舍。司马恬经过调查，才相信这个破草屋确是邓艾庙，好心为他翻建了瓦房。

然而这还不是最惨的。刘义庆《幽明录》收录了一则关于邓艾庙的志怪，说东莱王明儿去世一年后现形，回家探亲。王明儿和儿子一起在乡间溜达，路过邓艾庙时非要人把它烧掉。儿子大惊，说邓艾生前做过征东将军，去世后还曾显灵，百姓祭祀他来祈福，为啥要烧掉此庙呢？王明儿说，邓艾现在还在阴间磨铠甲，累得手指头都折了，他哪有什么神通？邓艾和王敦、桓温一样有谋反之心，活该他们在地狱受苦，这些坏分子安能为人损益？王明儿把邓艾当成反面教材，跟儿子讲了一堆大道理，说若想求多福，就要“恭顺尽忠孝，无恚怒，便善流无极”。

17. 河神请马

晋明帝时，献马者梦河神请之。及至，与帝梦同。遂投河以奉神。始，太傅褚褒亦好此马。帝云：『已与河神。』及褚公卒，军人见公乘此马矣。

〈解说〉 褚褒就是卷四中北伐失败的褚裒。人是同一个人，只是名字的写法岔劈了。不妨我们就以《晋书》的记载为准——褚裒。褚裒死后，曾有兵哥哥见他骑着一匹马，而那匹马正是晋明帝投进河里献给河神的。冥冥之中，似乎昭示着褚裒隐藏的非同一般的身份。不同凡响的身份之谜，在褚裒的总角之年就有了。当时的卜筮高手郭璞给他算了一卦，惊异于这位少年显示出的非人臣的卦象，并预言二十年后将会应验。

具体是如何应验的呢？二十九年后，褚裒的女儿——康献皇后褚蒜子临朝摄政，褚裒的高贵地位一下子就彰显了出来。有关部门动起脑筋，琢磨着给皇后的父亲增加不臣之礼。褚裒兴许是对昔年非人臣的卦象印象深刻，留下了心理阴影，说什么都要和越位的待遇划清界限，上疏直言自己才不周用，请求到封地任职。此后几次要被提拔，褚裒都发扬作风，坚决推辞，得到了朝野上下的称赞。

18. 梦生八翼

陶侃梦生八翼，飞翔冲天，见天门九重，已入其八，惟一门不得进，以翼搏①天。阍者②以杖击之，因堕地，折其左翼。惊悟，左腋犹痛。其后都督入州，威果震主，潜有窥拟③之志，每忆折翼之祥④，抑心而止。

＝注释＝ ①搏：击。②阍者：守门人。③窥拟：暗中图谋。④祥：征兆。

〈解说〉 梦是一种潜意识的映射，那些被压抑起来的欲望在梦境中无所不为，恣肆发泄。就像陶侃，在现实中功成名就，同时也表现得忠心于国，超然于权势，但他的潜意识里却“有窥拟之志”。与之对应的梦境，就是这种隐匿野心的变形。梦中，陶侃生长出八个翅膀，以翼搏天，飞入天门九重的前八重，却在最后一重被门卫一棍子打落在地，折断左翼。惊醒后，左腋仍然作痛。虽然可能只是睡觉姿势不当所致，但联想起怪异的梦，陶侃的大脑被植入一个意念——不能反，否则会输得很难看。

19. **燃犀照渚** 晋温峤至牛渚矶，闻水底有音乐之声，水深不可测，传言下多怪物，乃燃犀角①而照之。须臾，见水族覆火，奇形异状，或乘马车，著赤衣帻。其夜，梦人谓曰：『与君幽明道隔，何意相照耶？』峤甚恶之，未几卒。

注释 ①犀角：犀牛角。

〈解说〉 犀牛在古代的中国不算稀罕物，相应的神异传说也配套齐全。

一说犀角能够辟水。晋刘欣期《交州记》云："有犀角通天，向水辄开。"东晋葛洪《抱朴子》介绍了具体操作：将三寸以上的通天犀角刻成鱼形，含在嘴里入水，就会在水中辟出三尺方圆的空间，使人在其中能呼吸到空气。

一说犀角有夜明的神异。三国时万震《南州异物志》记载，有一种神奇的犀牛，它的角在白天看起来很一般，到了晚上，就像火炬一样闪闪发光。

而温峤此时正需要一只能够辟水、照亮的犀角，因为他遇上怪事了。地点在长江的牛渚矶，行至此处的温峤听见水底有音乐的声音。这里的水深不可测，而且传言说水下有很多的怪物。是犀角派上用场的时候啦！温峤点燃一只犀角照向水面，借着火光，见到水下奇形怪状的水族，有的乘着马车，有的穿着红色衣服。结果，当晚温峤就梦见水族的人说：咱们属于幽明两世界，你照我们干吗！得罪了水族，让温峤心生嫌恶，不久便死去了。

20. 苻坚凶梦 苻坚将欲南师也，梦葵生城内。明以问妇，妇曰：『若征军远行，难为将也。』坚又梦地东南倾，复以问。云：『江左[一]不可平也。君无南行！必败之象也。』坚不从，卒以败。

注释 [一]江左：指东晋。

〈解说〉 对于淝水之战，苻坚的内心是有隐忧的。此次出兵攻晋，不管是满朝大臣还是自己的弟弟征南大将军苻融，都持反对意见。苻坚一直不愿面对这种隐忧，但是梦境却很诚实。第一次他梦见葵生城内，被人解释为不利于出征；第二次他梦见地东南倾，依然是出师必败的凶兆。结果是输是赢，想必他的内心也无多大把握。所以当苻坚在前线眺望晋朝军队，再看八公山上的植被时，一时眼花，觉得草木皆兵，回头跟苻融说："此亦劲敌也，何谓少乎！"顿时面有惧色。

21. 梦合子生 晋咸和初，徐精远行。梦与妻寝，有身。明年归，妻果产，后如其言。

〈解说〉 丈夫徐精长年远行，回来后发现留守空房的妻子自行生育。这不是开车，这是感生——一种古代神话中和小说家笔下并不稀奇的非正常生育现象。徐精虽然不在家，但他梦见与妻子亲昵，遂使妻子有了身孕，回来后得到了印证。梦中造人，成果感人；真相如何，难以示人。

22. 慧猷诗梦 晋武太元二年，沙门竺慧猷夜梦读诗五首。其一篇后曰：『陌南酸枣树，名为六奇木。遣人以伐取，载还柱马[1]屋。』

〓注释〓 ①柱马：即主马，驾车的辕马。

<解说> 竺慧猷梦中读诗，其中一首写的是酸枣，诗言有人将小路南边的酸枣树砍下来，栽到马厩中。几百年后，同是僧人的寒山以此为典故，写了一首《天生百尺树》：

天生百尺树，剪作长条木。可惜栋梁材，抛之在幽谷。

年多心尚劲，日久皮渐秃。识者取将来，犹堪柱马屋。

23. 王戎梦椹 太元中，太原王戎为郁林太守，泊船新亭眠。梦有人以七枚椹[1]子与之，著衣襟[2]中。既觉，得之。占曰：『椹，桑子也。』自后男女大小，凡七丧。

〓注释〓 ①椹：同『葚』，桑树的果实。②衣襟：上衣的前幅。

<解说> 这一则展示的仍是谐音解梦之法。王戎梦见有人给了他七枚桑葚，放在衣襟里。占卜者说，桑葚是桑子——桑树之子。桑子、桑子，不就是"丧子"的谐音吗？随后王戎真的失去了七个儿女。

24. **龙山神**　晋荆州刺史桓豁所住斋[1]中，见一人，长丈余。梦曰：『我龙山之神，来无好意。使君既贞固[2]，我当自去耳。』

＝注释＝①斋：屋舍。②贞固：守持正道。

〈解说〉　三国至南朝时，荆州是军事重镇。其地位于长江中游，可上可下，是为交通枢纽；同时亦是南北对峙的前沿、东南政权上游的屏障。在东晋“王与马，共天下”的特殊局面下，荆州基本被世家大族轮番控制，先是王敦为代表的王氏，接着是庾亮为代表的庾氏，继而是桓温为代表的桓氏。总之，风水轮流转，咋转也转不到皇帝手里。

话说兴宁二年，桓温移镇姑孰，将镇守荆州的职责交给三弟桓豁。桓豁的能力有限，业绩一般，却是个有气度的人。《异苑》的这一则故事就是在夸桓豁的品行：龙山之神托梦给桓豁说，自己本是要来骚扰他的，但桓豁为人不错，坚守正道，就不再打扰啦，溜了溜了。

25. 长人入梦

晋义熙初，乌伤①黄蔡于查溪岸照射②，见水际有物眼光彻，其间相去三尺许，形如大斗。引弩射之，应弦而中。便闻从流奔惊，波浪砰磕③，不知所向。经年，与伴共至一处，名为竹落岗。去先所二十许里，有骨可长三丈余，见昔射箭贯在其中。因语伴云：『此是我往年所射物，乃死于此。』拔矢而归。其夕，梦见一长人责诮④之曰：『我在洲渚⑤之间，无关人事，而横见杀害，怨苦莫伸。连时觅汝，今始相得。』眠寤，患腹痛而殒。

＝注释＝ ①乌伤：义乌古称。②照射：夜间以火照明而射猎。③砰磕：水流激荡声。④责诮：责备。⑤洲渚：水中小块陆地。

〈解说〉　射猎活动在先秦时就已开辟夜间场，甲骨卜辞中记作“”，也就是后来的“獠”字。汉代《尔雅》解释说，夜间打猎称为“燎”，用火焚烧草木打猎称为“狩”。到了晋朝，这项活动又有了新名称——照射。照，以火照射，产生光亮；射，射猎。

黄蔡是东晋义熙年间的一位照射爱好者。他在查溪岸打猎时，发现水边有一个奇怪的东西，两眼通亮，相距三尺有余，而且个头还很大。黄蔡不管三七二十一，使用威力颇大的弩射中了它。只听噼里噗噜的一阵水声，怪物逃走了。多年以后，黄蔡在离原地二十余里处偶遇怪物的残骸。当天晚上，他就梦到一个高大之人来寻仇：“我在洲渚之间好好地待着，也不碍你们人类什么事，却被你横加杀害，真是太冤了。今天可算是找到你啦！” 黄蔡从梦中醒来，而后腹痛而死。

26. 梦得如意 晋太原郭澄之，字仲靖。义熙初，诸葛长民欲取为辅国谘议，澄之不乐。后为南康太守。卢循之反自广州，长民以其无先告①，因骋私恶，收澄之以付廷尉，将致大辟②。夜梦见一神人，以乌角如意与之。虽是寤中，殊自指的③。既觉，便在其头侧，可长尺余，形制甚陋。澄之遂得无恙。后从入关，赍④以自随。忽失所在。

═注释═ ①先告：先行告发。②大辟：死刑。③指的：确实。④赍：带着。

〈解说〉 东晋将领诸葛长民虽有文武谋略，但行为不修。不仅在乡里差评连连，还曾因贪婪刻薄被免官。

郭澄之就差点栽到这个人手中。

史书载，义熙六年，卢循与妹夫徐道覆兵分两路，自广东起兵，一路高歌猛进，直指建康。徐道覆甚至还杀死了东晋名将何无忌。

局势一度危急，朝廷为之震骇。诸葛长民率军队入卫京师，还上表告南康太守郭澄之的状，说这些贼人在南康山砍木造船，准备谋反，郭澄之却隐瞒一年多，并屡次欺骗何无忌，罪当斩首。不过后来朝廷下诏，宽恕了郭澄之。

按照“雪花无辜论”，应当问责的不止郭澄之一人，为什么诸葛长民偏偏跟他过不去？《异苑》给出了答案。原来诸葛长民当初很看好郭澄之的才华，想将其揽入自己帐下，征召为辅国谘议。但是郭澄之不乐意，因此得罪了诸葛长民。志怪中还讲了奇异的事，说朝廷本来是要将郭澄之斩首的，但他梦见一个神人以乌角如意相赠，醒来后在脑袋旁边真找到了这个东西。后来正如史书记载，郭澄之安然无恙。不过，这个神奇的乌角如意在他入关时神秘丢失了。

27. 衡阳守

义熙中，商灵均为桂阳太守。梦人来缚其身，将去，形神乖散①。复有一人云：『且置②之。须作衡阳，当取之耳。』商惊寤惆怅。永初三年，除衡阳守。知冥理难逃。辞，不得免。果卒官。

注释 ①乖散：离散。②置：释放。

〈解说〉　是福不是祸，是祸躲不过。商灵均被任命为衡阳太守，但满脸写着不高兴。因为若干年前，商灵均梦见有人来勾魂，但是被另一个人及时制止，并预言说他还要到衡阳做事，到时候再来取其性命。如今真的要任职衡阳，商灵均害怕自己大限将至，请辞官职却不被允许。冥理难逃，商灵均的生命果然终结于衡阳。

28. 梦谢拯棺

商仲堪①在丹徒，梦一人曰：『君有济物之心，岂能移我在高燥处，则恩及枯骨矣。』明日，果有一棺逐水流下。仲堪取而葬之于高冈，酹以酒食。其夕，梦见其人来拜谢。一云，仲堪游于江滨，见流棺，接而葬焉。旬日②间，门前之沟忽起为岸③。其夕，有人通仲堪，自称徐伯玄，云：『感君之惠，无以报也。』仲堪因问：『门前之岸，是何祥乎？』对曰：『水中有岸，其名为洲。君将为州。』言终而没。

注释 ①商仲堪：即殷仲堪。②旬日：十天。亦指较短的时日。③岸：祥，吉凶的预兆。

〈解说〉　商仲堪即是东晋的殷仲堪。此人深受晋孝武帝恩宠，在皇帝身边做到了黄门侍郎这样的高级官职。出于对殷仲堪的信任，晋孝武帝拜授他都督荆、益、宁三州军事、振威将军、荆州刺史、假节，镇江陵。《晋书》吸收了小说家言，即上面这个故事的第二个版本，说殷仲堪出任州长官是有预兆的：殷仲堪安葬流棺，恩及枯骨，之后家门口的水沟里忽然隆起一块陆地。当天晚上，有自称徐伯玄的人上门找到商仲堪，感谢恩德。商仲堪好奇地问起门前地壳变化的原因，徐伯玄说，水中之岸就是洲呀，预示着您将成为州的长官。说完就不见了。

29. 梦还符谶

蒋道支于水侧，见一浮槎①，取为研。制形象鱼，有道家符谶及纸，皆内鱼研②中。常以自随二十余年。忽失之，梦人云：『吾暂游湘水，过湘君庙，为二妃③所留。今复还，可于水际见寻也。』道支诘旦④至水侧，见罾者⑤得一鲤鱼，买剖之。得先时符谶及纸，方悟是所梦人，弃之。俄而雷雨，屋上有五色气，直上入云。后人有过湘君庙，见此鱼研在二妃侧。

注释 ①槎：木筏。②研：古同『砚』，砚台。③二妃：指舜的娥皇、女英二妃。④诘旦：清晨。⑤罾者：以渔网打鱼的人。

〈解说〉 蒋道支制作了一块鱼形的砚台，里面还塞了道家的符谶及纸，带在身边二十余年，却一朝丢失，不见踪迹。正当蒋道支纳闷儿的时候，一位神秘人士在梦中承认是自己借走了，并带着它在湘君府游玩了一阵；说现在就将砚台物归原主，还让蒋道支到水边寻找。

窃走别人的鱼砚去和湘水之神培养感情，这是搞什么鬼？只能说神仙界的友谊凡人你别猜，猜来猜去也整不明白。

不过在道教法术中，确实是可以用鱼来与水神沟通的。例如《神仙传》记载了三国时方士葛玄以丹书纸，塞入鱼肚，把鱼扔进河里，让它去河伯那里走一遭。不一会儿，鱼跳回岸上，吐出的青墨色书信像树叶一样飞走了。这里的一个细节，“以丹书纸”也是必不可少的，翻开《太上三五正一盟威箓》，可以看到各种召请河神的符谶。

召唤河伯用这个符：

召唤河神用这个符：

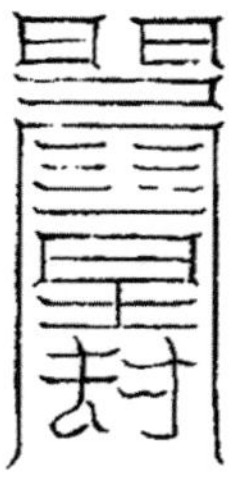

召唤河侯用这个符：

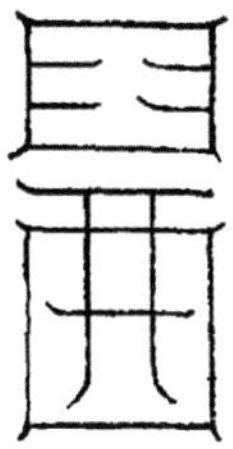

而蒋道支制作的这块砚台——鱼形，道家符谶及纸，两大元素占尽，怪不得连神仙都要窃来一用。

书归正传，蒋道支醒来后一大早就来到水边，看见一个渔民网住一条鲤鱼。蒋道支将鱼买下，剖开，发现了鱼砚中的符谶及纸。但是砚台跑哪去了？据知情人士透露，有人路过湘君庙，在二妃像的旁边看见了鱼形砚台。想必是湘水女神美之，自己留下了。

30. 刘穆之佳梦

刘穆之，东莞人，世居京口。初，为琅琊府主簿。尝梦与武帝泛海，遇大风，惊，俯视船下，见二白龙夹船。既而至一山，山峰耸秀，意甚悦。又尝渡扬子江宿，梦合两船为舫①，上施华盖，仪饰甚盛，以升天。既晓，有一老姥问曰：『君昨夜有佳梦否？』穆之乃具说之。姥曰：『君必位居端揆②。』言讫，不见。后官至仆射、丹阳尹，以元功也。

═注释═ ①舫：相合并的船。②端揆：指相位。

〈解说〉 初入仕途，刘穆之本是在江敳手下做琅琊府主簿。后来被刘裕收入帐下，继续做府主簿。此后，刘穆之兢兢业业，服务于刘裕，并为他将来登上帝位、走向人生巅峰奠定基础。这样杰出的谋士智囊，是少不了附着神秘人生光环的。卷四《刘道人》就写道，东晋隆安年间，有凤凰集中在刘穆之的庭院，相面者预言他将是辅佐大佬的风云人物。而上面这一则是另外两个预兆，讲的是冥冥之中刘穆之与刘裕的缘分。梦中，刘穆之和刘裕一同渡海，却遭遇大风，好在有两条白龙夹住船，继而又来到一座高大秀美之山，心情爽歪歪。还有一梦，刘穆之见两船合并为一舫，而且装饰得非常华美，忽忽悠悠就升天了。醒来后，有一个老太太问他可曾做甚好梦。刘穆之将梦中场景详细跟她说了一遍。老太太说：“您一定会官居相位。”说完就不见了。

31. 丧仪如梦

景平中，颍川荀茂远至南康。夜梦一人，头有一角，为远筮曰：『君若至都，必得官。』问是何职，答曰：『官生于水。』于是而寤，未解所说。因复寐，又梦部伍[1]至扬州水门[2]，堕水而死。作棺既成，远入中自试，恨小，即见殡殓[3]，葬之渚次[4]。怅然惊觉，以告母兄。船至水门过，果落江而殒。丧仪[5]一如其梦。

注释 ①部伍：伍长，军队的基层长官。②水门：水闸。③殡殓：入殓和出殡。④次：中间。⑤丧仪：丧事的仪式。

〈解说〉 南朝刘宋景平年间，荀茂远来到江西的南康，晚上梦见头上长角。梦中还有人为他占了一卦，说如果他去都城，一定会得到官职。荀茂远问是什么官职，对方含含糊糊地说：“官生于水。”大概意思是跟水有点关系。荀茂远一觉醒来，不解其意。管他呢，接着睡。这回，荀茂远又梦见一个部伍在扬州的水闸坠水而亡。为死者做好棺材后，荀茂远躺在里面想试试效果，却发现这个棺材的空间咋这么小哩。转眼间，荀茂远被殓入棺中，经过出殡等一系列操作，他被葬在小洲之中。荀茂远再次从梦中惊醒，闷闷不乐，把刚才梦到的讲给母兄听。后来，荀茂远乘船路过水闸，果真落水而亡，就连丧事的流程都和梦里的一样。

32. 沈庆之异梦

吴兴沈庆之字弘先，废帝遣从子①攸之赍②药赐死，时年八十。是岁旦，庆之梦有人以两匹绢与之，谓曰：『此绢足度。』寤而谓人曰：『老子今年不免矣。两匹，八十尺也。足度，无盈余矣。』遂死。初，庆之尝梦引卤簿③入厕中。庆之甚恶入厕之鄙。时有善占梦者为之解，曰：『君必大富贵；然未在旦夕。』问其故。答云：『卤簿，固是宝贵容。厕中，所谓后帝也。知君富贵，不在今日。』

注释　①从子：侄子。②赍：带着；把东西送给别人。③卤簿：古代帝王驾出时扈从的仪仗队。

〈解说〉　沈庆之本是东晋末社会底层的“寒人”，出身贫贱，但他少年时便有志向与勇力。后靠军功起家，成为深受宋武帝刘裕信赖的大将军。

宋武帝驾崩时，沈庆之受顾命辅佐新君。谁想新君前废帝刘子业不是啥省油的灯，史载他狂悖无道，凶暴日甚。众人劝沈庆之另立皇帝，不仅遭到拒绝，还被他告发，导致很多人牺牲。

沈庆之实在不想放弃眼前这位一朝之主，他一如既往地忠心耿耿，尽力规劝。但得到的却不是前废帝的回头是岸，而是亲侄子捎来的御赐毒药。

《异苑》传说沈庆之去世前做过一个预兆性的梦，梦中有人给他两匹绢布，还说这些绢足够长了。醒来后，沈庆之跟别人说自己今年难逃一死，因为两匹就是八十尺，足够长就是没有多余的了。是年，沈庆之八十岁，正是他去世的那年。

另外一个梦则是沈庆之日后发迹的预兆。他梦见自己带着皇帝的仪仗队进入厕所。有擅长占梦的人就预言他日后必将大富大贵，不过不是在今朝。因为厕所正是后帝之所在，以此知之。

33. **谢客儿** 临川太守谢灵运。初，钱塘杜明师夜梦东南有人来入其馆。是夕，即灵运生于会稽。旬日，而谢玄亡。其家以子孙难得，送灵运于杜治养之。十五，方还都。故名客儿。

<解说> 谢灵运的小名叫“客儿”，为什么起这个名字呢？

客，寄居者也。谢灵运出生于会稽，但十五岁之前一直被寄养在钱塘杜明师的静室。因故名为“客儿”。小小年纪就离家在外，谢家人肯定也是舍不得的。但是当时的谢家面临一个窘境——整个家族的人都是病恹恹的，很少有高寿之人。所以谢家人往往求助于道教的神力，例如谢安“以道养寿”，谢玄也“归诚道门”。谢灵运出生后没几天，他的祖父谢玄便驾鹤西游。出于对新生儿的珍视，家人就把他送到素有交情的道教法师杜明师处寄养。直到杜明师去世后的第二年，谢灵运才离开钱塘，回到都城建康生活。

卷捌

1. 赵晃劾蛇妖 后汉时，姑苏忽有男子衣白衣，冠白冠，形神修励①。从者六七人，遍扰居民。欲掩②害之，即有风雨。郡兵不能掩。术士赵晃闻之，往白郡守，曰：『此妖也，欲见之乎？』乃净水焚香，长啸一声。大风疾至，闻室中数十人响应。晃掷手中符如风。顷若有人持物来者。晃曰：『何敢幻惑如此！』随复旋风拥去。晃谓守曰：『可视之。』使者出门，人已报云：去此百步，有大白蛇长三丈，断首路旁。其六七从者，皆身首异处，亦鼋鼍③之属。

═注释═ ①修励：尽力修行。②掩：乘人不备而袭击或捉拿。③鼋鼍：大鳖和猪婆龙。

〈解说〉 远看像个人，近看不是人，半兽又半人，精怪挺吓人。

如上所述，中国最早期的精怪多以人格化的动物形象出现（**也有植物，乃至器物**），所以“远看像个人”。但是它们“人格化”得又不彻底，所以“近看不是人，半兽又半人”，这种形象嘛，肯定“挺吓人”。

而从魏晋时期开始，精怪世界掀起向人类看齐而修炼的潮流。它们逐渐转向“人形”，而且很多还相当有人情味。所以朋友们要小心哦，没准身边哪个靓仔靓女就是神奇精怪的化身。

本卷便集合了这样一大票精灵鬼怪，而且相当一部分是人的形象，它们有的捉弄人，有的祸害人，有的想融入人的世界甚至和人谈情说爱……

首先登场的是致力于修炼的白蛇。这个白蛇应该是有一定功力的，它幻化成白衣白冠的男子，身边还有六七个小弟。但是这帮家伙骚扰居民，不干好事，官兵也拿它们没办法。术士赵晃听说后，前来降妖诛魔。但见得他净水焚香，长啸一声，掷出符箓，好像有个人被召唤过来一样。赵晃说：“尔等竟敢幻惑如此！”随即一阵旋风，人影呼啸而去。人们在百步之遥发现一条三丈长、断了头的大白蛇，旁边还有六七个大鳖、鳄鱼之类的动物，也都是身首异处。

2. 乐广治狸怪

乐广字彦辅，南阳淯阳人。晋惠帝时，为河南尹。先是，官舍①多妖怪，前尹皆于廊下督邮传中治事，无敢在厅事者。惟广处之不疑。常白日外户自开，二子凯、横等皆惊怖。广独自若。顾见墙有孔，使人掘墙，得狸而杀之。其怪遂绝。

〓注释〓①官舍：官署。

〈解说〉 狸怪作祟在志怪小说中也很常见，西晋名士乐广也有这等“好运气”，在出任河南尹时亲身遇见。当时因为官舍中经常闹妖怪，前任官员们都不敢在大厅办公。但是乐广并不在意。大白天里，外面的门也总是自己忽闪忽闪地，把两位公子吓得不轻，乐广却神情自若。镇定归镇定，乐广还是留了一个心眼，他见墙上有孔洞，便命人掘墙。这一掘，便把困扰好几任河南尹的妖怪捉拿归案了——原来是狸！此后，官舍再也没有闹妖怪的事情了。

3. 徐奭遇女妖

晋怀帝永嘉中，徐奭出行田①，见一女子，姿色鲜白，就奭言调。女因吟曰：『畴昔②聆好音，日月心延伫③。如何遇良人，中怀邈无绪？』奭情既谐，欣然延至一屋，女施设饮食而多鱼，遂经日不返。兄弟追觅至湖边，见与女相对坐。兄以藤杖击女，即化成白鹤，翻然高飞。奭恍惚，年余乃差。

〓注释〓①行田：经行于田间。②畴昔：从前。③延伫：久留。

〈解说〉 徐奭经历了一次跨界艳遇。他在田间遇见一位颇有姿色的女子，还对他吟诗一首，倾诉爱慕之情。徐奭的爱情世界一下子就沦陷了，高高兴兴地跟着女子来到一处住所，好吃好喝地住了许多天。因为多日不归家，徐奭的兄弟前来寻找，在湖边看见徐奭和女子相对而坐。这位老兄一看情形不妙，抡起藤杖就往女子身上招呼。女子当即幻化成白鹤，高飞而去。徐奭则被白鹤精魅惑得神情恍惚，一年多才恢复正常。

4. **桓谦灭门兆** 晋太元中，桓谦字敬祖。忽有人皆长寸余，悉被铠持槊，乘具装马，从呰[①]中出。精光耀日，游走宅上。数百为群，部障[②]指挥，更相撞刺。马既轻快，人亦便捷。能缘几登灶，寻饮食之所。或有切肉，辄来丛聚。力所能胜者，以槊刺取，迳入穴中。蒋山[③]道士朱应子，令作沸汤，浇所入处，寂不复出。因掘之，有斛许大蚁死在穴中。谦后以门衅[④]同灭。

═注释═ ①呰：裂缝。②部障：布防。③蒋山：即钟山。④衅：事端。

〈解说〉 桓谦是桓玄的哥哥。桓玄篡晋失败被杀后，桓谦和家族中其他人又挣扎了五六年才宣告团灭。而在此之前的若干年，桓谦家的蚂蚁成精了！冥冥之中，蚂蚁成精和最后完蛋的场景，像极了桓氏家族的命运。

事情是这样的：

当时桓谦的宅子里，有许多几寸大的小人全副武装，骑着战马，从裂缝里出来。这些小玩意不是出来走秀的，而是数百成群，在指挥官的命令下互相冲杀打仗，战马和小人的身手都相当敏捷。不仅如此，它们还爬上灶台寻找食物。对于切好的肉，尤其垂涎三尺，全都聚过来打主意。如果不是很大很重的肉，就直接用槊刺取，带回洞穴。

桓谦不明就里，请来道士朱应子。朱应子倒是很有手段，他令人用滚开的水浇灌洞穴，一切便都归于平静，也不见再有小人出来。把洞穴挖开，发现有一斛多的大蚂蚁死在里面。

5. 青衣人索骨 太元中，吴兴沈霸梦女子来就寝，同伴密察，惟见牝狗每待霸眠，辄来依床，疑为魅[1]，因杀而食之。霸后梦青衣人责之曰：『我本以女与君共事[2]，若不合怀，自可见语，何忽乃加耻杀！可以骨见还。』明日，收骨葬冈上，从是乃平复。

＝注释＝ ①魅：鬼怪。②共事：男女同居。

〈解说〉 与前面的徐奭类似，沈霸也被精怪魅惑了。这个精怪正是家里的母狗。每次就寝时，母狗就会来到沈霸的床边报到，然后在梦中与主人缠绵。沈霸的小伙伴经过秘密观察，怀疑这只狗子有问题，就把它宰了吃掉。后来沈霸梦见一个青衣人斥责自己说：不爱我就算了，你倒是明说呀，为什么要害我！原来是狗在梦中跟沈霸如是抱怨，还要求妥善处理自己的尸骨。第二天，沈霸赶紧把吃剩的狗骨头拾掇拾掇，安葬在山冈之上，日子才回复了平静。

6. 异物象形

晋孝武太元十二年，吴郡寿颁道志边水为居。渚次忽生一双物，状若青藤而无枝叶，数日盈拱。试共伐之，即有血出。声在空中，如雄鹅叫，两音相应。腹中得一卵，形如鸭子。其根头似蛇面眼。

〈解说〉 树木成精就很有意思了，它能变幻成好几种形象，还拥有不同的名字。例如东汉高诱在注释《淮南子》时提到，“毕方”是一种树精的名字，“状如鸟，青色，赤脚，一足，不食五谷”。东晋葛洪在《抱朴子》中说，山中有能说话的大树，那是叫“云阳”的精怪发出的声音。流传于中古时期的《白泽图》记载了名叫“彭侯”的树精，“状如黑狗，无尾，可烹而食之”。

《异苑》这一则记载的是东晋太元十二年，寿颁所遇见的树精。寿颁立志修道，住在水边。有一天岸边忽然生长出一对青藤一样的东西，但是没有枝叶，几天后就长到可以两臂合围那么粗了。寿颁找来其他人一起砍它，却砍出血来。这时空中还传来公鹅一样的叫声，叫了两下，好像是在互相呼应。这对奇怪的植物还孕育了一个卵，形状像鸭子，它的根长得像蛇，还有蛇一样的眼睛。

7. 龟载碑还

吴郡岑渊为吴郡时，大司农卿碑注在江东湖西。太元中，村人见龟载从田中出，还其先处，萍藻犹著①腹下。

注释 ①著：附着。

〈解说〉 岑渊是东晋的书法家，也是仕宦之人。关于他的生平记载不多，《异苑》中正好有这么一条。说的是太元年间岑渊在吴郡任职时，当地村民看见一只龟把江东湖西的大司农卿碑从田里驮了出来，放在石碑原先的位置，龟腹还附着有浮萍之类的东西。想必驮了一路也是很费事的。

8. 牝猴入篑 晋太元末，徐寂之尝野行，见一女子，操荷举手麾①寂之。寂之悦而延住。此后，来往如旧。寂之便患瘦瘠②。时或言见华房深宇，芳茵广筵。寂之与女觞肴宴乐，数年，其弟晬之闻屋内群语，潜往窥之，见数女子从后户出。惟余一者，隐在篑边。晬之径入，寂之怒曰：『今方欢乐，何故唐突③？』忽复共言云：『篑④中有人。』晬之即发看，有一牝猴。遂杀之。寂之病遂瘥⑤。

═注释═ ①麾：挥手。②瘦瘠：瘦弱。③唐突：乱闯。④篑：盛土的竹筐。⑤瘥：病愈。

〈解说〉 不仅是母狗，母猴也和人类相好过。徐寂之在半路遇见一个拿着荷花的女子向他挥手，心里一高兴就把她接回家了。交往时间愈久，徐寂之愈加瘦弱，但这也绝不耽误两人间的男欢女爱。好几年后，弟弟徐晬之偶然听见哥哥那屋欢声笑语，好不热闹，就偷偷瞄了一眼，发现几个女子自后门出来，却有一人藏在竹筐旁边。徐晬之顾不了许多，直接闯入哥哥屋中，唐突之举惹怒了徐寂之。但兄弟二人同时发现竹筐中有人。徐晬之打开竹筐一瞧，是个母猴！母猴被杀后，徐寂之病恹恹的身体才慢慢好转。

9. 扫帚怪

义熙中，东海徐氏婢兰，忽患羸黄而拂拭[1]异常。共伺察之，见扫帚从壁角来趋婢床。乃取而焚之，婢即平复。

=注释= ①拂拭：除去尘垢。

<解说> 扫帚成精，有时候连形象都懒得幻化了，直接附在人身上，导致人的行为出现异常。

义熙年间，徐氏的婢女兰忽然患病，身体羸弱、肤色发黄，而且打扫卫生的时候有些怪怪的。大家伙一起留心观察，结果发现：咦？墙角的扫帚自己颠颠儿地跑到婢女的床边了。肯定是跟它有关的问题，于是把扫帚焚烧掉，婢女也随之恢复正常。

10. 紫衣女

晋义熙中，乌伤人孙乞赍父书到郡，达石亭。天雨日暮，顾见[1]一女，戴青伞，年可十六七，姿容丰艳，通身紫衣。尔夕，电光照室，乃是大狸。乞因抽刀斫杀，伞是荷叶。

=注释= ①顾见：看见。

<解说> 仍然是义熙年间，孙乞要到郡里送信，路过石亭。此时天气可不大好，哗哗下起雨来，而且天色已晚，没啥意外的话，一天就要这么过去了。

还别说，这“意外”不禁叨咕，轻轻地，它就来了。

孙乞看见一位女子，十六七的模样，标致极了，撑着一把青色雨伞，穿着一身紫衣。

他还没来得及有什么想法，电光欻地晃过，屋子被照得通亮，才发现这位哪是什么姑娘呀，分明是一只大狸。

孙乞手起刀落，斩杀之，大狸手中的伞也变成了荷叶。

11. 伐桃致怪

晋义熙中，永嘉松阳赵翼与大儿鲜共伐山桃树，有血流，惊而止。后忽失第三息[1]所在。经十日，自归。空中有语声，或歌或哭。翼语之曰：『汝既是神，何不与相见？』答曰：『我正气耳。舍北有大枫树，南有孤峰，名曰石楼，四壁绝立，人兽莫履。小有失意，便取此儿著树杪及石楼上。』举家叩头请之，然后得下。

＝注释＝ ①息：子女。

<解说> 伐木出血，是一种并不鲜见的怪异现象。前面《异物象形》中的寿颁也曾“伐木出血”，好在没什么太坏的结果，顶多是出现怪响。而赵翼就不大走运了，又是丢孩子又是“空中有语声”的，还逼得他全家叩头求放过。

血是生命的象征，伐木出血寓意树的生命遭到侵犯。一般的树可能就那么受着了，可是成精的树是想砍就能砍的吗？必须出血吓唬吓唬人呀。古人对血是有崇拜心理的，一看这阵势，怎能不为之动容、不为之心惊肉跳？就像《洛阳伽蓝记》记载的，昭仪尼寺内有一株高大茂盛的“神桑”，北魏皇帝认为它会迷惑百姓，就下令砍它。伐树的那一天，天色惨淡，斧落之处，血流满地，围观者莫不悲泣。

12. 赤苋魅

晋有士人，买得鲜卑女，名怀顺。自说其姑女为赤苋所魅[1]。始见一丈夫，容质妍净，著赤衣，自云家在厕[2]北。女于是恒歌谣自得，每至将夕，辄结束去屋后。其家伺候[3]，唯见有一株赤苋，女手指环挂其苋上。芟[4]之而女号泣。经宿遂死。

＝注释＝ ①魅：迷惑。②厕：同『侧』，旁边。③伺候：侦查。④芟：除去。

<解说> 苋这类植物，早在汉代就成为中国人民的美味佳肴。赤苋是其中一种，特点是茎与叶呈红色或紫红色，具有药用价值。在志怪中，赤苋也毫无例外地成精了。据鲜卑女子怀顺讲述，他姑姑的女儿就是被赤苋所魅惑，整天哼着小曲，一副坠入爱河的模样。她的家人经过观察，发现这个姑娘每天约会的场所只有一株赤苋，赤苋上还挂着姑娘的指环。所谓“容质妍净，著赤衣”的丈夫呢？影儿都没有。把赤苋除去，姑娘就开始号啕大哭，一个晚上就死了。

13. 武昌三魅

高祖永初中，张春为武昌太守。时人有嫁女，未及升车①，忽便失性②，出外殴击人，乃自云已不乐嫁俗人。巫云是邪魅，将女至江际，遂击鼓以术咒疗。春以为欺惑百姓，刻期③须得妖魅。翼日，有一青蛇来到巫所，即以大钉钉其头。至日中时，复见大龟从江来，伏于巫前。巫以朱书龟背作符，更遣入江。至暮，有大白鼍从江中出，乍沉乍浮，龟随后催逼④。鼍自分死，冒来先入，慢与女辞诀。女遂恸哭，云失其姻好。于是渐差。或问巫曰：『魅者，归于一物。今安得有三？』巫云：『蛇是传通，龟是媒人，鼍是其对。』所获三物，悉以示春。春始知灵验，皆杀之。

＝注释＝ ①升车：登车，上车。②失性：精神错乱。③刻期：限定日期。④催逼：催促逼迫。

〈解说〉 我叫张春，是南朝刘宋永初年间的武昌太守。我的辖区曾发生一起恶性伤人事件。一个新娘子还没来得及上车出嫁，忽然失性，殴打他人，吵着说自己不愿意嫁给俗汉。本地巫师知道后，声称有邪魅作乱，就领着姑娘来到江边，一边击鼓一边施法。哼，这等巫师平日里不专心劳作，就好装神弄鬼，唬人骗钱，早就看他们不顺眼了，这回绝不能让其得逞。我下令，让巫师在规定的期限内捉妖，否则就以欺惑百姓论处。

若干天后，巫师带着一条青蛇，一只大龟，一只大白鼍求见。三只硕大的动物突然摆在眼前，着实把我吓了一大跳，遂急问原委。原来，这三个家伙就是作祟的妖怪。青蛇第一个自己找上门来，被巫师用大钉子钉住了脑袋。当天中午又有一只大龟从江里爬出，匍匐在巫师脚下。巫师以朱砂在龟背画了一道符，放大龟入江。到了晚上，一只大白鼍在江中被大龟追得乍沉乍浮。知道自己跑不掉了，鼍便爬上岸来，与中邪的姑娘作别。姑娘恸哭不已，说巫师拆散了她与大白鼍的美好姻缘。虽然言语一派荒唐，但是姑娘的情形渐渐好转。巫师解释说，这三个邪魅，各有分工，蛇是传信的，龟是媒人，而鼍才是终极情人。

巫师的手段果然老辣，为民除害，善莫大焉。确实是我低估了巫师的法力。

来人啊！把这三个妖孽安排上，解决了！

14. 鼍魅

元嘉初，建康大夏营寡妇严，有人称华督，与严结好。街卒夜见一丈夫行，造护军府①。府在建阳门内。街卒呵问，答曰：『我华督，造府。』径沿西墙而入。街卒以其犯夜②，邀击之。乃变为鼍。察其所出入处，甚莹滑③，通府中池。池先有鼍窟，岁久因能为魅。杀之乃绝。

=注释= ①护军府：魏晋南北朝时期指护军将军（中护军）的官府。②犯夜：违禁夜行。③莹滑：晶莹润滑。

〈解说〉 前一个鼍精没能“有情人终成眷属”，这一只倒是成功了。它幻化成人的样子，自称是华督，还与一个叫“严”的寡妇相好。如果不是违反了宵禁，被街卒捉拿，肯定还在继续过甜蜜日子。

15. 暂同阜虫

文帝元嘉初，益州王双，忽不欲见明。常取水沃①地，以菰蒋②覆上。眠息饮食，悉入其中。云恒有一女子，着青裙白繐③，来就其寝。每听闻荐④下有声历历，发之，见一青色白缨蚯蚓，长二尺许。云此女常以一奁香见遗，气甚清芬。奁乃螺壳，香则菖蒲根。于时咸谓双暂同阜螽⑤矣。

=注释= ①沃：浇。②菰蒋：指菰叶。③繐：用丝线扎成的下垂的装饰品。④荐：草席。⑤阜螽：蝗的幼虫。

〈解说〉 元嘉年间，益州的王双忽然改变了生活习性，不愿意见光，还常常以水浇地，再用菰蒋覆盖，饮食起居都在里面搞定。他还总是说有一个穿着青色裙子、系着白色丝巾的女子来与他就寝。有这等好事？姑娘主动投怀送抱？大家发现，每次王双说姑娘来了时，都能听见菰蒋下发出历历的响声。揭开一瞧，下面竟是一条二尺多长的青色蚯蚓，脖颈还是白色的。王双估计也吓傻了，他说这个蚯蚓变幻的姑娘经常送他一匣子的香，气味芬芳迷人，而真相却是一个螺壳装着的菖蒲根。

16. **獭化** 河东常丑奴，将①一小儿湖边拔蒲，暮恒宿空田舍中。时日向暝②，见一少女子，姿容极美，乘小船载莼，径前投丑奴舍寄住，因卧，觉有臊气，女已知人意，便求出户外，变为獭。

‖注释‖ ①将：带领。②暝：日落，天黑。

〈解说〉《说文解字》解释说：“蒲，水草也，可以作席。”拔蒲自然是一种寻常劳作，但同时在文学作品里，“蒲”“拔蒲”的出现，总会有春心荡漾、男女相悦的意味。常丑奴就是在湖边拔蒲时，遇见一位大美女而荡漾开来的汉子。而所谓的大美女，其实是一只獭。獭性淫，在笔记小说中多有记载。南宋《桂海虞衡志》甚至记载了宜州溪峒民间一个说法：“獭性淫毒，山中有此物，凡牝兽悉避去。獭无偶，抱木而枯。”而早在魏晋南北朝时，獭精就已经出来魅惑人了。蒙在鼓里的常丑奴刚刚躺下，就闻到奇怪的臊气。身边的大美女知道露馅了，便央求出门，现出獭的原形。

17. **蜘蛛魅** 陈郡殷家养子名琅，与一婢结好。经年婢死，后犹来往不绝，心绪昏错①。其母深察焉。后夕见大蜘蛛，形如斗样，缘床就琅，便宴②尔怡悦。母取而杀之，琅性理遂复。

‖注释‖ ①昏错：神志迷乱。②宴：乐。

〈解说〉 殷家的养子琅被斗一样大的蜘蛛精迷住了，每日里魂不守舍，疯疯癫癫。养母看在眼里，急在心上，查明原因后，果断除掉了这个祸害，才使琅恢复理智，获得新生。

18. 王纂针魅

元嘉十八年，广陵下市县人张方女道香，送其夫婿北行。日暮，宿祠门下。夜有一物，假作其婿来云：『离情难遣，不能便去。』道香俄昏惑失常。时有海陵王纂者，能疗邪。疑道香被魅，请治之。始下一针，有一獭从女被内走入前港。道香疾便愈。

〈解说〉 海陵王纂能疗邪，但现实中他的真实身份是医家，尤擅针灸。“妙针走獭”的故事很大程度上可看作以针灸治疗精神类疾病的案例，只不过在志怪小说中被附上一层神异色彩，说成是驱赶作怪的獭精。

19. 狸中狸

元嘉十九年，长山留元寂曾捕得一狸，剖腹，复得一狸；又破之，更获一狸；方见五脏。三狸虽相包怀，而大小不殊。元寂不以为怪，以皮挂于屋后。其夜，有群狸绕之号呼，失皮所在。元寂家亦无他。

〈解说〉 留元寂捕获了一只狸，剖开它的肚子，发现里面还有一只。再剖开，又是一只。最后才扒拉出来五脏下货。这三只狸虽然像俄罗斯套娃一样一只套一只，但个头却是一般大小。留元寂并没有大惊小怪，把狸的皮挂在屋后。当天夜里，有一群狸绕着狸皮呼号，然后皮就不见了，后续也再没发生什么怪异的事情。

20. 石龟耗粟 余姚县仓，封印完全。既而开之，觉大损耗。后伺之，乃是富阳县桓王陵上双石龟所食。即密令毁龟口，于是不复损耗。

〈解说〉 专门偷人东西的鬼叫作“虚耗鬼”，也称“魖”，盛唐以后，虚耗鬼非常流行。唐代慧琳在《一切经音义》中就曾解释过这种鬼，他还关注到了《异苑》中两则虚耗鬼的故事，并总结说：“虚耗鬼所至之处，令人损失财物，库藏空竭。名为耗鬼，其形不一，怪物也。”

比如说，石龟就有可能是虚耗鬼。

余姚县仓库在封印完整的情况下，发生重大盗窃案件，损失了很多食物。经过侦查，发现是富阳县桓王陵上两只石龟偷吃的。人们把石龟的嘴破坏后，仓库终于不再出现损耗。

21. 绳䌸获髻 琅琊费县民家，恒患失物。谓是偷者每以扃钥①为意，常周行宅内。后果见篱一穿穴②，可容人臂，甚滑泽，有踪迹。乃作绳䌸③，放穿穴口。夜中忽闻有摆扑声，往掩④，得一髻，长三尺许。从此无复所失。

═注释═ ①扃钥：门户锁钥。②穿穴：洞穴。③䌸：环一样的东西。④掩：捉拿。

〈解说〉 发髻也是虚耗鬼。

琅琊费县民家总是丢东西，在勘查现场时，见篱笆有一个洞，甚是可疑，便布置了陷阱。夜里听见扑动拍打的声音，就赶紧前去捉拿，发现竟是一个三尺多长的发髻。把发髻捉住后，这一家就再也没丢过东西。

22. 树下老公

永康舒寿夫，与同里[1]猎于远山。群犬吠深茂处，异而看之。见树下有一老公，长可三尺，头须蒙然，面绉[2]齿落，通身黄服，裁能动摇。因问：『为是何人，而来在此？』直云：『我有三女，姿容兼多伎艺。弹琴歌诗，闲究《五典》[3]。』寿夫等共缚束，令出女。公曰：『我女居深房洞庭之中，非自往呼，不可复来。请解我绳，当呼女也。』猎人犹不置。俄而变成一兽，黄色四足；其形似皋，又复似狐；头长三尺，额生一角，耳高于顶，面如故。寿夫等大惧，狼狈[4]放解，倏忽失处。

＝注释＝ ①同里：同乡。②绉：同『皱』。③《五典》：传说中的上古五部典籍。④狼狈：急忙。

<解说>　舒寿夫和同乡正在山中打猎，猎犬们却冲着草木深茂处狂吠。舒寿夫一干人觉得奇怪，前去查看。原来树下有一个老头，看起来年纪不小，颤颤巍巍的，穿着一身黄色衣服。

“喂，你是谁，在这儿干什么？”

老头不理会不速之客的哲学叩问，只是自顾自地说：“我的三个女儿，颜值高端，才艺出众，可弹琴歌诗，可钻研典籍。”

舒寿夫等人起了贼心，把老头绑起来，让他交出女儿。老头说，他的女儿居住在洞庭之中，除非自己亲自去呼唤，否则她们是不会出现的。老头央求松绑，这帮猎人却不予理会。见软的不行，干脆来个硬的，老头变身为一个黄色的四脚怪兽，长得像皋又像狐，头长三尺，额头有一角，长长的耳朵竖立起来高过头顶，但面容仍是一个老头的模样。舒寿夫等人吓得当场崩溃，急急忙忙给他松了绑。四脚兽欻的一下就不见了。

23. 徐女复生

晋广州太守冯孝将男马子，梦一女人，年十八九岁，言：『我乃前太守徐玄方女，不幸早亡。亡来四年，为鬼所枉杀。按生箓①，乃寿至八十余。今听我更生，还为君妻。能从所委见救活否？』马子掘开棺视之，其女已活。遂为夫妇，生一男一女。

═注释═ ①箓：簿籍。

〈解说〉 小伙子马子做了一个梦，就把对象的事情搞定了。这多么令当今广大单身青年艳羡嫉妒。梦中，一个十八九岁的姑娘对他说，自己是广州前任太守徐玄方的女儿，不幸被鬼枉杀而早亡，但按照生死簿的记录，阳寿应有八十多。姑娘还说自己将死而复生，愿做马子的妻子，不知他是否有意助她复活。马子醒后，按照梦中的记忆打开棺材，发现姑娘已经活过来，便与之结为夫妻，并生下一男一女，从此过上幸福的生活。

24. 陈忠女

鄢阳陈忠女名丰。邻人葛勃有美姿，丰与村中数女共聚络丝①，戏相谓曰：『若得婿如葛勃，无所恨也。』

═注释═ ①络丝：缠丝。

〈解说〉 自古女子不乏敢爱敢恨、大胆坦露心声者。陈忠的女儿丰喜欢邻居葛勃，因为他长得实在是太帅了。与村里几个姑娘一起缠丝时，陈丰就戏言说，如果有个葛勃那样的丈夫，便此生无憾。

25. 乐安章沉

临海乐安章沉，年二十余死。经数日，将敛而苏。云：被录到天曹①，天曹主者，是其外兄。断理②得免。初到时，有少年女子同被录③送，立住门外。女子见沉事散，知有力助，因泣涕，脱金钏一只，及臂上杂宝，托沉与主者，求见救济。沉即为请之，并进钏物。良久出，语沉已论④，秋英亦同遣去。秋英，即此女之名也。于是俱去。脚痛疲顿，殊不堪行。会日亦暮，止道侧小窟，状如客舍，而不见主人。沉共宿嬿燕接，更相问次，女曰：『我姓徐，家在吴县乌门，临渎为居。门前倒枣树即是也。』明晨各去，遂并活。沉先为护府军吏，依假出都，经吴，乃到乌门。依此寻索，得徐氏舍。与主人叙阔⑤，问：『秋英何在？』主人云：『女初不出入，君何知其名？』沉因说昔日魂相见之由，秋英先说之，所言因得。主人乃悟。甚羞，不及寝嬿之事。而其邻人或知，以语徐氏。徐氏试令侍婢数人递出示沉，沉曰：『非也。』乃令秋英见之，则如旧识。徐氏谓为天意，遂以妻沉。生子名曰天赐。

═注释═ ①天曹：天上的官署。②断理：审理。③录：拘捕。④论：判决。⑤阔：久别。

<解说> 章沉年纪轻轻就经历了一次生与死，爱与恋。苏醒后，他说自己被抓到天曹，天曹管事的恰好是他表哥，就免去了审判。刚到时，一个姑娘也被押到天曹，孤独、弱小、无助地站在门外。姑娘见章沉晃晃悠悠一副轻松样，知道他有门路，就开始哭哭啼啼，把金镯子和胳膊上的一些宝贝撸下来，托付章沉交给管事的人，以寻求帮助。章沉拿着这些首饰去找表兄，过了很久才出来，并带来了好消息。秋英，就是这个姑娘，和章沉一样，被允许回到人间。两个年轻人共同回程，一路走得疲惫不堪。天色不早，两人在路旁的一个洞穴栖身。秋英说，自己姓徐，家住吴县乌门，详细的住址也告诉了章沉。第二天早晨，二人分道扬镳，各自复活。复活后的章沉没有忘记这段情缘，趁着休假来到吴县乌门，找到了徐家，跟主人拉开家常，突然间问道："秋英在哪儿？"主人好奇，问："我家闺女大门不出二门不迈，您是如何知晓她的名字？"章沉便详细叙述了是怎么一回事。主人恍然大悟。但是章沉没好意思说与秋英席枕交欢之事。邻居却门儿清，告诉了徐家主人。主人有意试探一二，让几个丫鬟婢女依次出来与章沉见面。章沉自然记得秋英的模样，一一加以否认。主人只好唤出秋英本人，两人相见如故。徐家主人感慨真乃天意，就同意将秋英许配给章沉。两人的爱情结晶取名为"天赐"。

26. **胎教** 瞽瞍[1]生舜，征在[2]生孔子，其有胎教也哉！妇人妊孕，未满三月，著婿衣冠，平旦[3]左绕井三匝，映井水，详观影而去。勿返顾，勿令婿见，必生男。

＝注释＝ ①瞽瞍：虞舜之父。②征在：颜征在，孔子之母。③平旦：清晨。

〈解说〉 关于生孩子这件事，也能衍生出各种志怪故事。这一则讲的是胎教。

话说这胎教，在古代就很讲究。例如《大戴礼记》记载了周朝王室以礼法进行胎教：周朝的王后怀胎七月，就要居住在侧室。接下来的三个月，所听的只能是庄严的礼乐，所吃的必须是纯正的味道，行走坐卧也有专门的讲究，还要注意言行，即使是生气了也不能骂大街。

马王堆汉墓出土的《胎产书》则详详细细罗列了如何“内象成子”：怀胎三月时，不能看侏儒和猕猴，不能吃葱姜和兔羹。想要生男孩，就要摆放弓箭，乘公马，看公虎；想要生女孩，就要佩戴发簪、耳饰和珍珠。

《异苑》所载“胎教”之法，亦见于张华《博物志》，讲的是如何生男孩：妇女怀胎未满三月时，身穿丈夫的衣冠，于清晨绕着井边逆时针走三圈，仔细观看井水中的影子，然后离开。离开时不能回头看，也不能被丈夫看见。这样准能生个男宝宝。

27. **额上生儿** 晋安帝义熙中，魏兴李宣妻樊氏怀妊，过期不孕，而额上有疮。儿穿之以出，长为将，今犹存，名胡儿。

<解说>《异苑》还有许多“怪胎”主题的志怪故事。所谓怪胎，就是不按套路出生的胎儿，既有所生非人、生而怪异，也有从奇奇怪怪的路径出生的现象。这些故事有的可能是对畸形婴儿的记录，有的则纯粹是杜撰，读起来倒也很有意思。

例如有的新生命是从疮中所生。《异苑》记载了两个这样的奇怪故事。其一是李宣妻樊氏。樊氏的娃超过了产期仍没有出生，倒是穿过他妈妈额头上的疮口出世了。男孩长大后，成为一名将军，活得好好的，名字叫胡儿。

28. **怀妊生冰** 元嘉中，高平平邱孝妇怀妊，生一团冰。得日，便消液①成水。

=注释= ①液：融化。

<解说> 元嘉年间，有一位妇人生下一团冰，经太阳一照就融化成水。

29. 怪胎 魏郡徐逮字君及，妇昌平孟氏生儿，头有一角，一脚，头正仰向，通身尽赤，落地无声，乘虚而去。

〈解说〉 孟氏所生确实看不明白是什么怪胎：头长有一角，单腿，头是仰着的，浑身通红，落地的时候没有声音，继而又凌空而起，跟大家“拜拜”了。

30. 温盘石 太原温盘石，母怀身三年然后生，堕地便坐而笑，发覆①面，牙齿皆具。

＝注释＝ ①覆：遮盖。

〈解说〉 太原的这位产妇怀孕三年才生下一个宝宝。这个宝宝一生下来就坐着发笑，发量喜人，能遮住脸庞，满口的牙也全都长好了。

31. 人兽合胎 丹阳县庆妇生一男、一虎、一狸，狸、虎毛色斑黑，牙爪皆备。即杀之。儿经六日死。母无他异。

〈解说〉 古人对于生三胞胎是有所忌讳的。《太平御览》引《风俗通义》说：“生三子不举。俗说生子至于三子，似六畜，言其妨父母，故不举之也。”这类现象自然也被书写成志怪，表达先民内心的惊异。《异苑》这一则写道，丹阳县庆妇诞下三胞胎，被描述成生下一个男孩，一只虎，一只狸。虎与狸的毛色斑黑，长有牙齿和爪子。两只动物形新生儿当即被杀死，剩下的男孩六天后也夭折了。

32. 髀疮生儿

长山赵宣母，妊身如常，而髀①上痒，搔之成疮。儿从疮出，母子平安。

注释 ①髀：大腿。

〈解说〉 另一个从疮口降生的宝宝是赵宣，母子平安，也无大碍。

33. 刘毅妻妖胎

刘毅讨桓修之。桓遣人擒得毅妻郭美，送与玄，遂宠擅①诸姬，有身。及玄败，郭还。遂产一儿、一鼠。毅怒杀儿，鼠走枯莽中。其后郭病死，方殓，鼠忽来，跳入棺内。

注释 ①擅：占有。

〈解说〉 刘毅前去讨伐桓修，不想弄丢了妻子郭美。郭美被桓修掳去，献给桓玄。桓玄对她的宠爱超过了其他姬妾，于是乎，郭美怀了身孕。桓玄兵败，郭美又回到了刘毅身边，不久生下一个小孩和一只老鼠。夺妻之恨尚未平复，眼下又生下这俩孽种，怎能不令刘毅怒从心头起？他杀掉小孩，老鼠兄弟身手矫健，滋溜钻进枯草中逃遁。郭美病逝时，老鼠忽然现身，它定是舍不得生身母亲，便跳入棺中殉葬。

34. **尸生儿** 元嘉中，沛国武漂之妻林氏怀身，得病而死。俗忌含胎入柩中，要须割出。妻乳母伤痛之，乃抚尸而祝曰：『若天道有灵，无令死被擘裂①。』须臾，尸面赧然上色。于是呼婢共扶之。俄顷，儿堕而尸倒。

＝注释＝ ①擘裂：裂开。

<解说> 孕妇死后分娩，原理是尸体腐败产生大量腐败气体，将体内的胎儿挤出。南宋《洗冤录》中已经对此有了一定认识，只不过把腐败气体的作用误解为“地水火风吹”：“有孕妇人被杀，或因产子不下身死，尸经埋地窖，至检时却有死孩儿。推详其故，盖尸埋顿地窖，因地水火风吹，死人尸首胀满，骨节缝开，故逐出腹内胎孕孩子。亦有脐带之类，皆在尸脚下。产门有血水、恶物流出。”

而在东汉时期，应该还没有这样理性的判断，所以死后分娩的现象被着上几分悲情色彩：

东汉元嘉年间，沛国的一位孕妇林氏得病而死。按照习俗，孕妇入殓，必须把胎儿割出。林氏的乳母大为伤痛，抚在尸体之上祷告说：“若老天有眼，就不要伤害死去的人吧。”过了一会儿，尸体的脸上有了血色，乳母见状，赶紧喊婢女一起把尸体扶起来。顷刻之间，尸体产下一儿，随即倒地。

35. 汉末小黄门

汉末大乱，宫人小黄门①上墓树上避兵，食松柏实，遂不复饥。举体生毛，长尺许。乱离既平，魏武闻而收养，还食谷，齿落头白。

注释 ①小黄门：汉代低于黄门侍郎一级的宦官。

<解说> 人号称是站在食物链顶端的生物，但是对底端的食材也不完全拒绝。比如说，食用松柏。

东汉末年，一个宦官为了躲避兵乱，逃到坟墓周围的树上，靠松柏的果实充饥。时间长了，宦官成了一个浑身长满一尺多长毛的“毛人”。待局势稳定，曹操听说了这样的怪事，将他收养。宦官虽然恢复了正常饮食，身体却没见得好到哪去，他的牙齿脱落，头发也变白了。

食用松柏，往往是在乱世中为了果腹活命才不得已而为之的。例如《太平御览》引《博物志》：“荒乱不得食，可细切松柏叶，水送令下，随能否，以不饥为度，粥清送为佳。当用柏叶五合，松叶三合，不可过度。”汉乐府中也有“马啖柏叶，人啖柏脂。不可常饱，聊可遏饥”的诗句。

此外，松柏也具有药用价值。《神农本草经》说久服松脂可以“不老延年”，久服柏实可以“润泽美色，耳目聪明，不饥不老，轻身延年”。这种认识与道教思想结合，就形成了以成仙为目的而服食松柏的修炼方式。小说中常常有所表现，如《列仙传》中常食松脂的仇生，《太平广记》引《化源记》中服柏成仙的田鸾等。

36. 猎见异人

吴天门张某，冬月与村人共猎，见大树下有蓬庵，似寝息处而无烟火。须臾，见一人，形长七尺，毛而不衣，负数头死猿。与语不应，因将归。闭空屋中十余日，复送故处。

＜解说＞《异苑》的卷三记载说，三国时期，东吴临海曾抓住一个毛人，并下结论说这就是“山精”，还引用了其他典籍中对于山精形象的描述，说得有鼻子有眼的。而张某等人捉到的这个毛人，身长七尺，裸体；扛着好几只猿猴的尸体，似乎是他的猎物；语言能力缺乏，人跟他说话，他连理都不理。大家伙把毛人带走，关在空屋子里十几天，又送回了原处。

37. 猎人化鹿

晋咸宁中，鄱阳乐安有人姓彭，世以射猎为业。每入山，与子俱行。后忽蹶然①而倒，化成白鹿。儿悲号，鹿跳跃远去，遂失所在。其子终身不复弋猎②。至孙，复习其事。后忽射一白鹿，乃于两角间得道家七星符，并有其祖姓名及乡居年月在焉。睹之悔懊，乃烧弓矢，永断射猎。

＝注释＝ ①蹶然：忽然，突然。②弋猎：狩猎。

＜解说＞ 鄱阳乐安的彭家世代以狩猎为业。但是这个家族的狩猎史在经历一番波折后，终于中断了。那天，老彭带着小彭入山打猎，忽然一个跟头摔倒，变成一只白鹿。小彭哇哇大哭，眼见着白鹿蹦蹦跳跳远去，不见了踪影。从此小彭不再打猎。到了孙辈的小小彭，又重新拾起打猎的手艺。有一天他射到一只白鹿，在鹿角之间得到道家七星符，上面写有爷爷老彭的信息，想起家族以前发生的怪事，小小彭知道自己可能射杀了爷爷，心中满是懊悔，就烧掉弓箭，永永远远停掉了狩猎事业。

38. 社公令作虎

晋太康中，荥阳郑袭为广陵太守。门下驺[1]忽如狂，奄[2]失其所在。经日寻得，裸身呼吟，肤血淋漓。问其故，云社公[3]令其作虎，以斑皮衣之。辞以『执鞭之士，不堪虎跃』。神怒，还使剥皮。皮已著肉，疮毁惨痛。旬日乃差。

＝注释＝ ①驺：主管养马和驾车的人。②奄：忽然。③社公：土地神。

〈解说〉 西晋太康年间，广陵太守郑袭手下的主驾之官忽然发狂，不知所踪。几天后找到他时，已是裸着身体，鲜血淋漓，哀号不已。这位主驾之官说，土地神令他作虎，还给他披上虎皮。但是自己本是一个赶车的，无法忍受老虎那种奔腾跳跃的行动方式。土地神很生气，后果很严重，下令剥掉他的虎皮。但此时虎皮已经长在肉上，剥皮剥得那叫一个惨痛，过了十天伤口才有所好转。

39. 吏变三足虎

晋时，豫章郡吏易拔，义熙中受番[1]还家，远遁不返。郡遣追，见拔言语如常，亦为设食。使者催令束装[2]，拔因语曰：『汝看我面。』乃见眼目角张，身有黄斑色，便竖一足，径出门去。家先依山为居，至林麓，即变成三足大虎。所竖一足，即成其尾也。

＝注释＝ ①受番：休假。②束装：收拾行装。

〈解说〉 东晋时，也有一个小吏变成了虎，原因是不想做打工人。

这位叫易拔的郡吏休假回家，迟迟不见返回岗位。郡长官派人来催。易拔看上去没什么异常，还备饭招待同事。来人见一切正常，就催促他收拾行李回去上班。易拔却对他说：“你看我的脸。”同事这才发现易拔的眼角张开，身上出现黄色斑点，竖起一只脚径直走出门去。易拔的家在山脚，他走到山脚的树林中变成三条腿的大老虎，竖起来的那只脚变成了虎尾巴。不愿做上班狗，那就做山里威风凛凛的大老虎吧。

40. 神罚作虎

晋太元十九年，鄱阳桓阐杀犬，祭乡里绥山。煮肉不熟。神怒，即下教于巫曰：『桓阐以肉生贻[1]我，当谪令自食也。』其年，忽变作虎。作虎之始，见人以斑皮衣之，即能跳跃噬逐。

‖注释‖ ①贻：赠送。

<解说> 东晋太元年间的桓阐变成老虎是被迫的，因为他为祭祀山神而煮的狗肉没有熟。山神大怒，跟巫师说要惩罚桓阐吃生肉，结果桓阐就变成了老虎。

41. 胡道洽

胡道洽者，自云广陵人，好音乐、医术之事。体有臊气[1]，恒以名香自防；唯忌猛犬。自审[2]死日，诫子弟曰：『气绝便殡，勿令狗见我尸也。』死于山阳。殓毕，觉棺空。即开看，不见尸体，时人咸谓狐也。

‖注释‖ ①臊气：像尿或狐狸的气味。②审：知悉。

<解说> 胡道洽在历史上确有其人，又名胡洽。他是南北朝时的道士，并通晓医术。陶弘景曾于《本草经集注序》中总结说，胡洽等人，治病“十愈其九”。史书中著录有他的《胡洽百病方》二卷，但没流传下来。

除了“十愈其九”的好名声，流传下来的还有关于他的八卦志怪：体有狐臭，怕狗。他在去世前还特意交代别让狗看见他的尸体。人们将他入殓后，发觉棺材轻飘飘的，打开一看，尸体不见了。结合他生前的各种表现，大家都说这家伙是个狐狸精。

42. 天谪变熊　元嘉三年，邵陵高平黄秀无故入山，经日不还。其儿根生寻觅，见秀蹲空树中，从头至腰，毛色如熊。问其何故，答云：『天谪我如此。汝但自去。』儿哀恸而归。逾年，伐山人见之，其形尽为熊矣。

〈解说〉　黄秀无缘无故离家出走，来到山里，好几天也不回来。儿子根生进山寻找，发现他蹲在树上，从头到腰长出熊一样的毛。这是咋了？黄秀说：“这是老天惩罚我，你回去吧。”儿子悲伤地离开了。过了一年，有人上山砍柴又见到黄秀，此时他已经完全变成熊的样子了。

43. 谢白面　陈郡谢石字石奴，太元中少患面疮，诸治莫愈。梦日环其城，乃自匿远山，卧于岩下。中宵，有物来舐其疮，随舐随除。既不见形，意为是龙。而舐处悉白，故世呼为谢白面。

〈解说〉　在淝水之战中为东晋立下赫赫战功的谢石，有一个外号叫“谢白面”。这个外号倒不是说他貌美肤白，实在是缘于他小时候的生病经历。那时的谢石小童鞋脸上长疮，怎么治也治不好。有一回，他梦见太阳环绕整个城市，从中得到启示，自己一人藏到远山，躺在一处岩石下。半夜里乌漆麻黑，一个看不清楚外形的东西来舔他的疮口，愣是一下一下地给舔好了。到底是个啥东西呢？不知道，可能是龙吧。而谢石脸上被舔过的地方都变成了白色，所以就有了“谢白面”的称呼。

44. 啖鸭成瘕　元嘉中，章安有人啖鸭肉，乃成瘕病。胸满面赤，不得饮食。医令服秫米①沈②。须臾烦闷，吐一鸭雏，身、啄、翅皆已成就，惟左脚故缀昔所食肉，病遂获差。

=注释= ①秫米：粟之黏者。②沈：通"瀋"，汁。

<解说>　章安有个人，吃鸭肉吃出了腹内结块的瘕病，胸闷面赤，吃不下饭。医生令他服用秫米汁。秫米，能利大肠，具有和胃安眠的药用价值。喝下秫米汁后，病人吐出一个差不多成形的鸭雏，鸭子的左脚还挂着这个人吃过的鸭肉，他的瘕病随即痊愈。

45. 食牛作牛鸣　山阴有人尝食牛肉，左髀①便作牛鸣。每劳辄剧，食乃止。

=注释= ①髀：大腿。

<解说>　魏晋南北朝时虽然有对食用牛肉的限制，但是架不住它太美味了，总会有一些人要吃吃过瘾。吃了就是吃了，能咋地？志怪告诉大家，吃牛肉就会像牛一样哞哞叫，不信你看山阴的这位老兄，吃了牛腿子就变成这个鬼样子：左腿发出牛鸣声，而且越劳动越严重，只有继续吃牛肉才会停止。

46. 误吞发成瘕　有人误吞发，便得病，但欲咽猪脂。张口时，见喉中有一头出受膏，乃取小钩为饵而引。得一物，长三尺余，其形似蛇而悉是猪脂。悬于屋间，旬日①融尽，惟发在焉。

=注释= ①旬日：十天。

<解说>　误吞头发一点也不稀奇，不然古代医书中怎么有专门的方子呢？葛洪《肘后备急方》给出的办法是："取梳头发，烧作灰，服一钱匕。"《异苑》中误吞头发的这位，症状奇怪，消解的方法也新特。他吞发之后，只是一味地想吃猪油。张开嘴巴，可以在喉咙里看见一个头在等着猪油吃。用小钩子钩出来，发现是三尺多长、形状似蛇的一条猪油。将其悬挂在房梁上，十天后就不见了，只有误吞的头发飘飘扬扬。

卷玖

1. **郑康成** 后汉郑玄字康成，师马融，三载无闻。融鄙而遣还。玄过树阴假寝。梦一老父以刀开腹心，倾墨汁着内，曰：『子可以学矣。』于是寤[1]而即返，遂精洞典籍。融叹曰：『《诗》《书》《礼》《乐》，皆已东矣。』潜欲杀玄，玄知而窃去。融推式[2]以算玄，玄当在土木上，躬骑马袭之。玄入一桥下，俯伏柱上。融踟蹰桥侧，云：『土木之间，此则当矣。有水，非也。』从此而归。玄用免焉。一说玄在马融门下，三年不相见。高足弟子传授而已。常算浑天不合，问诸弟子。弟子莫能解。或言玄，融召令算，一转便决。众咸骇服。及玄业成辞归，融心忌焉。玄亦疑有追者，乃坐桥下，在水上据屐。融果转式逐之，告左右曰：『玄在土下水上而据木，此必死矣。』遂罢追，玄竟以免。

注释 ①寤：睡醒。②式：通『栻』，占卜之具。

〈解说〉 古代的各路学问中，占卜绝对是被神秘光环笼罩几千年的那一种。本卷便集中搜集了大量自汉代到魏晋南北朝时期有关占卜预测的志怪小说，那时候的人们都占卜个啥，怎样占卜，是否得到应验，都将一一为看官揭晓。

第一个故事，是著名的马融追杀弟子郑玄。这个故事也被《世说新语》收入，而且堂而皇之地置于“文学”篇首位，生怕大家不知道这等骇人听闻的事件。不过其可信度在南朝梁就已经受到质疑，当时的刘孝标称，马融这样一位信奉仁义的大儒，怎么能毒害自己的亲学生郑玄呢？这绝对是委巷之言，混淆视听！

先甭管是真是假，且先就事论事，读一读这个有趣的故事，看师徒二人是怎样斗法的。

上面这一则故事有两个版本，但有一个细节是相同的：“融推式以算玄”“融果转式逐之”。马融靠“式”对郑玄的走向进行预测，展示的正是古代“式法占卜”。“式”，又作“栻”，是一种占卜工具，由上层圆形的天盘和下层方形的地盘组成，分别法天象地，通过转动天盘来进行预测。具体长啥样呢？我们可以看看出土于东汉初乐浪的式盘复原图（图引自李零《中国方术考》上篇《数术考》）。

这个地盘上绘有八卦图，可见这个时期的式法占卜已与《易》学有了渊源。而马融本尊即是汉末的经学大家，对于《易》学了如指掌，况且汉代的《易》学本就是象数《易》，讲究的就是吉凶判断，掌握式法占卜简直没有难度。郑玄是他的学生，预测吉凶自然也是必备技能。那么，马融追杀郑玄以及郑玄的反追杀，究竟谁道高一尺，谁魔高一丈呢？

让我们回到上面这个故事。第一个版本说，马融占卜到郑玄“在土木上”，就亲自骑马前去追杀。郑玄则弯着身子藏到桥柱之上。古代桥梁主要是木石结构，这正是应了“土木上”之象。马融追到这座桥边，思忖这里便是“土木上”，但此处有水，就不大对了。他没想到，有水的“土木上”，也算是“土木上”，郑玄正是在桥下方的“土木上”。第二个版本说，郑玄疑心马融会害他，就预先穿着木屐躲到桥下的水边。而马融果然如郑玄所料，转动式盘前来追杀。当他读出“玄在土下水上而据木”的结果时，断定郑玄已死——“土下水上而据木”，正是被埋入棺中之象。马融仍然败于自己机械的占卜之法，郑玄由此而逃生。

2. 亡牛 管辂洞晓术数。初，有妇人亡牛，从之卜，曰：『当在西面穷墙中。可视诸邱①冢中，牛当悬头上。』向既而果得。妇人反疑辂为藏己牛，告官按验。乃知是术数所推。

＝注释＝ ①邱：同『丘』。

〈解说〉 管辂是三国时期魏国的一位占卜高手。据《管辂别传》记载，管辂少有异禀，八九岁的时候就喜欢仰望天空，观察星辰。和小朋友一起玩耍时，他就在地上画天文及日月星辰。而且小小年纪，常有不同寻常之语，连那些学识渊博者都不是他的对手。大家知道，这小子长大定有“大异之才”。果然，管辂成人后，不仅通晓《周易》，而且仰观、风角、占、相之道，无所不精，关于管辂手拿把掐、占卜如神的故事更是层出不穷。

这样高层次的人才并没有膨胀，他愿意以自己的本领服务大众，管一管民间鸡毛蒜皮的事。比如说，一位妇女的牛丢了，来找管辂占卜。管辂说：“应当在西边破墙那里。可以去那儿的各个丘冢看看，牛应当是头被悬吊在其中了。”妇人真的在管辂说的地方找到了牛，却又怀疑起这位占卜先生：算得这么准，该不会就是他把牛藏起来的吧？于是告官请求查验。结果真相大白，管辂确实是以术数加以推论，根本没有偷藏牛一说。

3. 夫妻 洛（或作路。）中小人失妻者，辂为卜，教使明旦于东阳城门中，伺担豚①人，牵与共斗。具如其言，豚逸走，即共追之。豚入人舍，突破主人瓮，妇从瓮中出。

＝注释＝ ①豚：小猪。

〈解说〉 不仅丢牛的，还有丢媳妇的也来求管辂占卜。管辂交代他次日早晨在东阳城门等待一个抬猪的人，然后跟他打一架。第二天都如管辂所言，丢媳妇的人和抬猪的人厮打起来，猪就趁机溜了。大家又一起去追猪。猪逃进一处住宅，撞破主人家的瓮——媳妇找到了，原来在瓮里。

4. 火灾 中书令纪玄龙，辂乡里人也。辂在田舍，尝候远邻。主人苦频失火，辂卜，教使明日于南陌上伺，当有一角巾诸生，驾黑牛故车来；必引留，为设宾主，此能消之。后果有此生来，玄龙因留之宿，生有急，求去，不听。遂留当宿，意大不安，以为图己。主人罢入，生乃持刀出门外，倚两薪积间，侧立假寐。忽有一物直来过前，状如兽；手中持火，以口吹之。生惊，举刀斫，便死。视之，则狐。自是主人不复有灾。

<解说> 狐狸在民间信仰中还是纵火犯，即使在近代某些地区，人们仍认为火灾是狐狸作祟所致，消解的方法无非是求神拜佛，虔心祈祷。而管辂就厉害了，他使出的是“借刀杀狐”的招数。

话说有一人家频频失火，苦不堪言。主人请来管辂帮忙。管辂占卜后，令主人明日去南边的小路等一个驾黑牛故车、头戴角巾的儒生，还交代说一定要留他做客家中，即可消灾。第二天，儒生到来，对主人的强行留宿大为不安，以为他要图谋不轨。儒生被迫留宿后，主人并没有进他的屋子，但他心里却一直发毛，于是持刀走出门外，靠着柴火堆假寐。说时迟那时快，一个看起来像野兽的东西径直走上前来，还用嘴吹手里的火。儒生大惊，咣当一刀就把它砍死了。仔细一瞧，原来是狐狸。从此这家再也没有闹过火灾。

5. 盗鹿　时有利漕治下屯民捕鹿者，获之，为人所窃，诣辂为卦。语云：『此有盗者，是汝东巷中第三家也。汝径往门前，候无人时，取一瓦子，密发其碓屋①东头第七椽②。以瓦著下，不过明日食时，自送还汝。』其夜，盗者父忽患头痛，壮热烦疼，亦来诣辂卜。辂为发祟，盗者具服。令担皮肉，还藏着故处，病当自愈。乃密教鹿主往取，又语使复往如前，举椽弃瓦，盗父亦差。

＝注释＝ ①碓屋：碓坊。②椽：椽子。

〈解说〉　今人买房子挑剔，古人亦然。那时候挑选住宅，考虑的是“形”与“气”，“形”是具象的地形——总要挑个好地方嘛。“气”则是一种气场，关乎户主的福祸吉凶。占得好气场，就会带来好运；反之，就等着倒霉吧。管辂在制服盗窃者时，采用的就是通过破坏住宅气场来使当事人遭殃的手段。他交代失主在盗窃者碓屋东头第七根椽子下藏了一块瓦片。当天夜里，盗窃者的父亲忽然头痛，发起高烧，心里烦躁。没法，他也来找管辂求助。管辂揭露了他的盗窃行为，告诫他把偷来的鹿还回原来的位置，病自然会好。管辂又悄悄令失主取回丢失的鹿，去盗窃者家把藏在椽子下的瓦片扔掉，盗窃者父亲的身体立刻就恢复了。

6. 失物　都尉治内史有失物者，辂使明晨于寺门外看，当逢一人，令指天画地①，举手四向，自当得之。暮，果获于故处。

=注释= ①指天画地：用手指天指地。

〈解说〉　都尉治内史丢了东西，管辂让他第二天早晨到官署门外，届时会遇到一个人，让这个人指天画地，向东西南北四方举起手，就会找到失物。第二天傍晚，果然在原处找到了丢失的东西。

7. 鸟鸣　安德令刘长仁，闻辂晓鸟鸣，初不信之。须臾有鸣鹊来在阁屋上，其声甚急。辂曰：『鹊言东北有妇昨杀夫，牵引西家人夫娄离。候不过日在虞渊①之际，告者至矣。』到时，果有东北同伍②民来告，如辂言。

=注释= ①虞渊：传说为日落处。②同伍：同一伍。

〈解说〉　鸟占是一种极为古老的占卜术。最早在甲骨卜辞中就有关于“鸣雉”的记载，或与吉凶预测有关。《周易》中也有根据鸟的活动与鸣叫判断吉凶的卦爻辞。例如阐述交往之道的《小过》卦，卦辞曰：“飞鸟遗之音，不宜上，宜下，大吉。”意思是飞鸟赠言，要避上取下，则大吉。

“六边形”占卜高手管辂便深谙鸟占之术，曾根据鹊鸣揭露了一起家庭凶杀案。但是据《管辂别传》记载，在此之前，渤海刘长仁是不相信鸟占的，他还举孔子“吾不与鸟兽同群”之言向管辂发难，认为通晓鸟语是很低贱的技能。管辂回答说，天有大象而不能言，所以通过星辰变化、风云变幻、鸟兽之言来表异、通灵。历史上许多国家大事、国运兴衰都与鸟有关，这有什么低贱的呢？

8. 飞鸠

辂尝至郭恩家，有飞鸠来在梁头，鸣甚悲。辂曰：『当有老公从东方来，携肫①一头、酒一壶来候。主人虽喜，当有小故。』明日，果有客如所占，而射鸡作食。箭从树间激中数岁女子手，流血惊怖。

注释 ①肫：通『豚』，小猪。

<解说> 管辂在郭恩家展示了鸟占技能，他根据屋梁上飞来的一只鸠的悲鸣，预测将有一个老头打东边过来，还会带着一头小猪、一壶酒来做客。虽然是一件高兴的事，但会因此引发小事故。第二天，果然如管辂所言，老头前来做客，还射杀鸡作为食物。谁想离弦之箭射中树林中一个几岁女孩的手，流血场面令人感到恐怖，此之谓欢喜中的“小事故”。

9. 饯席射覆

馆陶令诸葛原字景春，迁新兴太守。辂往饯①之，宾客并会。原自取燕卵、蜂窠、蜘蛛，著器中，使射覆②。卦成，辂曰：『第一物含气须变，依乎宇堂，雄雌以形，翅翼舒张：此燕卵也。第二物家室倒悬，门户众多，藏精蓄毒，得秋乃化：此蜂窠也。第三物觳觫③长足，吐丝成罗，寻网得食，利在昏夜：此蜘蛛也。』举坐惊喜。

注释 ①饯：设酒食送行。②射覆：一种猜物游戏，亦往往用以占卜。③觳觫：恐惧战栗貌。

<解说> 射覆是古代一种猜物游戏，也用于占卜，西汉时兴起。这种游戏就是在器物之下藏东西，让人猜测是何物，而且还要对猜中的结果做谜语一样的描述。见诸记载的最早的射覆达人就是东方朔。据《汉书》记载，汉武帝在盆下面藏了一只壁虎，让术士们射覆。这么刁钻的谜底可难倒了各位英雄。最后还是东方朔自荐，把蓍草一通排列后，算出结果，念念有词：“龙又无角，谓之为蛇又有足，跂跂脉脉善缘壁，是非守宫即蜥蜴。”汉武帝一高兴，给了他十匹帛的赏赐。

东方朔一次猜出一个，而管辂一次就猜出了三个。宴会之上，燕卵、蜂窠、蜘蛛被放入器物中，供大家射覆。管辂卜卦后，三个全中，令在座的各位感到惊喜连连。

10. 印囊山鸡毛　平原太守刘邠字令清，取印囊①及山鸡毛置器中，使辂筮之。辂曰：『内方外员，五色成文；含宝守信，出则有章；此印囊也。高岳岩岩，有鸟朱身，羽翼玄黄，鸣不失晨，此山鸡毛也。』邠曰：『此郡官舍，连有变怪；使人恐怖，其理何由？』辂曰：『或因汉末之乱，兵马扰攘，军尸流血，污染邱山；故因昏夕，多有怪形也。明府②道德高妙，自天祐之；愿安百禄，以光休宠。

═注释═ ①印囊：古代装印信的口袋。②明府：汉魏以来对郡守牧尹的尊称，又称明府君。

＜解说＞　平原太守刘邠来与管辂射覆。他将印囊、山鸡毛藏进器物中，请管辂卜筮猜测。当然这次管辂也没有失手，一一加以破解。继而刘邠又问为何官署常有灾变怪异。管辂解释说，也许是因为汉末兵荒马乱，战死的军士流血，污染了邱山，所以在黄昏之时常有奇奇怪怪的东西出现。听起来怪吓人的，但毕竟乱糟糟的世道不是谁都能完全掌控的，管辂就算卜筮再厉害，世界和平的愿望哪怕到了 21 世纪也不会随便达成。他唯一能做的就是安慰刘邠，说一些老天保佑、安心享福之类的话。

11. **王经迁官**　清河王经字君备，去官①还家。辂与相见，经曰：『近有一怪，大不喜之；欲烦作卦。』卦成，辂曰：『爻吉，不为怪也。君夜在堂户前，有一流光如燕雀者，入君怀中，殷殷有声，肉神不安，解衣彷徉，招呼妇人，觅索余光。』经大笑曰：『实如君言。』辂曰：『吉。迁官之征也。』顷之，为江夏太守。

=注释= ①去官：免除或辞去官职。

〈解说〉　王经无官一身轻地回到家中，管辂前来与他见面。王经自言最近有一件怪事，让自己大为不爽，请管辂算上一卦。算什么事呢？他又不说。管辂卦成，说爻辞显示为吉，不足为怪。然后又神乎其神地道明王经“流光入怀”的怪事，连细节都说得一清二楚。王经哈哈大笑，承认确有此事。管辂断言，此乃迁官的吉兆。没多久，王经任职江夏太守。

12. **赵侯异术** 晋南阳赵侯。少好诸异术。姿形悴[1]陋，长不满数尺。以盆盛水，闭目吹气作禁，鱼龙立见。侯有白米，为鼠所盗。乃披发持刀，画地作狱，四面开门，向东长啸，群鼠俱到。咒之曰：『凡非啖者过去，盗者令止。』止者十余，剖腹看脏，有米在焉。曾徒跣[2]须[3]履，因仰头微吟，双履自至。人有笑其形容者，便佯说[4]以酒，杯向口，即掩鼻不脱，乃稽颡[5]谢过，著地不举。永康有骑石山，山上有石人骑石马。侯以印指之，人马一时落首，今犹在山下。

═ 注释 ═ ①悴：衰弱，疲萎。②徒跣：赤足。③须：迟缓。④说：当作『设』。⑤稽颡：古代一种跪拜礼。

<解说> 见证奇迹的时刻——异术。

异术即“幻术”，相当于今天的杂技、魔术。这项传统技艺在汉代就已经相当常见，不仅宫廷中有专门的表演，连民间集市上也有撂地卖艺的。古代方士为了吸引信众，增加自己的含金量，多少也会掌握些异术。例如《博物志》中有一份魏王所集方士名单：王真、封君达、甘始、鲁女生、华佗、东郭延年、唐霅、冷寿光、卜式、张貂、蓟子训、费长房、鲜奴辜、赵圣卿、郄俭、左慈。这十六位方士，“皆能断谷不食，分形隐没，出入不由门户。左慈能变形、幻人视听、厌胜鬼魅，皆此类也”。

《异苑》载，晋代赵侯也是擅长异术者。

赵侯会行气术。按照葛洪的说法，“行气者，内以养身，外以却恶”。行气术中，有一种流传于吴越地区的“气禁”之术，即通过运行体内的气来达到控制、闭止外在事物的目的，攘除天灾、控制鬼神、制服虎豹蛇蜂、疗伤止血、续骨连筋、避免利刃伤害、治愈蛇虫咬伤，通通不在话下。赵侯“闭目吹气作禁”，使用的就是气禁术，从而使“鱼龙立见”。

赵侯会长啸。长啸可命神役灵。《汉武帝内传》提到，西王母通过啸来命令灵官驾车。《洞神八帝元变经》也言及嵇康“三年长啸，呼八神之名，神乃见形，为之驱役”。而赵侯为了寻找盗米之鼠，一声长啸，将群鼠召集过来，揪出其中十余个偷盗贼。

因为形象过于邋遢，赵侯被人嘲笑。他就假装和对方喝酒，用异术让酒杯扣在人家的鼻子上，怎么拽都拽不掉。对方吓得跪拜谢罪，这一跪却在地上再也起不来。

赵侯还会以印施咒术。这种印不是普通的印，而是具有神威的法印。《抱朴子内篇》称之为“黄神越章之印”，佩戴它入山，能够辟虎狼，还可以镇压山川社庙血食恶神。我们的赵侯同志闲着没事，以印施咒术，去破坏自然景观：永康有一座骑石山，山上有石人骑石马，可谓奇景。但是被赵侯用印一指，石人和石马的脑袋一齐滚落山下。

13. **庾嘉德善筮** 颍川庾嘉德，善于筮蔡①之事。有人失一婢，庾卦云：『君可出东陵口伺候，有姓曹乘车者，无问识否，但就其载，得与不得，殆②一理也。』旦出郭，果有曹郎上墓③。径便升车④，曹大骇呼，生惊奔入草，刺一死尸。下视，乃其婢也。

═ 注释 ═ ①蔡：占卜用的大龟。②殆：大概，几乎。③上墓：扫墓。④升车：上车。

<解说> 有人丢失了一个婢女，前来找庾嘉德占卜。庾嘉德算卦之后，交代这个主人说："您可以在东陵口等待一个曹姓的乘车者。甭管认不认识，您就上他的车。能不能找到婢女，就看这一下子了。"主人早上出城，果然遇到一个曹姓男子上坟。二话不说他就上了人家的车，把曹姓男子吓得跳车奔入草丛，然而更可怕的是，他在草丛中遇见一具死尸，那正是主人家失踪的婢女。

14. 任诩从军

北海任诩字产期，从军十年乃归。临还，握粟出卜。师云：『非屋莫宿，非食时①莫沐。』诩结伴数十共行，暮遇雷雨，不可蒙冒②，相与庇于岩下。窃意『非屋莫宿』戒，遂负担栉休。岩崩压停者，悉死。至家，妻先与外人通情，谋共杀之，请以湿发为识。妇宵则劝诩令沐，复忆『非食时莫沐』之忌，收发而止。妇惭愧负怍，乃自沐焉；散发同寝。通者夜来，不知妇人也，斩首而去。

注释 ①食时：用膳的时候。亦特指进早餐的时刻。②蒙冒：庇护。

〈解说〉 握粟占卜也称“粟卜”，这种卜筮在先秦时期就出现了。《诗经》中有“握粟出卜，自何能谷”的诗句，意思是说：握着粟米去占卜，看咱啥时候能转运。而且《管子》有一说：“守龟不兆，握粟而筮者屡中。”即认为粟卜要比龟筮灵验。

要说灵与不灵，粟卜既有实力，也有实例。因为，任诩就是靠着粟卜几次捡回小命。他曾从军十年，复员回家前握粟出卜，得到“不是屋子的地方不要过夜，不是饭点就不要沐浴”的警告。

嗯，记住啦。

任诩与几十个人一同前行，傍晚遭遇雷雨，躲到岩石下面。雨也不知道啥时候停，估计要在岩石下凑合一晚上了吧。任诩想起“非屋莫宿”，便顾不上天气恶劣，扛起行李就走。结果岩石崩塌，躲在下面的伙计们都被压死了。任诩捡回一条命。

回到家后，等待任诩的是另一番惊险。他不知道媳妇已经变心，跟别人好上了，而且还要以湿头发为暗号来谋杀他。只是夜里被要求沐浴让他留了个心眼，“非食时莫沐”，任诩把原本散开的头发又扎起来。媳妇见任诩没有上钩，心里又觉得惭愧难当，就决定以己之命换丈夫之命，沐浴之后散开湿漉漉的头发睡觉。情人夜里摸到家中，按照之前的约定，将湿发之头斩下。任诩又捡回一条命。

15. 沐坚咒毙

河间沐坚字壁强，石勒时监作水田，御[①]下苛虐。百姓怨毒，乃为坚形，以刃矛斫刺，咒令倒毙。坚寻得病，苦被捶割，于是遂殒。

＝注释＝ ①御：治理，统治。

〈解说〉 以往有一种相当恶毒的诅咒巫术，古代中国称之为“巫蛊”。施展时，要做一个人偶代替诅咒对象，用针刺或者其他方法破坏人偶，或者埋入地下，任人踩踏。沐坚因为苛刻暴虐，被治下百姓怨恨，以致因巫蛊诅咒而得病死亡。

16. 泾祠妖幻

晋咸宁中，高阳[①]新城叟为泾[②]祠妖幻，署置百官，又以水自鉴，辄见所署置之人衣冠俨然。百姓信惑，京都翕集。收而斩之。

＝注释＝ ①高阳：在今河北境内。②泾：疑作『淫』。

〈解说〉 晋代社会时常发生动乱，而且往往是利用民间道教发动群众造反。统治者被搅得脑壳痛，在史书中愤愤地将他们记载为“妖贼”。

高阳新城叟就是“妖贼”之一。他建立了很多祠堂，还利用幻术加以包装。像模像样地设置百官后，让他们用水自照。人们看见水中的人影，嘿！衣冠楚楚的还真像那么回事。百姓大受鼓舞，决定跟着新城叟混社会。这些造反者聚集在都城，准备大干一场，却被朝廷一举歼灭。

17. 黄金僦船

扶南国治生①皆用黄金。僦②船东西远近雇一斤。时有不至所届，欲减金数，船主便作幻，诳使船底砑折，状欲沦滞海中，进退不动。众人惶怖，还请赛，船合如初。

注释：①治生：谋生计。②僦：租赁。

〈解说〉 扶南国的海运很厉害，商船在东西方国家之间来来往往，海上贸易形势一片大好。有的船主为了生计，不仅拼了老命做生意，有时候还偷奸耍滑，把幻术搬出来耍耍。比如说船没有到达指定地点，客人想因此砍价。船主就使用幻术吓唬他们，宣称船底被撞折了，而且船身真的像坏了一样陷在海里，进退不得。船上众人吓得请求祭祀神灵，船才恢复原样。

18. 孙溪奴

元嘉初，上虞孙溪奴多诸幻伎，叛入建安治中。后出民间，破宿瘦辟，遥彻腹内，而令不痛。治人头风①，流血滂沲②，嘘之便断，疮又即敛。虎伤蛇噬、烦毒③、垂死、禁护皆差。向空长啸，则群鹊来萃。夜咒蚊虻，悉皆死倒。至十三年，乃于长山为本主所得。知有禁术，虑必亡叛，的缚枷锁，极为重复。少日已失所在。

注释：①头风：头痛。②滂沲：形容血流得多。③烦毒：烦忧。

〈解说〉 孙溪奴并非自由之身，他逃到建安治中，在民间为人治病，头痛、流血、疮口、虎蛇咬伤、烦毒，甚至可让垂死之人回春。他还能够长啸，召来成群的鹊鸟。晚上念咒语，把蚊虻全部撂倒。后来，孙溪奴还是被原来的主人捉住。主人知道他的能耐，怕他再次逃跑，就给他左一层右一层地戴上枷锁。但没几日，孙溪奴还是成功逃脱了。

19. **永嘉阳童**　永嘉阳童，孙权时俗师也。尝独乘船往建宁，泊在渚次。宵中，忽有一鬼来，欲击童。童因起，谓曰：『谁敢近阳童者！』鬼即稽颡云：『实不知是阳使者。』童便敕使乘船，船飞迅驶，有过猛帆。至县，乃遣之。

<解说>　“俗师”可以理解为通晓鬼神之事的巫师，三国时期吴国的阳童就是这样的人。他独自乘船前往建宁，停泊的时候有鬼在半夜袭击他。阳童临危不惧，报出自己的大名。鬼马上就㞞了：“啊呀真不知道您是阳使者呀。”阳童也不客气，命令鬼到船上来，使得船跟开挂了一样快。到达县里，阳童才把鬼放走。

20. **王仆医书**　荥阳郑鲜之字道子，为尚书左仆射。女脚患挛①癖，就王仆医。仆阳请水浇之，余浇庭中枯衰树。树既生，女脚亦差。

＝注释＝ ①挛：蜷曲不能伸开。

<解说>　郑鲜之的女儿患了怪病，脚蜷缩在一块儿无法伸开，来找王仆医治。王仆的治疗方法很简单，用水浇郑女的脚，剩下的水则浇庭院中的枯树——此技能有点模仿巫术的意思。所谓模仿巫术，“是以象征律原则确立的，即施术给一种象征的人（纸人、泥人、蜡人），而使对应的本人感受到了魔术力”。它其中一个形态就是“同类相疗法”。枯树因为缺少养分，枝叶是干巴巴、皱巴巴的，与病人蜷缩的患脚有相似之处。而给枯树浇水，就好似给脚补充养分一样，这样就把郑女的疾病医好了。

卷拾

1. 足下之称 介子推逃禄①隐迹，抱树烧死。文公拊木哀嗟，伐而制屐。每怀割股之功，俯视其屐曰：『悲乎足下！』『足下』之称，将起于此。

=注释= ①逃禄：指隐居不仕。

<解说> 春秋时期的晋文公重耳在当上国君之前，曾有在外流亡十九年的经历，幸而身边有一帮谋士，协助他一次次渡过难关。据《左传》载，待到重耳回国继位，成为晋文公后，对追随他流亡的老哥们进行赏赐，却偏偏忘掉了介子推。介子推抱怨说，这是上下相欺。因为重耳成为晋国国君是上天的意志，这些人却贪天之功，看作是自己的功劳。母亲要介子推去求赏赐，介子推不肯，认为这是错误的行为。母子二人便隐居起来，直到离世。晋文公要寻找他们，却没有找到，便以介子推隐居的绵上之田作为祭田，用来记录自己的过失，表彰好人。以上就是晋文公、介子推故事的原始版本。

“历史是任人打扮的小姑娘”，这个故事被后来者描来描去，愈加具有传奇色彩。比如说，介子推曾有恩于晋文公：逃亡途中，他割下自己大腿上的肉给晋文公充饥。但是晋文公却很不地道：为了逼迫介子推出来接受赏赐，放火烧山。介子推不肯下山，抱在树上被活活烧死。

《异苑·足下之称》则叙述了介子推被烧死后的故事。晋文公把介子推抱着的那棵树做成木屐，穿在脚上。每次想起介子推“割股奉君”的功劳，就低头看着木屐感叹：“悲乎足下！”“足下”意为“脚下”，指的就是那双有特殊意义的木屐，后来成为同辈之间的敬称，即所谓“通类相言称‘足下’”。

2. **田文五月生**　田文母嬖也，五月五日生文。父敕令勿举①。母私举文，长成童，以实告之。遂启父曰：『不举五月子，何也？』父云：『生及户，损父。』文曰：『受命于天，岂受命于户？若受命于户，何不高其户？谁能至其户耶？』父知其贤，立为嗣，齐封为孟尝君。俗以五月为恶月，故忌。

＝注释＝①举：养育。

〈解说〉《史记》载，孟尝君本是庶子出身，而且又出生在一个不吉利的日子，幸亏有母亲的保护才活了下来。在种种不利的条件下，他不仅完好无损长大，得到父亲田婴的赏识，而且名声传遍诸侯国，成功继承爵位。

这样的人生逆袭是咋做到的呢？

不得不说，是这孩子太过机警了。

当初田婴要求抛弃这个孩子，母亲没有遵从他的命令，偷偷养育田文。田文长大一些，成了孩童后，知道了自己的身世，他去问父亲："为什么不养育五月生的孩子？"田婴说："因为等这个孩子长到门那么高时，会对父亲不利。"

田文人小鬼大，关键时刻杠精附体，反驳说："人的命运受制于天，跟门有什么关系？如果受制于门，何不把门做得高一些，谁也长不到那么高不就没事了？"

3. 吴客木雕

魏安禧王观翔雕而乐之，曰：『寡人得如雕之飞，视天下如芥①也。』吴客有隐游者闻之，作木雕而献之王。王曰：『此有形无用者也。夫作无用之器，世之奸民也。』召隐游，欲加刑焉。隐游曰：『臣闻大王之好飞也，故敢献雕。安知大王之恶此也？可谓知有用之雕鸟，未悟无用之雕鸟也。今臣请为大王翔之。』乃取而骑焉，遂翩然飞去，莫知所之。

注释 ①芥：小草。

〈解说〉 古代虽然没有先进的航天工程，但飞天的梦想是有的，飞天的装备也是不缺的。

《异苑》这一则讲的是会飞的木制雕鸟：有隐游者投魏安禧王所好，献上一只自制的木雕。魏安禧王可没给他好脸子看，说这是一个“无用之器”，还要治他的罪。隐游者赶紧解释，说这是一只有用的雕鸟，不信我就给大王演示。他骑上木雕，飞离了现场，莫知所终。

战国时期的公输班，即鲁班，也做过类似的飞鸟。《墨子》记载，公输班削竹木制成一只鹊，能飞上好几天也不落地。《述异记》则说，鲁班“刻木成鹤”，一次可以飞七百里。

除了飞鸟，古书中还记载有飞车。如《山海经·海外西经》提到“奇肱国”，郭璞的注释说，这个国家的人擅长做机械装置，能够做飞车，乘风远行。《抱朴子》介绍了一种由枣木心制成的、类似竹蜻蜓的飞车，拉动机关，飞车就可飞上天空。飞船也在古代的志怪小说中出现了。《拾遗记》中将其称作“贯月查”“挂星槎”，说它每十二年就绕天地间飞一圈，周而复始，堪称古代版的“宇宙飞船”。如图：

左图（明蒋应镐绘图《山海经》），右图（清吴任臣注，金阊书业堂藏版，清乾隆五十一年刊本《山海经广注》）。

4. 颜乌纯孝

东阳颜乌，以纯孝著闻。后有群乌衔鼓，集颜所居之村。乌口皆伤，一境以为颜至孝，故慈乌来萃①。衔鼓之兴，欲令聋者②远闻③。即于鼓处立县，而名为乌伤。王莽改为乌孝，以彰其行迹云。

‖注释‖ ①萃：聚集。②聋者：疑作『孝声』。《水经注·浙江水》引《异苑》有『欲令孝声远闻』句。③远闻：远播。

<解说> 今天的浙江义乌历史上叫“乌伤”，关于这个地名的来源，学界倾向于认为是越地方言的音译。而越地方言中的“乌伤”是什么意思，目前已经难以考证。

“乌伤”，如果根据字面含义强行拆开，大概也就是“乌鸦受伤”这么理解了，虽然非常牵强附会，但是古代人恰恰是这么做的，为此还一本正经地编了一个故事，以增强这个说法的可信度。

《说文解字》对“乌”的解释是“孝鸟”，这在汉代应该达成了共识，当时的纬书《春秋元命苞》也说乌鸦是孝鸟，而且是“阳精”，即认为太阳上也有乌鸦——目测可能只是太阳黑子，古代人误以为是乌鸦。太阳上的乌鸦，正是用来向天下彰显孝道的。

顺着乌鸦与孝道结合的思路，《颜乌纯孝》的故事也就诞生了：

颜乌是一个有名的孝子。他所居住的村子忽然聚集了成群的乌鸦，这些乌鸦还衔来一只鼓。可能是鼓太沉，不好衔起，这些乌鸦的喙都受伤了。大家觉得是因为颜乌的孝顺招来这些乌鸦。之所以衔来一只鼓，就是要使颜乌孝顺的名声更远地传播出去。于是人们在这个地方设县，取名为“乌伤”。王莽上台后一度改为“乌孝”，以彰显颜乌孝顺的事迹。

5. 曹娥碑

孝女曹娥者，会稽上虞人也。父盱，能弦歌，为巫。汉安帝二年五月五日，于县江溯涛迎婆娑神，溺死，不得尸骸。娥年十四，乃缘江号哭，昼夜不绝声。七日，遂投江而死。三日后，与父尸俱出。至元嘉元年，县长度尚改葬娥于江南道傍，为立碑焉。陈留蔡邕字伯喈，避难过吴，读《曹娥碑》文，以为诗人之作，无诡妄①也。因刻石旁作『黄绢幼妇，外孙齑臼②』八字。魏武见而不能了，以问群僚，莫有解者。有妇人浣于江渚，曰：『第四车解。』既而，祢正平也。衡即以离合③义解之。或谓此妇人即娥灵也。

=注释= ①诡妄：怪诞荒谬。②齑臼：『辞』字之隐语。③离合义：将字的结构分离、组合。

〈解说〉 曹娥于《后汉书》有传，被称为“孝女”。记载的事迹便是她做巫师的父亲因公殉职，淹死江中，不见尸骸。年仅十四岁的曹娥在江边哭了十七天，最后投江自尽。八年后，县长度尚将曹娥改葬，并立碑纪念。《异苑》的记载与之大致相同，此外还增加了“三日后，与父尸俱出”的结尾，感天动地，算是为历史上的曹娥弥补了“不得尸骸”的遗憾。至于彰显其行的《曹娥碑》，原碑早已湮没，关于它的故事倒是有滋有味地流传下来。《后汉书》注引《会稽典录》说，最初度尚延请学者魏朗执笔作文，文成之后，魏朗并没有立即示人。在与度尚宴饮中，聊到碑文的事情，魏朗假装推辞说自己不胜才力，提出想让现场督酒的邯郸淳，也就是度尚的弟子试试笔力。邯郸淳虽为弱冠之年，却也无惧无畏，拿起笔来一挥而就，魏朗看后连连赞叹，回家就把自己写的碑文毁掉了。所以《曹娥碑》最后是由少年邯郸淳完成的。其后蔡邕见此碑文，又题八字曰：“黄绢幼妇，外孙齑臼。”蔡邕是个聪明人，他作隐语留给世人，既作为对《曹娥碑》的好评，又嘚瑟了自己的才华。但这八个字作何解？《世说新语》记载，杨修成功破解了这个谜语，他说：“黄绢，色丝也，于字为绝。幼妇，少女也，于字为妙。外孙，女子也，于字为好。齑臼，受辛也，于字为辞。所谓‘绝妙好辞’也。”按照《异苑》的说法，解开谜底的是祢衡，而且是江边一位浣洗女子断言指定的解谜者。后来人们猜测说，这个神秘女子，或许正是曹娥显灵。

6. 管宁思过

管宁字幼安，避难辽东，后还，泛海遭风，船垂倾没。宁潜思良久，曰：『吾尝一朝科头[1]，三晨晏[2]起。今天怒猥集[3]，过恐在此。』

注释 ①科头：未著冠，裸露头髻。②晏：迟，晚。③猥集：聚集。

〈解说〉管宁是汉末三国时期的名士，而且是一个近乎“精神洁癖”的道德典范。《世说新语》中著名的“锄金割席”，主人公就是管宁。因朋友华歆爱慕荣华富贵，管宁与之割席分坐，不再同席读书，称：“子非吾友也。”

《三国志》载，汉末天下大乱，管宁等人来到相对安定的辽东避乱，受到辽东太守公孙度的欢迎。因为太想留住人才，公孙度的儿子甚至截留了曹操征召管宁的命令。中原局势稍稍稳定后，流落辽东的士人都启程返乡，只有管宁没有要走的意思。曹丕即位后，征召管宁，他才携带家属“浮海还郡”。

乘船的过程中还遇到一个小插曲。《异苑》说，管宁半路遇到了风暴，船都要沉了。在此紧急关头，管宁非常淡定，开始反省自身，说：“我曾有一天没戴头冠，还有三天起晚了。今天这种局面一定是这些过错造成的。”

7. 徐邈私饮

魏徐邈字景山，为尚书郎。时禁酒而邈私饮，至于沈醉①。从事赵达问以曹事，邈曰：『中圣人。』达白太祖，太祖甚怒徐邈。鲜于辅进曰：『醉客谓清酒为圣人，浊酒为贤人。邈性修慎，偶醉言耳。』由是得免。后文帝幸许昌，见邈，问曰：『颇复「中圣人」否？』对曰：『昔子反毙于穀阳，御叔罚于饮酒。臣嗜同二子，不能自惩。时复中之。』帝大笑，顾左右曰：『名不虚立。』

＝注释＝ ①沈醉：大醉。

〈解说〉 魏国初建之时，有禁酒的法律规定，但架不住好这口的大有人在，私下饮酒的情况常常有之。喝，自然是偷摸地喝；说，肯定也不好在明面儿上说。所以就出现了指代酒或饮酒的隐语。

比如“清圣浊贤”。《太平御览》引《魏略》：“太祖时禁酒，而人窃饮之，故难言酒，以白酒为贤人，以清酒为圣人。”此处的白酒是相对于清酒而言的“浊酒”，这句是说，以贤人指代浊酒，以圣人指代清酒。

还有用“中圣人”指代饮酒的说法，来源于上面徐邈的故事。徐邈是魏国的尚书郎，顶风作案喝了酒，而且喝得大醉。从事赵达问他官署的事务，徐邈借着酒劲说：“中圣人。”意思是恰如圣人那样。赵达告诉了曹操，曹操火气腾腾地蹿。鲜于辅连忙说好话：“喝醉的人把清酒称作圣人，把浊酒称作贤人。徐邈性格谨慎，只是偶尔说说酒话罢了。”徐邈因此得以免于惩罚。后来曹丕做了魏文帝，见到徐邈，想起“中圣人”的梗，就问他：“还经常‘中圣人’吗？”徐邈回答说：“以前子反因为饮酒导致兵败自杀，御叔也因为饮酒遭受惩罚。臣的嗜好跟这俩人一样，却不能惩戒自己，所以还经常‘中圣人’。”一番话逗得曹丕大笑，看着左右的人说：“名不虚立。”

8. **妒妻绝嗣** 贾充字公闾，平阳襄陵人也。妻郭氏，为人凶妒。生儿犁民，年始三岁，乳母抱之当阁，犁民见充外入，喜笑。充就乳母怀中呜撮①。郭遥见，谓充爱乳母，即鞭杀之。儿恒啼泣，不食他乳。经日遂死。郭于是终身无子。

‖注释‖ ①呜撮：『呜撮』讹误。亲吻。

〈解说〉 这一则讲述的是妒妇郭氏。郭氏看见丈夫贾充亲吻乳母怀中的儿子，心里醋意大发，咬定贾充与乳母之间有事，就把乳母鞭挞致死。小儿子哭泣不已，不肯吃别人的奶，过了几天就夭折了。郭氏因此没了儿子，而且是“终身无子”。

9. 满奋膏汗

晋司隶校尉高平满奋，字武秋，丰肥，肉溃肤裂。每至暑夏，辄膏汗流溢。其有爱妾，夜取以燃照，炎灼发于屋表。奋大恶之，悉盛而埋之。暨永嘉之乱，为胡贼所烧，皎①若烛光。

注释 ①皎：洁白，明亮。

〈解说〉 满奋是个胖子，胖到得了皮肤病，皮肉溃烂开裂。肥胖人士还容易出汗，特别是在炎热的夏季，更是苦不堪言。满奋也不例外，而且流出的汗像油脂一样。他的爱妾脑洞大开，晚上用满奋的汗液点灯，效果居然还不错。但是满奋尴尬极了，内心十分厌恶，便把油脂一样的汗液全埋到地下。永嘉之乱的时候，这东西被入侵者所烧，火焰明亮如烛光。

10. 雷震不惊

晋滕放太元初，夏枕文石枕①卧，忽暴雨，雷震其枕。枕四解，傍人莫不怖惧；而放独自若，云：『微觉有声，不足为惊。』

注释 ①文石枕：玛瑙做的枕头。

〈解说〉 滕放有一种镇定自若的品质。何以见得？他枕着文石枕睡觉，忽然下起暴雨，咔嚓一个大雷，枕头被劈成四瓣。如此炸裂的视觉效果、听觉感受，把周围人吓得跟什么似的。但是滕放特别淡定，说："只是稍微感觉有点声音，谈不上受惊。"

11. 周虓守节

浔阳周虓，字孟威，晋宁康中，镇于巴西，为苻坚所获，守节不屈。坚使使者道虓清道，虓躬治逵陌①，谓使者曰：『烦君与语氐贼苻坚，何至仰烦国士如此？』又潜图袭坚。坚闻之，曰：『猗子正欲觅死。杀之，适足成其名耳。』乃苦加拷楚②，不食而卒。敛已经旬，坚怒犹未歇。剖棺临视虓尸，欻回眸断齿，鬓髭③张列，睛瞳明亮，回盼瞩坚。坚睹而喜称，乃厚加赠赙④。

注释 ①逵陌：道路。②拷楚：身体所承受的被打之苦。③鬓髭：须发。④赠赙：赠送财物以助治丧。

〈解说〉 周虓守节的事迹于《晋书》有载，大致内容是东晋宁康初年，苻坚的将领杨安攻打梓潼，俘获了周虓及其母亲、妻子。周虓投降后，苻坚有意任命他为尚书郎，遭到拒绝。周虓每次见到苻坚都非常不恭敬，苻坚虽然不高兴，但是更加礼待他。周虓还串通苻坚的侄子苻苞谋害苻坚，事情泄露后，苻坚把他鞭打一顿，流放到太原。周虓最后因病卒于当地。

《异苑》中的苻坚可就没有那么大度了，总是为难羞辱周虓。他先是让周虓扫大街，周虓便亲自上街劳动，还跟使者说："有劳告诉氐贼苻坚，哪有这样麻烦国士的？"周虓谋害苻坚的事情败露，被苻坚一顿毒打，最后不食而卒。周虓下葬已经十天了，苻坚还是气不打一处来，就开棺查看周虓的尸体。忽然，棺中的周虓像诈尸了一样，眼睛转动，咧嘴露齿，须发如生，眼睛亮亮的，回头看着苻坚。见此情景，苻坚非常高兴，内心无比满足，便给了好多财物为周虓治丧。

12. 掘金相让 汝南殷陶，市[1]同县张南宅。掘地，得钱百万、金千斤，即以还南。南曰：『君至德[2]感神，宝为君出。』终不肯受。陶送付县。

注释 ①市：买。②至德：最高的道德。

〈解说〉 殷陶买下了同县人张南的住宅，意外地在宅子地下挖出百万钱财与千斤金子。殷陶没有迟疑，当即就给张南送去了。张南有感于殷陶的道德高尚，说这是因为殷陶无上的品德感动了神灵，所以才有宝物出现，这些收获应属于殷陶。因为张南决意不收，殷陶只好将这些财物送到县官那里。

13. 投笺河伯 河内荀儒，字君林，乘冰省舅氏[1]，陷河而死。兄伦，字君文，求尸积日[2]不得，设祭冰侧。又笺与河伯。投笺一宿，岸侧冰开，尸手执笺浮出，伦又笺谢。

注释 ①舅氏：舅父。②积日：连日。

〈解说〉 这一则与曹娥的故事相似，也是在河中寻找亲人的尸体。荀儒从冰面上过河，因河面开裂，掉进河中淹死。他的哥哥荀伦连日寻找尸体未果，就在河边祭祀，写信投河，求助于河伯。过了一晚，河岸边的冰面裂开，荀儒的尸体浮出水面，手里还攥着荀伦写给河伯的信笺。荀伦的愿望实现，又写了一封信感谢河伯的帮助。

14. 张贞妇 蜀郡张贞行船覆，溺死。贞妇黄因投江就之。积十四日，执夫手俱浮出。

〈解说〉 张贞坐船遇上事故，不幸去世。他的妻子黄为了寻找丈夫的尸体，投入江中。过了十四天，二人手拉手——应该是两具尸体手拉手，一起浮出水面。

15. 杨香扼虎

顺阳南乡杨丰，与息名香于田获粟，因为虎所噬。香年十四，手无寸刃，直扼虎颈。丰遂得免。香以诚孝，至感猛兽，为之逡巡。太守平昌孟肇之赐贷之谷，旌其门闾[1]焉。

〓注释〓 ①门闾：家庭。

〈解说〉 杨香和父亲杨息在田中劳作，遇到一只猛虎。危急关头，十四岁的杨香在手无寸刃的情况下，死死掐住老虎的脖子，使父亲得救。杨香救父的勇猛表现使老虎有所触动，它来回逡巡，不敢妄为。当地太守知道后，还专门给予杨香物质与精神奖励。

16. 崔景贤惠政

崔景贤为平昌郡守，有惠民政，尝悬一蒲鞭，而未尝用。

〈解说〉 平昌郡守崔景贤施恩惠于民，曾经悬挂一根用于刑罚的蒲鞭，但是从来没用过。

17. 任城王沉饮

任城王六月沉饮，忽失所在。人以为中酒毒而化。

〈解说〉 任城王的六月关键词是“醉酒”，醉到人都找不到了。人们认为是任城王中了酒毒而溶化消失了。

18. 刘邕嗜痂

东莞刘邕，性嗜食疮痂，以为味似鳆鱼①。尝诣孟灵休，灵休先患灸，疮痂落在床，邕取食之。灵休大惊，痂未落者，悉褫②取啖邕。南康国吏二百许人，不问有罪无罪，递与鞭，疮痂常以给膳。

注释 ①鳆鱼：咸鱼，又称鲍鱼。②褫：剥。

〈解说〉 刘邕是刘穆之的孙子，继承了南康国主的爵位。现存关于刘邕的记载，基本没什么光辉正面内容，其中之一还非常“重口味”。

刘邕是一个异食癖，喜欢吃疮口表面结的痂，觉得有咸鱼的滋味。他曾经到孟灵休家探望，当时孟灵休因烤伤，身上结了疮痂，还有许多掉在床上。刘邕赶紧把床上的疮痂拾掇起来吃掉，孟灵休一脸震惊。孟灵休也是真实惠，为了招待好客人，他把身上未脱落的疮痂也抠下来，送给刘邕吃。有疮痂要吃，没有疮痂创造疮痂也要吃！刘邕为了满足自己的癖好，还让手下二百多官吏，无论有罪无罪，互相鞭打，以生长出疮痂供自己吃。

19. 孙广忌虱

太原孙广，头上不得有虱。大者便遭期丧①大功，小则小功②缌服③。

注释 ①期丧：为期一年的丧服。②大功、小功：皆为五服的内容。③缌服：缌麻服。

〈解说〉 孙广很忌讳头上有虱子，如果有虱子，就会遭遇不同程度的丧事。文中所言“大功”“小功”“缌服”都是丧服的种类，它们与斩衰、齐衰统称为“五服”。根据贵贱亲疏的原则，这五种丧服精粗不同，服丧时间有异，有着严格的等级差别。级别最高的是斩衰服，丧期三年。第二级是齐衰服，丧期有三年、一年和三月三种。第三级为大功服，丧期有九月、七月之分。第四级是小功服，丧期五月。最末的级别是缌麻，即原文所说“缌服”，丧期三月。

20. **刘鸺鹠** 有人姓刘，在朱方，人不得共语。若与之言，必遭祸难，或本身死疾。惟一士谓无此理，偶值人有屯塞①耳。刘闻之，忻然②而往，自说被谤，君能见明。答云：『世人雷同，亦何足恤③？』须臾火燎，资蓄服玩荡尽。于是举世号为刘鸺鹠④。脱⑤遇诸涂，皆闭车走马，掩目奔避。刘亦杜门自守。岁时一出，则人惊散，过于见鬼。

〓注释〓 ①屯塞：困难，不顺。②忻然：愉快的样子。③恤：忧虑。④鸺鹠：鸱鸮的一种，常常被视为不祥之鸟。⑤脱：倘若。

〈解说〉 刘鸺鹠的本名叫什么，不知道，而且也不重要。大家唯恐避之不及，哪有闲工夫八卦他的名字？因为这位“刘鸺鹠”，简直就是可怕的煞星。如果有人跟他搭话聊天，必定会遭遇祸端，或者死于疾病。但是有一个人不以为意，觉得纯属巧合。刘鸺鹠知道后非常高兴，便前去探访，顺道跟他吐槽。结果就是这么寸，这位老兄刚刚还在随声附和，安慰刘鸺鹠，转眼家里就着火了，把积蓄烧了个精光。从此以后，“刘鸺鹠”的绰号就妥妥坐实了，路上没有人敢跟他接触，如果碰上就躲得远远的。刘鸺鹠也很老实地闭门独处，只在某个特定的时间出门。他只要一出门，大家便惊恐逃散，比见到鬼还害怕。

21. **扬䫉藏镪** 晋陵曲阿扬䫉，财数千万。三吴人多取其直①，为商贾治生，辄得倍直。或行长江，卒遇暴风及劫盗者。若投䫉钱，多获免济②。䫉死后，先所埋金，皆移去邻人陈家。陈尝晨起，见门外忽有百许万镪③，封题是『扬䫉』姓字。然后知财物聚散，必由天运乎？

注释 ①直：钱货。②免济：脱离灾祸。③镪：成串的钱。

<解说> 扬䫉是坐拥数千万财产的大财主，三吴地区有很多人跟他借钱，如果拿着他的钱做生意，就能获得成倍的利润。有的人在长江上遭遇暴风天气或者强盗，把扬䫉的钱扔掉就会免祸。扬䫉死后，他之前埋起来的金钱全部被转移到邻居陈家。说来也是奇怪，陈家人早上起来，忽然看见门外有成百串的钱币，上面还有“扬䫉”的题签。可见财物的聚散是天命使然。

幻想中国丛书

《博物志》《搜神记》《神仙传》《拾遗记》《异苑》